인간의 시간

여인숙 달방 367일

이강산

다큐 일기

눈빛

이강산

2021 온빛사진상 수상. 2022 부다페스트 국제사진상(2022 BIFA) 동상 수상(Book-Documentary 부문. 사진집 『여인숙』). 휴먼다큐 흑백사진개인전 6회 개최, 「가슴으로 바라보다」(2007, GALLERY Photo-Class)~「여인숙」(2021, 류가헌). 휴먼다큐 흑백사진집 『여인숙』(눈빛, 2021), 『집-지상의 방 한 칸』(사진예술사, 2017). 흑백 명상 사진시집 『섬, 육지의』(2017, 애지). 1989년 『실천문학』으로 등단. 시집 『하모니카를 찾아서』 외. 소설집 『아버지의 초상』 외. 한국문화예술위원회 아르코창작기금 2회 수상. 대전문화재단 예술창작지원금 3회 수혜. 현 대전작가회의 회장, 한국작가회의, 온빛다큐멘터리 회원, 대전문학관 운영위원

인간의 시간
여인숙 달방 367일
이강산 다큐 일기

초판 1쇄 발행일 ─ 2023년 10월 20일 / 발행인 ─ 이규상 / 발행처 ─ 눈빛출판사
서울시 마포구 월드컵북로 361 14층 105호 전화 336-2167 팩스 324-8273 / 등록번호 ─ 제1-839호
등록일 ─ 1988년 11월 16일 / 편집 ─ Lee Dah / 인쇄 ─ 예림인쇄 / 제책 ─ 일진제책
값 17,500원
Copyright ⓒ 2023, 이강산
ISBN 978-89-7409-954-1 03810

다큐 일기를 시작하며

두 번째 인생의 거처, 여인숙

2005년 1월이었다. 나는 '인간의 생존 공간 탐구'를 목적으로 두 가지 휴먼다큐멘터리 프로젝트를 기획했다. 철거 재개발 현장을 담은 「집」과 전통 여인숙의 삶을 기록한 「여인숙」이 그것이다.

그해 2월부터 대전시 동구 성남동의 '갤러리 포토-클래스(GALLERY Photo-Class)' 암실에서 흑백필름 사진 작업을 시작하면서 휴먼다큐멘터리 프로젝트의 첫걸음을 떼었다. 대학교 때부터 사진 공부를 해오던 중, 본격적으로 다큐멘터리 사진가의 길을 선택한 것이다.

'인간의 존엄성과 생명의 가치 환기를 통한 공존과 상생, 인권과 평화 도모'

나는 휴먼다큐 사진 「집」과 「여인숙」의 기획 의도를 위와 같이 설정했다. 인간의 생존 공간을 탐구하는 다큐 프로젝트의 맨 앞에 '인간의 존엄성'과 '생명의 가치'를 배치한 것은 다른

5

이유가 아니다. 인간의 존엄성은 인간이 누려야 할 모든 자유와 권리, 즉 '인권'의 근원이기 때문이다. 그리고 생명의 가치는 탄생부터 죽음까지 존중되어야 하며, 현실적으로 최우선의 가치가 있기 때문이다.[1]

인권은 모든 인간의 생명이 동등한 가치를 지닐 때, 비로소 동등하게 누릴 수 있다. 휴먼다큐 사진 「집」과 「여인숙」을 통해 인간의 존엄성과 생명의 가치를 환기하는 당위성이 여기에 있다.

사십 대였던 2005년쯤엔 나름대로 욕망과 치기로 달려든 다큐 사진이었다. 육십 중반에 이른 지금 돌아보면 그게 현실적으로 얼마나 힘든 작업이었는가를 여실히 안다. 그럼에도 나는 지난 20여 년 동안 애초의 기획 의도를 실현하기 위해 한길만을 선택해서 걸어온 셈이다.

휴먼다큐 흑백사진 개인전 6회 개최. 철거 재개발 다큐 사진집 『집-지상의 방 한 칸』(사진예술사, 2017), 전통 여인숙 다큐 사진집 『여인숙』(눈빛, 2021) 출간.

위와 같은 결과물을 두고 볼 때, 그동안 부끄럽지 않을 만큼의 성과를 거두었다고 생각한다.

나는 철거 재개발 다큐 프로젝트를 진행하는 한편 여인숙 취재와 촬영을 병행했다. 2007년 7월 22일, 포항 구룡포의 '매월

---

1) 차병직, 『존엄성 수업』, 바다출판사, 2020, 53쪽.

여인숙'에서 여인숙 첫 촬영을 했다. 그 뒤 15년 가까이 강원도 정선부터 제주도까지 80여 개의 여인숙을 흑백필름에 담았다.

사회적 외면과 소외의 시공간인 뒷골목 여인숙. 낮고, 좁고, 어둡고, 춥고, 무더운 여인숙은 그 본질적인 특성만큼 접근이 어려웠다. 게다가 대다수 '절대 빈곤'[2) 계층에 포함되는 여인숙 달방 사람들과 인간관계를 맺는 일은 미처 예측할 수 없는 돌발 장애가 상존(常存)했다. 무엇보다 초상권과 여인숙 상호에 대한 명예훼손 시비가 촬영 도중에 빈번하게 빚어졌다. 하루 이틀 여인숙에 숙박하거나 한두 번 인사를 나누고 스쳐 지나가는 식으론 접근이 어려웠고 촬영은 더더욱 불가능했다. 특히, 여인숙을 생존의 거처로 살아가는 사람들-여인숙 사장과 전문직 여성, 월세방(이하, 달방) 거주민과 숙박 손님들의 인권 문제가 셔터를 누르는 순간순간 따라붙었다.

'사람'을 필름에 담는 일은 그가 누구든, 어느 경우든 인권 문제와 초상권이라는 선결 과제를 해결하지 않고는 처음부터 불가능한 일이었다. 여인숙에서 의식주를 해결하는 사람 가운데 일부는 개인적인 사정으로 자신을 세상에 공개하는 것을 극히 꺼리거나 절대 불가능한 경우가 있었다.

나는 여러 가지 타개책을 궁구한 끝에 전통 여인숙 다큐 프

---

2) 절대 빈곤(absolute poverty): 최저 생활을 유지할 수 없는 수준, 즉 최소한의 신체적 효율성을 유지하는 데 필요한 식·열·주·의를 가지지 못한 수준. 원석조, 『사회복지정책론』, 공동체, 2019, 425쪽.

로젝트 방향을 수정했다.

첫째, 직접 여인숙 달방 생활을 하면서 여인숙 사람들과 충분히 인간관계를 맺은 뒤에 취재 및 촬영을 진행한다.

둘째, 철거 재개발 예정지로서 생존의 여건이 가장 열악한 여인숙을 중심으로 진행한다.

셋째, 철거 재개발로 파생되는 여인숙 사람들의 생존권 문제를 부각한다.

넷째, 여인숙 사람들 삶의 진실을 공유하여 동시대를 살아가는 사람들로 하여금 인권과 평화, 공존과 상생에 대한 인식의 전환을 꾀한다.

처음에 휴먼다큐멘터리 「여인숙」 프로젝트 기획 의도는 전통 여인숙의 과거와 현재를 기록에 남기자는 소박한 것이었다. 당대의 사회역사 현실에 대한 기록과 보전이라는 책무를 지닌 문화예술가로부터 한두 걸음씩 떨어져 있는 그곳을 누군가는 기록에 남겨야 하며, 그게 바로 나 자신이라는 순수한 당위성이었다.

그러나 3단계로 나누어 진행했던 1차 촬영 단계 5년을 거치는 동안 내 판단이 얼마나 우매했는지를 깨달았다. 여인숙을 단순히 다큐 사진 촬영 대상으로만 여기며 접근한 것이 가장 큰 실수였다.

여인숙은 다름 아니라 '인간의 휴식 공간'이면서 동시에 '생존의 공간'이었다. 동물적 본능, 본색을 발현하는 공간이라는 왜곡된 시각과 최하층 서민들의 최후의 주거공간이라는 계급적 관점이 얼마나 위험천만한 사고였는지를 나는 절감했다.

인식의 오류에 대한 비판적인 평가와 반성을 하면서 나는 '두 번째 인생의 거처'를 찾은 기대감으로 여인숙 취재와 촬영에 박차를 가했다. 가장 먼저 내가 한 일은 재학 중이던 대학원 휴학이었다.

나는 4년 전, 2019년 2월에 교단을 떠났다. 중·고등학교 국어교사로 34년을 근무했던 학교를 정년 2년을 남겨두고 명예퇴직한 것은 오로지 사진전공 대학원 진학 때문이었다. 나는 오랜 세월 혼자 사진 작업을 하던 끝에 60세가 되어서야 서울의 J대학교 대학원 조형예술학과에 진학했다. 그러나 여인숙 다큐 작업과 대학원 공부를 병행하기엔 경제력과 물리적인 시간이 허락하지 않았다. 나는 둘 중 한 가지의 중단 여부를 심사숙고했다. 그러던 중 마침 코로나19 팬데믹이 시작되었고, 그것을 빌미로 대학원을 휴학했다. 그와 동시에 대학원 공부를 하는 동안 아내 모르게 달방 생활을 했던 서울 종로구 창신동 여인숙을 떠나 집에서 가까운 대전역 뒷골목 여인숙으로 장기투숙을 결정했다.

읍참마속(泣斬馬謖)의 심정으로 오랫동안 품어온 꿈 하나를 잘라낸 고통은 작지 않았다. 경제력과 나이를 고려할 때, 휴학은 곧 자퇴로 연결될 것을 알고 있기에 꿈을 포기한 상실감이 컸다. 게다가 아내와의 갈등과 가족들의 만류도 피할 수 없었다.

"철거 현장에서 목숨을 잃을 뻔했는데, 이번엔 여인숙이에요? 이제 집에 걸어둘 만한 사진 좀 찍어요."

가족들이 나를 향해 던지는 염려와 불안의 회초리는 매서웠다. 상업성과 전혀 무관한 다큐 작업을 고집한 것도 무모한 일이지만 이미 여러 차례 위험한 상황을 겪었기 때문이다.

그럼에도 나는 여인숙 다큐 프로젝트를 선택한 나의 판단을 존중했다.

-나를 살리기 위해 나의 절반을 죽였다.

나는 그 위안으로 자신을 세뇌하면서 비로소 올바른 삶의 방향과 걸어갈 길을 발견한 사람처럼 걸음이 가벼워졌다.

대전역 뒷골목의 '여인숙 달방 367일'은 그렇게 시작되었다.

차례

* 일러두기

　－이 책에 실린 모든 인물은 실존 인물이며 초상권과 신분 공개에 동의
한 인물은 실명을 사용함. 단, 일부 신분 보호가 필요한 인물의 경우는
이름을 감추거나 가명을 사용함.

　－이 책에 실린 일부 사진은 사진집 『여인숙』(눈빛. 2021)에 수록된 흑
백 필름 사진이며, 그 외의 사진은 컬러 사진을 흑백 전환한 것으로 본
래 이미지와 다소 차이가 있음.

1

0.8평 우주

여름

모든 것이 진실이다

　대전광역시 동구의 원도심에 있는 대전역은 과거 호남선과 경부선이 교차하는 내륙의 관문 같은 곳이다. 그런 까닭에 역 근처엔 숙박시설과 유흥시설이 밀집해 있다. 1990년대 후반, 호남선이 서대전역으로 완전히 분리되기 전까지 불야성을 이루며 상당 기간 부를 축적하는 시기가 있었다. 그러나 지금은 그즈음에 건설된 서구의 신도시와 최근 건축된 세종특별자치시로 대전시 경제의 추가 기울어진 상태다. 역세권이 눈부시게 개발되는 서울이나 타 광역시와는 달리 대전역 근처는 경부선 철도가 관통함에도 시간이 정지된 듯 과거의 모습에서 크게 변하지 않았다. 대전역을 끼고 있는 원도심은 시나브로 공동화 현상이 빚어져 시설과 건물들이 낙후되어 불가피하게 재개발을 목전에 두고 있는 형편이다. 실제로 대전시는 2020년 4월에 도심재생 프로젝트를 발표하였다. 내가 3년 가까이 출입하고 있는 대전역 인근 정동과 중동(행정구역명, 중앙로) 지역은 도심재생 프로젝트에 따라 2021년 10월에 철거 보상과 주민 소

17

개(疏開)가 시작되고 2022년 1월부터 철거가 예정되어 있었다. 그러나 2021년 3월에 시공사인 LH 직원의 땅 투기 사건이 터진 뒤 보상 시비 등이 겹쳐 철거 보상과 재개발은 지금까지 지지부진하게 미뤄지고 있다.

대전역은 흡사 태풍의 눈처럼 철거 재개발 지역의 한복판에 자리잡은 형태인데 대전역 좌우의 골목에 50여 년의 역사를 지닌 여인숙과 쪽방촌, 포장마차가 늘어서 있다. 한때 대전의 경제를 좌지우지할 만큼 흥성했던 숙박업소와 유흥가인 그것들이 철거를 학수고대하며 옛 모습 그대로 남아 있는 것이다. 마치 끝까지 살아남아야겠다는 각오를 다진 것처럼 한편 처연하고, 한편 비장한 모습으로 실존하고 있다.

원앙여인숙, 대원여인숙, 하마여인숙, 현대여인숙, 충북여인숙, 대덕여인숙, 수도여인숙, 제일여인숙, 산호여인숙, 금성여인숙, 보은여인숙, 신창여인숙…….

나는 10여 년 전부터 그 여인숙을 드나들며 휴먼다큐 「여인숙」 촬영 작업을 진행했다. 그리고 2020년 7월 9일, 그중 한 곳을 선택하여 달방 생활을 시작했다. 선택 조건은 시설이 가장 낡고 열악하면서 달방에 거주하는 사람들이 많은 곳이었다. 가능한 최악의 환경에서 생존을 위해 필사적으로 살아가는 사람들을 필름에 담겠다는 판단 때문이었다.

휴먼다큐 주제를 되새기면서 최종적으로 선택한 여인숙

은 '대덕여인숙'이다. 나는 대덕여인숙 8호실, 0.8평 독방에서 2020년 7월 9일부터 2021년 7월 10일까지 367일간 달방 생활을 했다.

달방 사람들과 어울려 의식주를 해결하는 동안 정이 들었고 여인숙 세계에서 흔히 말하는 '가족'이 되었다. 이모, 엄마, 삼촌, 형님으로 서로의 호칭을 주고받던 사람들은 나를 삼촌, 오빠, 식구라고 부르며 오늘까지 가족처럼 지낸다.

대덕여인숙과 나란히 앉아 있는 제일여인숙에 다시 입실한 것은 2022년 3월 말이었다. 여인숙 달방 생활을 재개한 까닭은

1년간 달방 생활을 한 대덕여인숙.

다른 게 아니다. 여인숙 다큐 후속 작업과 지속적인 생필품 후원, 그리고 철거 보상 지원 때문이었다. 달방 가족의 많은 사람이 문맹에 가깝다. 월세 계약서에 서명을 못 하는 모습을 발견하고 나는 철거 보상이 끝날 때까지 서류작업과 일상생활 중에 조력자 역할을 하기로 작정했다.

다시 돌아보아도 2년 반 가까운 달방 생활은 참으로 가치 있는 일이었다. 여인숙 안팎의 풍경과 달방 가족들이 사는 모습을 사진으로 담는 한편, 달방 가족들 후원과 봉사활동을 병행한 것은 숙명처럼 여겨진다.

극히 일부 여인숙을 제외하고 냉난방이 불가능한 한 평짜리 방에서 기초생활수급자 생계급여만으로 폭염과 혹한을 고통스럽게 견디는 달방 가족들. 붕괴와 화재 위험을 감수하며 생존을 위해 필사적인 가족들. 언어와 지체 장애인, 당뇨 환자, 알코올 중독자를 비롯해 '빈곤 함정'[3]에 갇혀 있는 달방 가족들을 차마 외면할 수 없었다. 나는 대덕여인숙에서 1년간 머무는 동안 사진집 출간 비용으로 마련해둔 2,000여만 원을 달방 생활비와 후원 경비로 지출한 뒤 경제력의 한계를 절감하고 페이스북을 통해 후원인을 공개 모집했다.

본격적으로 후원봉사를 진행하면서 나는 여인숙 가족들께

---

3) 빈곤 함정(poverty trap): 빈곤의 덫. 사회보장급여에 의존하여 생계를 해결하려는 의존심이 생겨 결국 빈곤에 정체되어 버리는 현상. 원석조, 『사회복지정책론』, 공동체, 2019, 444쪽.

다음 네 가지를 약속했다.

1. 철거 보상이 끝난 뒤 임시 거처로 이주할 때까지 가족들과 함께 생활한다.
2. 여인숙 다큐멘터리 사진으로 발생하는 모든 수익의 20퍼센트는 가족들 후원비로 기증한다.
3. 여인숙을 떠날 때까지 가족들 생필품 후원을 지속한다.
4. 빈곤 함정에서 탈출할 수 있도록 조력자 역할을 한다.

지속적인 후원을 실천하는 한편 나는 처음 대덕여인숙 달방에 입실하면서 쓰기 시작한 「달방 일기-인간의 시간」을 달방 생활하는 동안 틈틈이 기록했다. 그것은 고행을 자처한 나 자신에게 선물한 따뜻한 격려이자 준엄한 채찍질이었다.

되짚어보면 「달방 일기-인간의 시간」은 내 생애에서 가장 어둡고 가장 빛나던 800여 일의 시공간을 '문자의 렌즈'로 기록한 다큐인 셈이다. 그 다큐는 여인숙과 달방 가족들이 현존하는 오늘까지 진행 중이다. 그중 대덕여인숙 8호실 달방에서 머문 367일의 기록은 아래와 같다.

달방 생활 가운데 잊어서는 안 될 내용을 선별한 이 기록이 세상에 나갔을 때, 사람들이 믿기 힘들어 할 모든 것은 실제로 일어났던 일이다. 이 기록에 등장하는 여인숙 가족들은 모두 실존 인물이며, 우리의 상상력이 못 미치는 뒷골목 여인숙 삶의 실상은 처음부터 끝까지 진실이다.

0.8평 우주

2020. 7. 9(목). 대덕여인숙 달방 첫날. 폭염 경보

오전 일찍 쏟아지던 빗줄기가 거짓말처럼 사라진 뒤 오후 내내 땡볕이 이어졌다. 이틀 전부터 기상청은 장마를 예보했다. 그런데 오늘 오후 보도는 달랐다. 수도권과 중부 지방을 비롯해 대부분 지역에 폭염 경보를 발령했다. 역대급 장마의 전조인 듯 불볕더위가 한바탕 세상을 뒤집어놓을 것만 같았다.

-오늘부터 여인숙 달방 생활을 시작하기로 했는데 이 폭염을 어떻게 감당할 것인지.

나는 배낭 두 개를 꾸려서 대덕여인숙을 찾아갔다. 이틀 전에 사전 답사했던 여인숙 가운데 달방을 얻기로 한 여인숙이다.

대덕여인숙은 대전 역전 통 골목에 있는 이십여 개의 여인숙 가운데 가장 규모가 큰 여인숙이다. 2층짜리 건물에 열여섯 개의 방이 있다. 당연히 인근 여인숙보다 달방을 얻어 사는 사람들이 많다. 그런데도 건물이 매우 낙후되었고 시설은 믿을 수

없을 만큼 열악했다. 역설적 상황이 선택의 결정적인 이유인 셈이다.

"열한 명 삽니다."

이틀 전에 관리자라고 자신을 소개한 중년 남자에게 문의했을 때 남자는 퉁명스럽게 대답했다. 남자의 말을 듣고 여인숙을 살펴보니 화장실과 세면실은 단 한 개뿐이었다. 조리실 형태의 주방은 아예 없었다. 나는 그 수량에 놀랐고 시설물의 상태에 혀를 내둘렀다. 쩍쩍 틈이 벌어진 콘크리트 벽과 철근의 뼈대가 노출된 화장실은 출입문조차 없었다. 나란히 붙은 공용세면실의 문을 열어서 화장실 입구를 가로막는 형국이었다. 공용세면실에 세면대는 설치되지 않았다. 기껏해야 펼친 사과 상자만 한 세면실 바닥에 닿을 듯이 꽂아놓은 수도꼭지를 향해 사람이 쭈그려 앉아서 물을 사용했다. 세탁기는 다 썩은 슬레이트로 덮인 건물 뒤편의 공터에 버려진 듯 놓여 있었다. 식수는 낡은 냉온수기 한 대로 해결하고 있었다. 이만큼의 시설로 미루어 짐작하자면 냉난방은 당연히 불가능했다. 여름 폭염은 선풍기로, 겨울 한파는 전기장판으로 견뎌야 했다.

─아무리 철거를 앞두었다지만 열한 사람이 이런 시설에서 어떻게 살아가는지…….

나는 인간의 주거환경으로는 도저히 납득할 수 없는 공간에서 사람이 존재하는 것 자체에 경악했다. 나는 대덕여인숙 시설을 다시 둘러보면서 스스로 반문했다.

—과연 이런 시설로 숙박업이 가능한 것일까. 소방안전점검은 어떻게 통과했을까.

그러나 이것은 우매한 반문이었다. 답은 단순명료했다. 철거 재개발 때문이었다.

낙후된 원도심인 역전 주변 지역이 대전시의 주거환경 개선 사업 대상지로 결정되었고, 역전 통 골목의 여인숙과 쪽방촌이 철거 대상에 포함된 사실을 지역 거주민들은 모두가 알고 있었다. 대전시에서 역세권 주거환경 개선사업 계획을 발표한 것이 2020년 4월이었다. 행정구역상 지명으로 대전시 동구 정동과 삼성동 일부가 포함된 중앙로 일대가 그 지역에 해당되었다. 거주민들은 일 년 뒤, 2021년 가을쯤 철거 보상이 시작된다는 말이 돌면서 시도 때도 없이 술렁였다. 그런 이유로 역전 통은 시간이 멈춘 것처럼 모든 시설의 신축부터 기존 시설물에 대한 개보수 작업이 완전히 중단되었다. 여인숙과 쪽방촌 건물주들은 불가피한 사안이 아니면 일체의 금전적 지출을 하지 않았다. 대덕여인숙도 예외가 아니었다.

그럼에도 내 생각은 달랐다. 사람의 생존 공간이라면 당장 사람이 살 수 있도록 최소한의 환경은 갖춰져야 하는 게 옳았다. 여인숙 달방과 여인숙 간판을 뗀 쪽방촌에서 살아가는 사람들은 대개 가정이 없거나 몸이 아프거나 기초생활수급자다.

대덕여인숙 8호실. 1년간 머문 0.8평짜리 달방.

그렇다고 할지라도 생명의 존엄성은 여느 사람과 다를 바가 없거늘, 하물며 한 지붕 아래 열한 사람이 공존하는 시설이 이처럼 상상을 초월하는 형편일 줄은 미처 예상을 못 했다.

물론 장점이 없진 않았다. 아래 위층에 각각 두 줄로 앉은 방 사이의 복도 공간은 달방 사람들의 휴식 공간으로 어느 정도 여유가 있었다. 기역자 전통가옥 형태의 여인숙이나 일자형 여인숙과는 비교가 안 될 만한 특혜였다. 게다가 여인숙 세계에선 보기 드문 특별한 시설물도 있었다. 언뜻 보면 방문보다 크게 여겨지는 창문이 그것이다. 펼친 신문보다 더 크게 뚫린 창문은 여인숙 달방을 찾아온 사람들을 한눈에 사로잡을 만큼 매혹적이었다. 단칸방에서 각자도생하듯 의식주를 해결하는 달방 사람들에게는 이보다 더 큰 위안이 없을 것이었다. 이틀 전에 이 골목의 여인숙을 둘러볼 때, 손수건이나 책가방만 한 창문이 대부분이었다. 작년에 잠깐 달방을 살았던 서울 종로구의 창신동도 그랬지만 대덕여인숙 인근의 쪽방촌 일부는 아예 창문이 없는 곳도 있었다. 그에 반하여 눈이 번쩍 뜨이게 큰 창문을 소유한 대덕여인숙은 월 15만 원짜리 달방의 세계에서 타의 추종을 불허하는 경쟁력이 있는 셈이었다. 물론 겨울에 큰 창문을 뚫고 들어올 한기를 염려하지 않을 수가 없었다. 그러나 지금 당장, 폭염을 피할 방법으로선 최선의 선택일 게 분명했다.

—유사시를 대비해서 계약서를 반드시 써야 한다.

나는 몇 번씩 다짐한 것처럼 여인숙 여사장에게 15만 원을 건네고 월세 계약서를 썼다. 계약서는 내가 자필로 대충 써왔다. 임영혜(가명). 칠십 대 중반쯤으로 보이는 여사장이 자신의 이름을 미처 다 쓰지도 못한 채 동그라미를 두르고 계약서 작성은 끝났다.

"여기, 천 실장님이 관리자세요. 이분 말씀 들으면 됩니다."

나는 여사장이 소개하는 중년 남자를 따라서 2층 8호실에 배낭을 풀었다. 서울 동대문 근처에서 이미 달방 생활을 해보았기에 방 크기야 예상했던 터지만 막상 몸을 들여놓고 앉아 있자니 생각보다 비좁고 천장이 낮았다. 방 넓이를 확인하려고 양팔을 펼쳐보았다. 방문과 창문 방향으론 양팔 길이보다 한 뼘쯤 남았다. 나머지 두 벽 쪽은 반 뼘쯤 모자랐다. 잘해야 0.8평 정도의 크기였다.

그러나저러나 무서운 폭염이었다. 배낭을 풀고 옷과 물컵, 휴지 따위를 꺼내는 사이에 땀이 흘렀다. 방바닥에 깔린 누런 비닐장판에서 케케묵은 기름때가 끝없이 올라와 방바닥을 세 번씩이나 닦아내는 동안 나는 거의 목욕을 하는 것처럼 1층 공용세면실을 오르내렸다. 관리자 천 실장이 건네준 중고 선풍기 날개를 분해하고 먼지를 닦아낼 땐 기진맥진해서 쓰러질 지경이었다. 대충 방 청소와 정리를 마치고 선풍기를 틀어보니 선풍기 날개는 냉풍은커녕 열기를 푹푹 뿜어댔다.

나는 시체처럼 누운 채로 방안을 휘둘러보았다. 조금만 움직여도 몸 구석구석에서 닫혀 있는 땀샘이 터질 것만 같았다. 하나, 둘, 셋…… 열넷, 열다섯. 누워서 천장을 바라보자니 천장 벽지의 물 얼룩과 구멍을 메운 벽지 조각들이 셀 수 없이 많았다. 출입구 문틀과 벽에 박힌 못도 스무 개는 넘어 보였다. 두 형상이 마치 현대미술 설치작품처럼 여겨져 나는 실소를 흘렸다.

―0.8평짜리 방 한 칸을 삶의 거처로 삼았던 사람들. 그들이 이 방을 다녀갈 때마다 저 벽지와 못들이 하나둘 늘었을 것이다. 이 낮고 좁고 어두운 공간에 고단한 생의 한순간을 풀어놓았을 사람들. 그들은 대체 누굴까. 어디서 왔다가 어느 곳으로 떠났을까.

어쨌거나 오늘부터 8호실 0.8평 달방은 지난 50여 년의 세월 동안 나보다 먼저 이 방을 다녀간 사람들이 그랬던 것처럼 나를 살리거나 나를 죽일 수도 있는 시공간이다. 살아 있는 순간 순간 바람과 햇볕, 어둠과 빛이 한데 어우러지는 우주다. 지금 이 우주엔 열한 사람이 유영 중이다. 그들은 내가 이 우주를 찾아온 이유다. 나는 이제 이 우주에서…….

여기, 사람이 살고 있다

2020. 7. 21(화). 달방 13일째. 장맛비

오늘 잠깐 뇌진탕 증세를 겪었다. 공용화장실 입구 문틀에 머리를 부딪쳤다. 튕겨 나가듯이 머리가 뒤로 꺾이고 정신이 혼미해져서 화장실 입구 바닥에 한참을 쭈그려 앉아 있었다.

공용화장실은 출입문이 없어서 옆에 붙어 있는 세면실 문으로 가로막고 일을 봐야 한다. 급한 김에 세면실 문을 끌어당기며 무심코 들어섰던 것인데 그만 콘크리트 문틀에 이마를 찧고 말았다. 바닥에 주저앉아 있는 나를 발견한 관리자 천 실장은 대수롭지 않다는 듯이 한마디 던지고는 세면실로 들어갔다.

"문틀이 낮으니 밤이고 낮이고 항상 조심하시오."

이른 오전이었다. 비만 아니었으면 대전역 화장실로 다녀올 참이었다. 빗발이 굵고 거세지면서 불편하지만 공용화장실을 이용하려다 피를 보고 말았다.

–붕괴 직전의 낡은 철근콘크리트 구조물. 어떻게 이런 위험천만하고 좁은 화장실에서 열한 사람이 볼일을 보는지.

나는 방으로 돌아와 이마의 피를 닦아내면서 공연히 서글펐다. 이제 시작일 뿐인데 벌써 고통을 겪다니. 창밖의 빗소리를 듣는데 코끝이 매웠다.

오늘도 온종일 장맛비가 내렸다. 빗줄기는 이틀 간격으로 반나절 정도 숨을 고른 뒤 일주일 넘게 이어지는 중이다.

모기장 덕분이다. 장마철에 그나마 밤마다 안전하게 잠을 이룬 것은. 잠들기 전까지 모기와 바퀴벌레의 서커스 묘기를 즐기게 된 것도 모기장 아니었으면 불가능했다.

숙면은 아니지만 서너 시간이나마 단숨에 잠을 이룬 것은 달방 생활을 시작한 지 일주일이 지나고 나서야 가능했다. 잠자리가 불편한 탓에 잠이 짧아질 것은 어느 정도 각오한 일이다. 좁고, 덥고, 소란한 일상에 코로나19 확진 위험까지 뒤범벅된 채 낮과 밤이 이어졌으므로 수면 부족과 피로는 불가피한 일이다. 그런데 예상하지 못한 일이 벌어졌다. 짧아진 수면과는 반대로 불안감이 엿가락처럼 죽죽 늘어났다. 폭염과 장마가 반복되는 탓에 집중력이 떨어지면서 생각이 토막토막 잘리는 바람에 불안감이 늘어가는 게 여실히 느껴졌다.

―과연 내가 이곳에 찾아든 목적을 이룰 수 있을까. 결국 포기하는 것은 아닐까.

막을 올리기도 전에 파국이 보이는 듯한 불안감이 가중되었다. 여인숙 환경 조건이 터무니없이 열악한 데다 달방 사람들과의 거리를 좀처럼 좁힐 수 없기 때문이었다. 그러나 다행스러운 일은 모기장이 나에게 짧지만 깊은 잠을 보장해주었듯 한 겹, 두 겹 쌓이기 시작하는 불안감은 내게 당장 절실한 것의 실체를 분명히 해주었다.

　-서두르지 말 것! 할 수 있다는 믿음! 진정성!

　나는 텔레비전 화면을 가린 신문지에 그 문장을 써서 붙여두었다.

　이제 이곳 생활은 어느 정도 익숙해졌다. 이곳의 모든 시설에 대한 사용법도 익혔다. 폭염과 장마도 대충 넘기는 여유가 생겼다. 관리자 천 실장을 통해 달방 사람들의 신분도 대충 파악되었다.

　1호실은 주역을 공부하면서 20여 년의 만행을 마치고 입실했다는 육십 대 후반의 조현병 환자 철학가. 2호실은 육십 대 초반의 성매매 전문직 여성. 3호실은 쫓겨난 여자 대신 들어온 사십 대의 지체장애인 남자. 4호실은 굿당을 출입한다는 팔순 노인. 5호실은 이틀 전에 입실한 오십 대의 여자. 6호실은 창고. 7호실은 칠순의 알코올 중독자이자 치매 환자. 9, 10호실은 관리자 천길도(가명) 실장의 침실과 주방. 11호실은 육십 대 초반으로 걸음이 아주 불편한 반 곱사등 여성. 12호실은 정체불명의 오십 대 남자. 13호실은 창고. 14호실은 해병대 복장에 유격대장 모자를 쓴 육십 대 후반의 조현병 환자. 15호실은 박스 줍는 칠십 대 노파. 16호실은 관리자 내실. 그리고 내 방 맞은편 17호실은 일일 숙박 손님용 공실.

달방 사람들 신분과 방의 용도를 대충은 파악했지만 세세한 내막은 아직 모르는 상태. 그런 까닭에 달방 사람들과의 거리를 좁히는 일은 까마득히 멀다. 난제라는 생각이다. 그렇게 판단하고 있다. 까닭은 다름이 아니다. 이 열악한 곳에서 사람이 살아갈 수도 있다니. 이런 비관적인 생각에서 내가 좀처럼 벗어나질 못하기 때문이다. 실체를 알 수 없는 연민과 고통을 스스로 통제하지 못하는 탓이다. 그러던 중 내 생각을 갈아엎는 계기가 벌어졌다.

입실한 뒤 일주일 동안 나는 단순히 열악한 시설에만 집중했다. 생존의 조건이 최악이라는 비관만 반복했다. 누굴 탓할 수도 없는 일인 줄 알면서도 쓸데없이 분노했다. 그러나 두 번째 주일부터는 낙후된 건물 같은 외형적 조건에서 눈을 돌려 사람을 보기 시작했다. 두 가지 사건이 나의 시선을 사로잡은 덕분이었다. 그 두 사건이 내 생각의 변화를 초래한 결정적인 이유가 된 셈이다.

그것은 '인간의 존엄성과 생명의 가치'에 대한 나의 기존 관념을 깨뜨려버린 일대 사건이었다.

내가 달방에 입실한 사흘 뒤에 5호실에 머물던 오십 대 여자가 쫓겨났다. 악취 때문이었다. 폭염과 장마에도 불구하고 자신의 방 청소는 물론이고 몸을 전혀 닦지 않는 탓으로 5호실 안팎으로 참을 수 없을 만큼의 악취가 진동했다. 관리자 천 실장은 선풍기를 5호실 입구의 복도에 켜서 악취를 밖으로 날려보내려고 했지만 쉽지 않았다. 여인숙 여사장과 천 실장이 논의 끝에 여자를 내보냈을 때, 방안은 3호실과 마찬가지로 바퀴벌레가 가득했다. 며칠 청소를 마친 뒤 새로 사람을 들였다. 오십 대 후반의 안동 여자였다. 여자의 언니라고 자신을 소개한 초로의 여자는 천 실장과 나를 향해 허리를 호미처럼 꺾으면서 대여섯 번씩 사정했다.

"제 동생이 골다공증이 심해서 걸음이 불편합니다. 동생이 담배와 술로 고생을 많이 했어요. 제발, 잘 좀 보살펴주세요. 집안 사정으로 제가 올 수 없으니 사장님들이 제발, 잘 좀 돌봐주세요."

언니는 눈물을 흘리다 돌아갔다. 문턱에 걸터앉은 채 언니를 배웅한 안동 여자는 언니의 눈물과는 상관없이 헤헤, 웃기만 했다.

"저 언니라는 여자, 눈물을 흘리는데, 그건 다 쇼요. 그냥 여기 버리고 가는 거요. 아픈 동생이 진짜 불쌍하면 왜 이런데 두고 갑니까. 여긴 이런 사람 천지요."

언니가 두고 간 동생에게 이불과 수건을 건네면서 천 실장은 사뭇 진지하게 말했다. 그동안 겪어본 결과, 그들의 사정을 안

봐도 다 안다는 표정이었다. 나는 새로 입실한 안동 여자와 쫓겨난 3호실, 5호실 여자를 차례로 떠올려보았다.

　-그들은 어디로 갔을까. 어디서, 어떻게 목숨을 부지하고 있을까.

　나는 두 여자에 대한 상념으로 저녁을 건너뛴 채 밤늦게까지 여인숙 안팎을 서성댔다. 그러다가 충격적인 모습을 발견했다. 7호실 알코올 중독자의 방에서였다. 나는 그동안 7호실을 두 주일 가까이 한 번도 들여다보지 못했다. 늘 닫혀 있었기 때문이다. 실내 모습이 궁금했으나 관리자 천 실장의 충고가 마음에 걸렸다.

　"여긴 몇 가지 지킬 법이 있어요. 절대 남에게 피해 주지 말 것. 허락 없이 남의 방을 들여다보지 말 것, 남의 일에 간섭하질 말 것……."

　그래서 활짝 열려 있는 방도 곁눈질 외엔 눈길을 주지 않은 터였다. 그러던 중 어쩌다 절반쯤 열린 7호실 방안을 들여다보게 되었던 것인데, 방안의 모습은 충격적이었다.

　둘둘 말려 있는 장판 옆으로 칠순의 노인이 죽은 듯이 쓰러져 있었다. 노인 옆으론 술병이 나뒹굴었다. 열흘 남짓 이어진 장맛비에 방바닥으로 빗물이 스며든 모양이었다. 그래서 장판을 말리는 중인 듯했다. 7호실 뒤편의 외벽이 갈라 터져 있었고, 그 아래 세탁기가 놓여 있었다. 외벽과 세탁기 물 배수구

근처에서 아마도 물이 스며든 것 같았다. 나는 다시 한 번 주변을 살펴본 뒤 핸드폰 카메라로 노인을 찍었다. 쓰러진 노인의 모습과 다 떨어진 벽지를 후다닥 찍은 뒤 방을 나섰다.

8호실 내 방으로 돌아와 문을 닫아걸고는 심호흡을 했다. 폭염이 문제가 아니었다. 대덕여인숙에 입실한 후 최초의 촬영을 한 것에 가슴이 뛰었다. 십여 년간 여인숙을 드나들며 카메라 셔터를 수없이 눌렀지만 이렇게 숨이 찬 것은 처음이었다. 기껏해야 핸드폰 카메라임에도 불구하고 나는 마치 특별한 작품을 얻은 것처럼 흥분되었다. 비록 대상이 인식하지 못한 몰래 카메라 사진이기에 부도덕한 작업 방식이지만 여인숙 다큐 사진으로 매우 인상적인 작품이 되리란 기대가 들었다.

그러나 나는 막상 핸드폰을 열고 사진을 확인하면서 놀랍고 당황스러웠다. 노인이 쓰러져 있는 7호실 풍경은……, 생의 막장 같은 참혹한 모습이었다. 나는 핸드폰을 닫고 생각을 바꾸었다.

-다시는 몰래카메라 촬영을 하지 말자. 몰카 사진은 인권과 생명의 가치를 훼손하는 부도덕이고 비양심이다.

나는 7호실 노인의 모습 위에 5호실 안동 여자 자매를 오버랩시켰다. 그 위로 쫓겨난 3호실과 5호실 여자를 겹쳐두었다. 그리고 생각했다.

7호실 노성태(가명) 형. 폭우로 침수된 방바닥을 말리다 쓰러져 있다.
사진집 『여인숙』 수록 작품

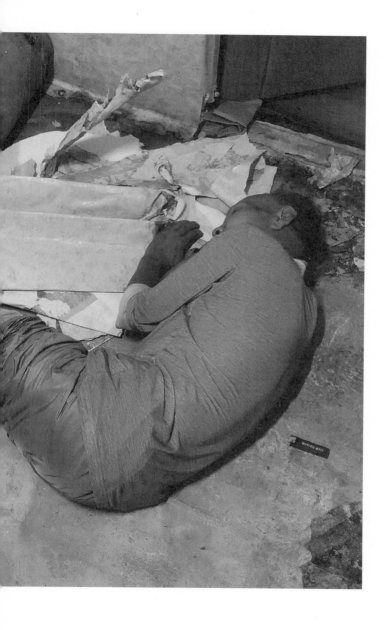

-인간의 존엄성은 어느 순간에도, 어떤 경우에도 망각해서는 안 된다.

밤늦게 김밥으로 저녁을 먹는 동안 나는 거듭 생각했다. 그리고 달방 사람들과의 거리를 좁히는 방법을 반성했다. 좀더 적극적인 자세가 필요했다. 관리자 천 실장을 통해 간접적으로 전해 듣는 것이 아니라 내가 직접 나서서 사람들 면면을 파악하는 게 옳을 것이었다. 달방 사람들이 이 열악한 생존의 조건을 어떻게 극복하는지, 순간순간의 고통을 어떤 방식으로 견뎌내는지, 자신의 생존을 위해 얼마나 필사적인지를 함께 의식주를 해결하면서 차분히 지켜볼 필요가 있었다.

나는 앉은뱅이 밥상을 치우고 텔레비전에 붙여둔 메모를 읽었다.

서두르지 말 것! 할 수 있다는 믿음! 진정성!

나는 메모지를 떼어내서 한 문장을 덧붙였다.

"여기, 사람이 살고 있다."

물폭탄

2020. 7. 30(목). 달방 22일째. 장대비. 물폭탄

새벽 3시 반이었다. 복도와 1층이 시끄러워서 잠을 깼다. 관리자 천 실장이 사람들을 깨우고 있었다.

"다들 일어나요. 1층이 잠기고 있어요."

게릴라성 폭우로 결국 1층 복도가 잠겼다. 여인숙 밖 도로의 맨홀에서 물이 역류해 출입구 안으로 밀어닥치고 있었다. 공용 세면실 쪽에서도 물이 흘러 내려왔다. 순식간에 쏟아지는 장대비 때문에 여인숙 건물 앞뒤의 하수구에서 미처 물이 빠져나가지 못한 탓이었다. 1층의 이모와 안동 여자와 굿당 노인과 조현병 환자 철학가 모두가 문밖으로 나와 허둥댔다.

"천정에서 빗물이 쏟아져요."

1호실 철학가는 방에서 양동이로 물을 받아 복도에 뿌렸다. 천정에 물기가 스미는 것은 알고 있었으나 폭우로 구멍이 뚫렸는지 수돗물처럼 빗물이 떨어졌다.

"이거 완전히 똥물이야. 골목에 싸지른 오줌, 똥이 다 쓸려 오네."

39

사람들이 늘어서서 양동이와 바가지로 두어 시간은 물을 퍼냈을 것이다. 빗발이 낚싯줄처럼 가늘어지면서 1층 복도에 차오른 빗물도 밑바닥이 보였다. 방 문턱이 복도보다 한 뼘 반쯤 높았던 덕분에 달방은 간신히 침수를 피할 수 있었다. 사람들은 기진맥진하여 방에 벌러덩 쓰러졌다. 새벽 6시를 막 넘기는 중이었다.

"똥물 냄새도 큰일이지만 이제 바퀴벌레 천국이 될 거요."

천 실장의 말을 듣는 사람이 아무도 없었다. 장마가 끝나려면 아직 멀었다는 말을 누군가 신음처럼 뱉은 뒤, 여인숙은 무덤처럼 적막해졌다.

─여인숙 안팎 소독과 청소가 필요하다. 날이 밝으면 관리자 천 실장을 도와드려야겠다.

나는 그 생각을 하면서 잠깐 눈을 붙였다.

정직은 최선의 무기

2022. 8. 16(일). 달방 39일째. 맑음. 폭염 경보

달방 한 달 보름이 지나는 중이다. 달방 생활도 익숙해졌고, 다른 달방 가족들의 생활 습관도 어느 정도 파악이 되었다. 날은 푹푹 쪘으나 방에 쭈그리고 앉아 달방 생활을 짚어보았다. 정리가 필요한 일이 보였다. 여인숙 달방에서 불가피한 일과 금기 사항, 절제할 일과 회피할 일 등등을 노트북에 기록해 두었다. 그 한편에서 두 가지를 메모해서 방문 안쪽에 붙였다.

1. 휴먼다큐멘터리 프로젝트의 기획 의도를 잊지 말 것.
2. 달방 가족들의 과도한 흡연과 음주를 조금씩 줄일 수 있도록 도와줄 것.

방문 메모를 다시 읽으면서 카메라 촬영 작업을 떠올렸다.

지난주에 2호실 박○○ 이모 첫 촬영을 했다. 달방 가족 가운데 가장 소통이 잘 된 덕분에 카메라 촬영이 가능했다. 그러나 이제 시작이다. 카메라에 대한 거부감을 줄이는 정도의 기초 촬영일 뿐이다. 필요한 사진은 아직 멀었다. 캐릭터를 살릴

만큼의 인물 촬영은 백 번, 천 번 고민할 필요가 있다. 서두르면 오히려 그르칠 가능성이 커진다. 어찌 됐든 이모 첫 촬영이 시작되면서 촬영에 속도가 붙을 듯한 예감이 들었다. 오늘 오전엔 5호실 영순 씨와 핸드폰 셀카 첫 촬영을 했다. 임영순. 안동 여자의 이름을 전해 들은 뒤부터는 깍듯이 이름을 불러주었다. 나보다 다섯 살 연하였으나 대화 중엔 말을 높였다. 그러면서 거리가 많이 좁혀졌다. 마음 같아선 영순 씨에게 카메라를 들이대고 싶었으나 꾹 참고 핸드폰으로 끝냈다. 고맙다는 인사를 했더니 담배를 사달라고 해서 술과 담배는 건강을 해치기 때문에 안 된다고 했다. 그냥 내 방으로 돌아오는 척하다가 대전역 성심당에 들러 영순 씨가 좋아하는 '튀김 소보로'를 사다 주었다. 5호실 영순 씨 방으로부터 튀김 소보로 냄새가 1층 복도에 번질 무렵이었다. 이모가 큰 소리로 나를 불렀다.

"삼촌."

왜 나는 안 사주느냐고 따져 물을 줄 알았다. 대덕여인숙 여사장 임 여사님 심부름이었다. 초원장 주차장으로 잠깐 와달라고 했다.

달방만 운영하는 철거 직전의 초원장 여관은 건물 1층에 승용차 두 대 크기의 주차장이 있다. 그곳은 언제나 그늘이었다. 찜통 같은 방을 피해서 쉴 수 있는 유일한 공간인 까닭에 여인숙과 초원장 달방 사람들은 거의 날마다 앉아서 떠들고, 마시고, 낮잠을 자기도 한다. 말하자면 달방 가족들의 사랑방인 셈

사랑방(주차장)에서 달방 형님들과 기념 촬영.

이다. 주차장에 앉아 있던 대여섯 사람이 기다렸다는 것처럼 나를 향해 궁금한 것을 물었다.

뭐 하는 사람이냐. 여긴 왜 왔느냐. 집은 어디냐. 술은 마시느냐.

질문을 받는 동안 나는 달방 기간을 헤아렸다. 얼추 한 달 보름이 지나는 중이었다. 더는 달방에 입실한 목적을 숨기면 안될 것 같았다. 촬영의 선결 과제인 초상권 해결은 여전히 난제였다. 초상권이 해결되지 않는 한 카메라 접근조차 불가했다.

그러자면 달방 가족들과 나와의 거리를 좁혀야만 했다. 나는 '정직은 최선의 무기'라는 말을 떠올리며 입을 열었다.

"저는 사진가입니다. 정확히 말씀드리면 다큐멘터리 사진가입니다. 사라져가는 전통 여인숙과 여인숙에 사는 사람들을 기록하려고 십 년 넘게 전국의 여인숙을 찾아다니고 있습니다. 여기 온 목적도 마찬가지입니다. 철거가 예정되었기에 철거하기 전까지 여인숙과 사람들 모습을 찍을 계획입니다. 도와주십시오. 여러 가지 사정으로 여러분들 촬영이 어려운 줄 압니다. 최대한 조심하고, 꼭 상의하면서 촬영하겠습니다."

나의 장황한 설명을 들은 뒤 임 여사님을 비롯해 몇몇이 웅성거리며 질문과 경고성 발언을 퍼부었다.

"뭘 찍을 게 있다고 그러셔?"

"사진 함부로 찍으면 안 돼."

"사람들과 술 마시고 시끄럽게 하면 방 빼야 합니다."

"가끔 기자라는 놈들이 사진 찍어가서는 무슨 거지들이나 깡패들이나 병신들만 사는 것처럼 떠들고 지랄하는데, 이런 데 산다고 사람 무시하면 용서 못 해요."

나는 달방 가족들 말이 끝날 때까지 입을 다문 채 듣기만 했다. 말의 뜻을 충분히 이해하고 있었기에 함부로 반응을 보이면 안 될 것 같았다. 가족들이 좀 진정될 즈음에 나는 조심조심 입을 열었다.

"사실은 제가 여인숙에 들어오기 전까지는 철거 재개발 사진을 찍었습니다. 고향과 집에서 쫓겨나는 철거민의 생존권 투쟁에도 함께했습니다. 지금도 중도일보 신문에 매주 연재하고 있답니다. 이번 주에 보도가 되면 신문을 보여드리겠습니다. 저를 믿어주시고 도움을 부탁드립니다. 나중에 여러분들 철거 보상 때도 도와드리겠습니다."

중도일보에 연재한다는 기사는 실제 진행 중인 '대전재생프로젝트' 기획물이다. 8개월간 대전의 철거지역을 촬영하고 문제점을 짚어보는 기획물이다. 나는 방에서 시민기자증과 신문을 가져와서 보여주며 거듭 촬영 협조를 구했다.

사랑방 대화 덕분일 것이었다. 이번 주부터 몇 가지 변화를 느낄 수 있었다. 가장 먼저 사람의 변화였다. 마주칠 때마다 멀뚱멀뚱 지나치던 가족들이 아는 체를 하고 때때로 말도 주고받았다. 다음은 공간 활용의 변화다. 아직 카메라를 걸고 여인숙 안팎을 자유롭게 활보할 수는 없었다. 카메라에 대한 거부감이 극심한 가족들이기에 카메라를 보이는 것은 시기상조였다. 그러나 카메라 없이는 내 활동의 제약이 거의 사라졌다. 내가 머무는 대덕여인숙 말고도 옆집 제일여인숙과 수도여인숙을 눈치 보지 않으며 출입할 수 있었다. 여인숙 사장님과 달방 사람들이 가볍게 눈인사를 할 만큼 친숙해졌다. 그러는 사이에 나는 몇몇 여인숙 공간과 사람들을 파악하면서 애초 계획한 여인숙 다큐 촬영의 세부 계획을 잡아갔다.

－이곳에 머무는 동안 가족들을 위해 할 일을 적극적으로 고민하자.

－땡볕이 완전히 사라지고 바람이 선선해지는 가을부터 촬영할 수 있도록 사전 준비를 철저히 하자.

이런 희망 탓이었다. 0.8평 독방 생활이 전보다 가볍고 즐거워졌다. 소음과 악취가 끊이지 않고 바퀴벌레와 모기가 여전히 창궐했으나 그것은 내가 감당해야 할 생존의 조건이므로 익숙한 불편쯤으로 여겼다. 폭염과 침묵과 긴장으로 무의미하게 흘려보낸 두 달 달방의 시간이 이젠 단 하루도 의미 없는 시간이 아니었다.

'삶의 분명한 목적이 불투명한 삶을 순간순간 아름답게 가꾼다.'

나는 쪽지 글을 써서 방문에 붙인 뒤, 달력을 보았다.

코로나19와 여인숙 달방 생활을 구실로 요양원의 어머니를 뵙지 못한 게 반년이 지났다. 달방 가족들을 잠시 잊고, 마음 편하게 어머니를 뵐 때가 되었다.

다른 별 이야기

점심을 먹는 동안에 비지땀이 흘렀다. 몸의 열기도 식힐 겸 설거지를 마친 뒤 공용세면실에서 첫 셀프 촬영을 했다. 공간이 비좁고 빛이 부족해 삼각대를 사용했으나 몸에 물을 뿌리는 장면인 탓에 촬영이 쉽지 않았다. 열한 사람이 사용하는 공용세면실 사정을 고려할 때, 흑백필름 이미지가 나쁘면 다시 찍기 어렵다는 생각으로 디카 촬영까지 하는 바람에 바가지로 스무 번쯤 물을 뿌렸다.

원 없이 물을 뒤집어쓴 덕분에 몸은 냉기가 느껴질 만큼 식었다. 몸을 닦으면서 한 가지 계획을 잡았다. 그동안 방문 안쪽에 쪽지글을 붙여왔다. 사진집에 수록할 사진의 캡션(caption)이다. 그러나 다큐 사진만으로 여인숙 달방 생활을 채우기엔 시간과 경제력, 육체적으로 너무 희생이 크다는 생각을 해왔다. 달방 가족들에 대한 봉사활동과 함께 나 자신을 위해 의미 있는 작업이 더 필요했다. 그래서 사진과 글을 병행하기로 작정했다. 여인숙 연작시가 그것이다. 기록성과 사실성, 진실성이 담긴 사진과 시. 그 두 가지의 창작은 여인숙 달방을 떠날 때까지 내게 주어진 중요한 과제라고 판단했다.

사실 나는 다큐멘터리 사진 작업을 하면서 시를 써왔다. 그동안 다섯 권의 시집을 냈다. 다큐 사진가보다 시인으로 내 이름이 더 알려져 있을 만큼 오랫동안 시 창작 활동을 해왔다. 그러나 사진 공부는 문단에 등단한 1989년보다 훨씬 앞서 있다. 대학 시절부터 흑백카메라 셔터를 누르기 시작했으니 어림잡아 40년 넘게 사진 작업을 해온 셈이다.

카메라를 배낭에 넣고 며칠 전에 초고를 잡은 첫 작품 '모든 것이 진실이다'를 고쳐 썼다. 여인숙 시편들의 서시인 셈이다. 여인숙 연작시의 등대이자 나침반 역할을 할 것으로 기대한다.

펼친 사과상자 만한 공용세면실. 열한 사람이 쭈그려앉아서 씻고 닦는 곳이다.

모든 것이 진실이다
-여인숙 1

0.8평 달방, 이 우주에선
생존에 대한 은유와 상징이란 없다
행복사랑향수인권냉난방이란 다른 별 이야기다

염천에 벌거벗고 누워 있는 청량리 형,

내일 살아남기 위해 오늘 굶은 김천 이모,

짐승처럼 월동하는 이 우주에선
지금, 당신의 눈에 보이는
모든 것이 진실이다

사랑방 입방식

2022. 8. 27(목). 달방 50일째. 오전 일찍 약한 비 내린 뒤 폭염

여인숙 달방 입실은 다큐 사진 촬영이 목적이었지만 달방 두 달을 보내면서 나는 예정에 없던 계획을 추가했다. 달방 가족들 생활 방식의 변화와 생존의 질 향상, 그것이다. 그동안 전국 80여 곳 여인숙을 드나들면서 미처 생각하지 못한 일이다. 한 평 내외의 여인숙 달방 환경이 극도로 열악했기에 생각을 바꾸었다.

포항 구룡포 매월여인숙을 처음 촬영한 것은 2007년 여름이 었다. 그 뒤 강원도 정선부터 제주도까지 여인숙을 찾아 떠돌며 여인숙 외부와 실내 풍경을 촬영했다. 하루 이틀, 길게는 일 주일 정도 여인숙에 묵었으나 그 시간만으로는 여인숙의 내면을 들여다볼 수 없었다. 특히 여인숙을 생존의 거처로 살아가는 사람들을 카메라로 담는 것은 거의 불가능했다.

세상으로부터 한두 걸음 떨어져 있거나 완전히 고립된 것처럼 뒷골목에 아슬아슬하게 존재하는 전통 여인숙. 소외의 극점 같은 시공간에서 생존을 위해 필사적인 달방 가족들을 뒤늦게

발견한 나는 처절한 심정으로 반성했다. 그리고 촬영 계획을 전면 수정했다.

나는 대덕여인숙 촬영만 하고 떠나겠다는 생각을 포기했다. 촬영이 아니라 사람이 먼저라는 다짐을 거듭했다. 그리고 충분한 시간을 두고 접근하기로 작정했다.

나는 인물 촬영을 3단계로 계획했다. 1단계는 달방 가족들과의 교류와 친밀감 형성이다. 달방 생활을 하는 동안 예측 불가의 상황이 벌어질 것이고, 또한 예측을 벗어날 만큼의 시간이 소요될 것이다. 끝까지 참고 견디기로 했다.

2단계는 어르신들 영정 사진 촬영이다. 여인숙 사장을 포함해서 달방의 어르신께 무료로 영정 사진을 촬영해 드리고 액자용으로 인화까지 마쳐드리기로 했다. 재능 기부 형식이지만 인간적인 관계 형성에 매우 중요한 과정이 아닐 수 없었다. 어르신의 동의와 응원이 전제되어야만 흡연과 음주, 고성과 싸움, 알코올 중독과 노숙 등의 열악한 생활 습관을 개선할 수 있다고 판단했다. 나아가 붕괴와 화재 위험이 상존하는 낡은 여인숙 시설에 대한 보완도 가능할 것이었다.

그리고 마지막 3단계는 달방 사람들 생활 모습과 인물 초상(portrait) 촬영이다.

두 달 가까이 달방 가족들과 사귀었기에 우선 가깝게 지내게 된 박○○ 이모를 촬영한 뒤, 예정대로 어르신 영정 사진을 찍었다. 제일여인숙 곽지숙(가명) 여사님과 초원장 조 사장님, 그리고 7호실 노성태 형과 이웃 쪽방촌의 김○○ 형님을 찍었다. 액자용 사진을 인화하고 사인을 해서 전해드릴 때, 다들 기쁘게 받아주셨다.

시작이 반이다. 그 말이 꼭 들어맞았다. 이모의 첫 촬영을 마친 뒤부터 달방 가족들 촬영이 순조롭게 진행되었다. 한 달 가까이 이어지던 장마가 끝나고 가을 냄새가 풍기기 시작하는 8월 말이었다. 관리자 천 실장의 도움이 결정적으로 작용했다.

"여기, 이 작가 좀 도와주세요. 여인숙 없어지기 전에 사진 찍어서 남긴다고 고생하고 있어요."

초원장 주차장 사랑방에 모인 사람들을 향해 천 실장이 사진 촬영 협조 말씀을 주셨다. 그다음부터 달방 사람들의 태도가 바뀌었다. 카메라를 극구 거부하거나 촬영을 주저하던 사람들이 사진 촬영에 관심을 가졌다.

"그것, 찍어서 뭐에 쓰는 거요?"

"어디 방송에 나가고 하는 것은 아니지?"

"불이익이나 시비가 생기면 이 작가가 책임지는 거여."

대덕여인숙 달방 가족들 열두 명 가운데 세 명을 입실 두 달 만에 촬영했다. 물론 작품 사진은 아니다. 일단 카메라에 친근감을 가질 수 있도록 핸드폰과 디지털카메라로 가볍게 찍어서 가족들에게 보여줬다. 전시용 작품과 사진집 수록용 아날로그 흑백필름 사진은 아직 시기가 아니다. 더 거리가 좁혀지고, 더

관계가 깊어진 다음에 필름 카메라 셔터를 누를 것이다. 그러자면 늦가을이나 초겨울까지는 기다려야 한다. 그동안은 여인숙 가족들과 먹고, 자고, 닦고, 떠들며 친근감을 형성하는 게 중요하다.

나는 몇 사람 촬영에 대한 감사 인사도 할 겸, 늦었지만 입방식을 치르기로 했다.

오전 일찍 내리던 비가 그치고 오후 내내 폭염으로 여인숙이 끓었다. 나는 대덕여인숙과 이웃 제일여인숙, 수도여인숙 사장님과 달방 가족들 십여 명을 초원장 주차장으로 초대했다. 주차장에 사람들이 나올 시간에 맞추어 중국 음식과 냉면을 배달시켰다.

제일여인숙 여사장 곽 여사님과 쪽방촌 두식 형님. 박○○ 이모와 투석하는 남자친구, 7호실 성태 형, 임 여사님, 그리고 영순 씨와 초원장 202호실 조남경 형. 천 실장과 4호실 김병권 아우.

음식을 먹는 동안 나는 달방 가족들께 여러 차례 허리를 굽혔다.

"저를 달방 가족으로 받아주셔서 고맙습니다."

배달 음식을 먹고 주차장을 정리한 뒤였다. 천 실장이 자신의 방으로 나를 불렀다. 자정을 넘길 때까지 천 실장 방 앞에서 함께 소주를 마셨다. 천 실장은 자신을 형님으로 호칭하는 것을 내게 처음으로 허락했다.

"형님, 감사합니다."

"감사할 것 없어. 자네가 무언가 해보려고 여기 왔으니 잘해
보게."

형님은 새벽까지 자신의 청량리 시절의 무용담을 들려주었
다.

"내가 청량리에서 애들 육십 명 데리고 있었거든. 사채업을
하면서 도박 하우스도 열었고. 청계천엔 유료 주차장도 두 개
가지고 있었는데, 그땐 말이야, 최일도나 조양은하고도 어울려
지냈어. ……. 사업체와 전 재산 이십팔억 칠천만 원을 날린 게
2003년이야. 사채 수금하러 간 놈 둘이서 여자의 목에 칼을 그
은 거야. 그것 때문에……."

나는 마치 청량리 주먹 형님의 부하처럼 조용히 듣기만 했
다.

2

생존권을 보장하라

가을

칼로 물 베기보다 어려운 일

2020. 9. 7(월). 달방 61일째. 태풍 아이삭

태풍 '아이삭'의 피해가 상당하다는 보도가 나왔다. 제주와 부산, 포항 해안 지역이 큰 피해를 보았다. 불행 중 다행으로 내륙 지방은 세력이 약했고 태풍이 동해안으로 빠져나가면서 대전의 빗발은 수그러들었다. 여인숙 가족들도 태풍 걱정을 했으나 지난번 게릴라성 폭우 같은 침수피해는 없었다.

나는 엊그제 집에 들러 하룻밤 묵은 뒤 가을용 옷과 이불을 가지고 돌아왔다. 폭염과 태풍이 떠난 여인숙은 밤공기가 이미 서릿발이 내릴 것처럼 찼다. 50년이 다 된 여인숙은 지붕과 벽이 얇은 탓에 한여름 땡볕이 내리쬐면 실내가 가마솥처럼 끓지만, 가을바람이 불기 시작하면 노천 한가지로 기온이 뚝 떨어진다. 그래서 여인숙은 봄과 가을의 경계가 없다. 봄은 여름이고 가을은 곧바로 겨울이다.

집에 다녀오는데 마침 초원장 주차장 사랑방에 가족들이 모여 있기에 오후 두어 시간을 바닥에 쭈그려 앉아 함께 어울렸다. 어젯밤 성태 형이 술에 취해 뻗었다는 얘기부터 어떤 미친

14호실 ○정수 형의 방문 자물쇠 풍경.
형은 화장실에 갈 때도 자물쇠를 채운다.
사진집 『여인숙』 수록 작품

××가 1만 원짜리 숙박비를 5천 원만 깎아달래서 걷어차고 보냈다는 욕설까지 줄줄이 이어졌다. 암내를 풍기며 신음을 흘리는 길냥이 깜순이를 차지하려고 밤새 수컷들이 전쟁을 치르는 바람에 잠을 설쳤다는 얘기가 돌았을 땐 나도 그런 적이 있었다며 한 마디를 보탰다. 따지고 보면 만취한 이야기든 숙박비 시비든 길냥이 전쟁이든 새로울 게 없었다. 그런데도 사람들은 수없이 반복되는 그 상황을 마치 보고회를 하듯 날마다 주고받았다. 여인숙 밖 사람들이 들으면 세상 돌아가는 일과는 상관없는 이야기이고 그다지 새겨들을 게 없었으나 뒷골목 여인숙 세계에선 하루하루 생존을 위한 생필품 같은 이야기였다.

"14호실 유격대 말이야. 방에 바퀴벌레만 가득한 데 왜 자물쇠를 열두 개씩이나 박아놓고 지랄인가 몰라. 열쇠를 못 맞춰서 덜그럭거리는 소리 때문에 밤이고 낮이고 시끄러워 죽겠다니까."

사랑방 이야기는 종종 그래왔던 것처럼 관리자 천길도 형님이 ○정수 형을 욕하는 것으로 끝났다. 짝퉁 해병대 복장에 붉은 유격대 모자를 쓴 풍채 건장한 정수 형. 뇌를 다친 탓인지 언행이 조금 불편한 형은 폭염과 장마와 태풍이 지나가도록 방문을 굳게 닫고 지냈다. 한 평 남짓한 찜통 같은 방에서 선풍기 하나로 견딘 것이다. 내가 직접 그 광경을 확인하면서도 믿어지지 않았다. 창문도 겨울옷으로 막아둔 채 어떻게 염천에 숨쉬고 살았는지. 수수께끼 같은 일이었다. 형이 무료급식을 받기 위해서, 혹은 역전 광장 노숙자들과 어울리려고 방문을 열고 나올 때마다 2층 복도에 악취가 진동했다.

"저 인간, 일 년 내내 얼굴에 물 한 방울도 안 묻혀. 방은 쓰레기통보다 더 난장판이고."

내가 목격한 것만으로도 길도 형님의 말은 과장이 아니었다. 달방 입실 두 달이 지나도록 얼굴과 몸에 물을 대는 것을 본 적이 없었다. 옷을 빨아 입지도 않았다. 형을 볼 때마다 행색과 악취는 상상을 초월했다. 도무지 현실감이 없었다. 오죽했으면 길도 형님이 복도에 대형 선풍기를 돌리고 향을 피우겠는가.

─정수 형을 위해 무엇인가 내가 할 일이 있을 것이다.

나는 그 생각을 떠올리면서 주차장 사랑방을 떠나 내 방으로 돌아왔다. 저녁 전에 할 일이 있었다. 집을 떠날 때 8호실 방문 앞에 택배 물품을 두었다는 택배사의 문자를 받았다. 생필품 후원으로 부탁했던 쌀떡국이었다.

대덕여인숙 달방에 입실하고 두 달째가 시작될 무렵이었다. 한 평 남짓한 독방에서 최저생계급여만으로 연명하듯 살아가는 달방 가족들 모습이 참혹하게 여겨져 나는 후원인 모집을 시작했다. 후원 안내와 협조 글을 주변 예술가들께 문자 전송하고 페이스북에 포스팅했다.

여인숙 달방 사람들께 생필품 후원을 부탁드립니다.

정수 형의 재산 목록 1호, 자물쇠와 열쇠. 형은 해병대 조끼에도 자물쇠를 걸고 다닌다. 사진집 『여인숙』 수록 작품

한 평 안팎의 좁고 낮고 무덥고 어두운 달방에서 사람들이 최저생계급여로 생존을 위해 필사적으로 살아갑니다.

먹고 입는 모든 물품이 가능합니다.

다만, 이곳은 특별한 조리실이 없고, 휴대용 가스레인지나 냉온수기만을 사용할 수 있기에 가능하다면 1차 식재료는 제외하고 가공식품류가 좋겠습니다. 이 외에 부탄가스나 물티슈, 생수와 같은 생필품도 후원을 부탁드립니다.

후원 안내글이 전송된 다음 날부터 십여 명께서 생필품을 후원해주셨다. 오늘 도착한 쌀떡국도 그중 하나였다. 함께 글을 쓰면서 사진 공부를 하는 서울의 장우원 시인이 보내준 것이다.

택배사가 문자안내를 한 것처럼 방문 앞에 쌀떡국 박스가 쌓여 있었다. 저녁 식사 전에 대덕여인숙과 이웃 여인숙 가족들께 전하려면 서둘러야 했다.

2020.9.18(금). 달방 72일째. 약간 흐린 가을 날씨

밤바람이 차기에 창문을 거의 닫고 막 잠이 들었나 싶다가 깼다. 새벽 한 시 어름이었다. 방문 밖이 소란했다. 누군가 1층 나무계단 쪽에서 소리를 지르고 있었다. 별일 아니겠지, 하면서 눈을 감는데 어제 일이 떠올랐다.

어제는 오후 내내 바빴다. 여인숙 가족 세 분의 초상권 허락을 받았다. 그보다 먼저 사진 현상소에 들러 여인숙 여사장 임

여사님의 영정 사진을 찾아와 전해드렸다. 마침 주차장 사랑방에 모인 몇 분이 영정 사진을 보면서 관심을 보였다. 분위기가 좋은 틈을 타서 준비해둔 초상권 동의서를 꺼냈다. 조남경 형과 임영순 씨, 그리고 곽 여사님께 초상권 허락 용지에 기록된 글을 읽어드린 뒤 자필 서명을 받았다.

'이강산 사진작가의 다큐멘터리 〈여인숙〉 사진전과 〈여인숙〉 사진
집에 본인의 사진을 사용하는 것을 허락함.'

서명을 마치고 후일 예상하지 못한 일이 빚어질 경우를 대비해서 서명 용지를 들고 인증샷도 찍었다. 다들 흔쾌히 동참해주셔서 무리 없이 마무리했다.

사실 오전 분위기는 좋지 않았다. 주차장에서 임 여사님과 박○○ 이모가 심하게 다투었다. 금전 문제였다. 임 여사님이 급전이 필요해서 이모의 비상금을 일주일만 빌려달라고 했으나 이모가 거절했다. 임 여사님과 이모의 관계를 두고 본다면 그것은 있을 수 없는 일이었다. 십여 년 가까이 이모는 임 여사님 덕분에 먹고살았다. 이모는 올해 예순한 살이다. 이 바닥에서 늙은이 취급을 받는 나이와 코로나19로 개점휴업 중이지만 한때 임 여사님 밑에서 먹고살았다. 거주와 수입 두 가지 어느 것으로 보아도 임 여사님은 갑이고 이모는 을이다. 그런데도 돈 문제가 불거지면 갑과 을은 무용지물이 된다. 한 달 전쯤엔

손님 문제로 제일여인숙 곽 여사님과 고성을 주고받았다. 밥그릇 싸움을 한 것이다. 여인숙 골목에서 50년 가까이 한솥밥을 먹은 친구였음에도 양보할 수 없는 영역이 있었다.

"×년들이 지들 돈 아쉬울 땐 죽는 시늉을 하면서 내가 말하면 입을 싹 닫아, ×년들이."

분기를 참지 못한 임 여사님이 주차장 사랑방에서 호객용 의자를 깔고 앉은 채 오전 내내 씩씩거리는 것을 보았다. 그러나 험악한 분기는 오래가지 않았다. 점심때 임 여사님이 좋아하는 잡채밥을 이모가 배달시키면서 흔적도 없이 사라졌다. 그런 식으로 오랫동안 공존을 해왔다. 곽 여사님과의 싸움도 그랬다.

"야, 코로나 때문에 우리 굶어 죽는 거 아니냐."

"거기 달방은 다 찼냐?"

"두 개가 비었어."

"철거될 때까지라도 살아야 하는데, 큰일이다."

언제 싸웠냐는 듯이 두 사람은 과거를 묻어둔 채 당장의 영업과 내일의 생존을 염려했다. 50년 뒷골목 동지답게 달방 정보를 나누고, 양아치 같은 연놈을 육두문자로 때려눕히고, 이따금 전해지는 후원물품을 나누었다.

나는 이런 모습들이 여인숙 세계만의 독특한 생존 방식이라고 여겼다.

남도 아니고 피붙이도 아닌 가족들이 한 지붕 아래에서 동고

동락하는 세계. 일촉즉발의 위험은 있으나 뽑아 쓰는 물티슈처럼 일회성인 대립과 갈등. 최저생계비로 제작된 생존의 수레바퀴를 위태롭게 굴리는 팽팽한 긴장. 그리하여 영원한 적도 아군도 없는 세계.

여인숙 밖 세상과는 다르게 여인숙 가족들끼리 나누는 의리와 우정은 여인숙이 철거되어 세상에서 사라질 때까지 결코 둘로 갈라질 것 같지 않았다. 적절한 비유가 아닌 줄 알면서도 나는 그것이 칼로 물 베기보다 더 어려운 일이라고 판단했다.

이런 상념에 젖다가 문득 잠이 들었나 보았다. 방문 밖의 소음이 조금 전보다 더 날카로워져서 잠을 깼다. 여인숙 복도 어딘가를 망치로 후려치는 소리가 들렸다. 그것은 놀랍게도 방문 밖 어느 곳이 아니라 내 방문을 두드리는 소리였다. 낡은 베니어합판 문짝이 금방이라도 뚫릴 것처럼 둔탁한 소리가 몇 차례 반복되었다.

"야, 이 ××놈아. 나와 봐."

무슨 일인가? 나는 벌떡 일어나 방문 손잡이를 움켜쥐었다.

"야, 니가 사진작가면 다냐? 왜 내 허락 없이 사진을 찍어, ××놈아."

7호실 성태 형이었다. 그렇다면……, 이게 무슨 사달인가를 대충 알 만했다.

어제 오후에 주차장 사랑방에서 가족들과 어울린 뒤였다. 2호실 이모 사진을 찍었다. 그 옆에 서 있던 형이 나를 향해 한

마디 던졌다.

"이 작가. 나는 찍지 마라. 무단 촬영이면 초상권 침해야. 알지?"

"예. 나중에 허락받고 찍겠습니다."

"나중이고 나발이고 찍지 마."

"예."

"우리가 동물원 원숭이냐? 왜 사진을 찍고 지랄여."

성태 형은 낮술에 취기가 약간 올라온 상태였다. 그래서 그러려니 하고 넘긴 일이었다. 아직 형은 촬영하지 않았고, 좀더 달방 생활을 하면서 시간을 두고 촬영할 계획이었다. 물론 형의 감정 표현에 더 이상의 대꾸를 하지 않은 것은 취기 탓이 아니라 길도 형님의 충고 탓이었다.

"노성태가 목소리 높이면 피하게. 언제 술병이 날아올지 몰라."

형은 알코올 중독에 초기 치매 증세까지 보였다. 일단 만취하면 자신이 무엇을 했는지 제대로 기억을 못 했다. 방바닥이나 복도에 쓰러질 때까지 고성방가를 쏟아붓기에 다들 피하는 눈치였다. 한밤중에 가위를 들고 날뛴 적도 있다고 했다. 그래서 취기가 머리끝까지 올라온 날엔 다들 더위를 참으면서 방문을 잠갔다. 오늘 새벽도 그랬다. 방문을 잠그지 않았다면 큰일을 치를 뻔했다.

"이 개××야. 술 처먹었으면 얌전하게 자빠져 자지, 한밤중에 망치를 들고 지랄여."

형의 망치질 소리에 옆방의 길도 형님이 잠을 깼다. 방문을 열고 튀어나온 길도 형님이 형을 가로막고 소리쳤다.

"이 양아치 ××야. 망치 휘두르면 살인미수여, 살인미수!"

"야, 관리자면 다냐. 니가 뭔데 상관여."

형이 휘두르는 망치를 피하면서 길도 형님이 형의 복부를 한 번 내지르자 푹, 고꾸라졌다. 눈 깜짝할 사이에 상황이 끝났다.

"이 작가, 자네 오늘은 집에 가서 자게."

길도 형님이 형의 망치를 뺏고 뒷덜미를 낚아채면서 말했다. 나는 대충 옷을 걸치고 후다닥 방을 빠져나왔다. 택시를 타고 귀가하는 내내 등에서 식은땀이 났다.

성태 형의 취중 망치 사건은 늘 그래왔던 것처럼 하룻밤 지나고 나면 무슨 일이 있었냐는 듯이 잠잠해질 것이다. 내가 왜 그런 짓을 해. 기억이 안 나. 형은 그런 식으로 어물쩍 넘겨버릴 것이다. 미안하다는 식의 사과는 기대할 수도 없다. 미친 ××가 망치를 휘두르고 깽판을 쳐. 관리자 길도 형님은 주차장 사랑방에 모인 사람들에게 망치 폭력을 제압한 상황을 몇 번씩 재현할 게 분명하다.

그와 엇비슷한 소란이 여인숙 안팎에서 종종 벌어지기에 사람들은 그때마다 흥미진진하게 듣고는 자리를 털고 일어서면 금세 잊어버렸다. 짐작하건대 이번에도 마찬가지일 것이다.

임 여사님과 이모, 곽 여사님의 대립이나 달방 가족들끼리의

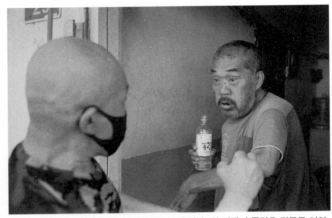

여인숙의 음주 소란을 주먹으로 해결하는 천 실장. 천 실장의 폭력은 뒷골목 여인숙 세계를 유지하기 위한 '선택적 폭력'이다. 사진집 『여인숙』 수록 작품

사소한 갈등. 이것은 한 평짜리 공동주택과도 같은 여인숙 달방 세계의 일상이었기에 관심의 대상이자 동시에 외면의 대상이기도 했다. 그것은 이를테면 칼로 물 베기 같은 일이다. 그러나 따지고 보면 그보다 더 쉽고도 어려운 일이기도 했다. 대개는 한바탕 소란해지다가 여인숙의 절대권력이자 포청천 같은 존재인 천길도 형님의 중재와 제압으로 종지부를 찍었다. 이따금 목숨을 위협하는 일은 경찰이 출동하거나 119구급대가 달려오기도 했다. 그럴 경우는 결코 칼로 물 베기가 아니다. 길도 형님 아니었으면 큰일을 치를지도 몰랐을 새벽 망치 사건이 그랬다.

슬픈 해후─동지는 무사하지 않았다

2020. 9. 30(수). 달방 84일째. 맑고 다소 선선함

추석 하루 전이다. 나흘 연휴가 시작되었다. 달방 가족들은 미동도 없다. 추석과는 아무 상관 없다는 것처럼, 아예 추석을 모른다는 것처럼 조용히 하루를 보냈다. 마치 사람이 존재하지 않는 시간의 한 토막이 여기 여인숙에 꽉 들어찬 듯 어느 순간엔 적막하기까지 했다.

저녁 식사를 마치고 각자의 방문이 닫힌 지금, 길냥이 깜순이의 숨소리가 들릴 만큼 사방은 고요해졌다.

─이제 바퀴벌레와 모기가 인간을 지배할 시간이다.

나는 독백을 흘리면서 일찌감치 모기장을 쳤다. 오늘도 어젯밤처럼 바퀴벌레 서커스단이 천정을 가로지르다 모기장 안전 그물에 떨어질지 모른다. 아니면 모기떼와 함께 비둘기 마술쇼를 보여줄지도 모르겠다.

나는 천정을 올려다보던 눈을 돌려 앉은뱅이 밥상 위의 노트북을 열었다. 밤잠을 줄여서라도 풀어낼 이야기가 있었다. 오

늘 오후까지 일주일 사이에 세 번씩이나 울컥했던 일이 막무가내로 떠올랐기 때문이다.

오늘 오후였다. 늘 그래왔던 것처럼 주차장 사랑방을 오가며 가족들과 어울리는데 느닷없이 아내가 나타났다. 추석 명절 떡이라면서 송편 20인분을 여인숙으로 가지고 온 것이다.

"쪽방촌 사무실이나 복지단체에서 추석 후원물품을 전달할 것 같아. 나는 추석 쇤 다음에 떡과 음료수를 후원할까 해."

지나가는 말처럼 툭 던지며 추석 전날에 여인숙에서 자고 오겠다는 나를 아내는 애처롭게 바라보았다. 추석 오후에 귀가해서 성묘와 처가 방문을 하자는 내 말이 황당해서가 아니었다.

"내 생각엔 후원물품도 많지 않을 것이고, 때를 놓치면 작든 크든 후원하는 의미도 없을 것 같네요."

아내의 말은 맞았다. 추석 연휴 첫날이 다 가도록 후원물품은 없었다. 아내는 천리안을 지닌 듯했다. 아내의 명절 떡이 더없이 반갑기만 했다.

내가 머무는 대덕여인숙과 이웃 여인숙 달방 가족들께 송편을 돌리고 약간의 음료수도 전하면서 주차장 사랑방은 잠시 소란해졌다. 그러나 송편과 음료수가 사라지면서 임 여사님과 이모를 제외한 모두가 달방으로 돌아갔다.

8호실 내 방에 누워 생각해보니 아내의 여인숙 방문은 이번이 두 번째였다. 아내는 코로나19 확진자가 늘어나면서 여인숙 출입을 꺼리다가 지난달에 딱 한 번 다녀갔다. 달걀 세 판을 삶아서 택시를 타고 왔다. 예상하지 못한 일이었다.

"여인숙은 외부인 출입금지야. 달방 사람들 말고는 드나드는 사람이 없어서 코로나 청정 지역이라고."

수없이 강조한 내 말을 뒤늦게나마 믿어준 아내가 고맙고, 한편 미안했다.

주차장 사랑방에 펼쳐놓은 추석 후원물품. 20여 명의 단 한 끼 식량일 뿐이라서 안타깝다.

빨래와 목욕을 하고 병원 진료를 하기 위해 매주 이틀씩 여인숙에서 귀가하는 나를 지켜보는 아내는 속이 탔다. 전에 없던 잔기침이 늘어났기 때문이다. 달방 가족들 가운데 워낙 흡연자가 많아서 잠을 잘 때 마스크를 쓰고 잤지만 나도 모르는 사이에 호흡기 질환이 생겼다. 불가피한 일이었다. 이십여 년 넘도록 나를 괴롭히고 있는 이명이나 위장병보다 당장 기침이 더 걱정이었다. 폐와 관련된 병은 피했으나 아내는 충혈된 눈으로 내게 목소리를 높였다.

"그만 방을 빼요. 집에서 오가며 촬영할 수 있잖아요."

나는 아내의 뜻을 수용할 수 없다며 몇 가지 사유를 들이댔다.

"여인숙 가족들 인물 촬영은 그런 방식으로는 불가능해요. 후원봉사를 위해서도 당분간은 함께 지내야 하고."

귀가할 때마다 강조한 내 말을 아내는 논리적으로 받아쳤다.

"철거 다큐 사진 찍는다고 철거 현장을 십 년 넘게 다녔잖아요. 몇 번을 죽을 뻔도 했고. 그런데 이번에는 여인숙에서 살아요? 당신 아니라도 찍을 사람 많아요. ······. 이제 제발 집에 걸어둘 만한 사진 좀 찍어요."

그랬던 아내가 한 달을 전후해서 삶은 달걀과 송편을 들고 왔다. 나는 주차장 사랑방에 송편을 풀고 떠나는 아내를 배웅하면서 울컥하는 마음을 간신히 가라앉혔다.

지난주엔 하루에 두 번씩이나 뜨거운 감정이 북받친 일이 있었다. 9월 24일, 달방 78일째 되는 날이었다. 함께 사진 공부를 하는 김도이 선생이 낮에 여인숙을 다녀갔다. 내가 부탁한 생필품 후원물품을 들고 찾아왔다. 김 선생은 가족들께 생필품을 나눠준 뒤에 내 방앞에 쭈그려 앉아 나를 촬영해주었다. 바쁜 틈에 후원물품을 전해준 것도 고마운 일인데 내 모습을 기록으로 남겨주기까지 한 것이다. 마침 0.8평 달방에서 생활하고 있는 인증샷이 필요하던 터였기에 나는 크게 감사했다.

사실 여인숙에 여성이 출입하는 것은 쉽지 않은 일이었다. 달방을 얻기 위한 목적이 아니라면 일체 외부인 출입금지였기에 남성이라 할지라도 함부로 드나들 수 없었다. 더구나 카메라를 들고는 출입이 아예 불가능했다.

카메라 배낭을 멘 채 김 선생이 대덕여인숙을 찾은 데는 사연이 있었다. 석 달 전쯤이다. 내가 대전역 뒷골목 철거 예정지의 전통 여인숙에서 달방을 물색할 때였다. 현재 진행 중인 전통 여인숙 다큐 촬영 현장을 함께 둘러보자는 나의 제안에 선뜻 동행한 사람이 바로 김도이 선생이었다. 그때 대덕여인숙 실내를 둘러보면서 각자의 신분을 감추고 부부 행세를 했던 인연으로 다시 여인숙을 방문한 것이다. 물론 달방 입실 후엔 길도 형님께 사실을 털어놓았고, 지난주에 다녀갈 때도 형님과 인사를 나누었다.

생필품과 인증샷을 남겨주고 떠나는 김도이 선생을 여인숙 골목 밖까지 배웅하면서 나는 울컥, 감정이 북받쳐 올라서 혼자 지껄였다.

－여인숙에 든 목적을 잊지 말자.

김도이 선생을 배웅하는 길에 대전 전통시장인 중앙시장에서 장을 보고 여인숙으로 돌아온 것은 대략 한 시간쯤 뒤였다. 여인숙 입구에 들어서는데 5호실 영순 씨의 방 앞이 소란했다. 몇 사람 목소리가 뒤엉킨 채 복도 바닥으로 굴렀다. 몇 마디만으로도 만취한 목소리였다. 누군가? 누군데 대낮부터 술에 취해서 이렇게 소란을 피우지? 궁금한 나머지 2층 내 방으로 올라가려던 걸음을 돌려 영순 씨 방 쪽으로 돌아섰다.

"아, 강산이 형!"

느닷없이 내 이름을 부르는 소리에 깜짝 놀랐다. 뜻밖의 사람이 앉아 있었다. 오래전부터 대전 민예총에서 함께 활동했던 판화가 후배였다.

"어, 이재훈(가명). 니가 여기 웬일이야?"

"형, 여기가 내 집이야."

재훈 아우의 말은 틀린 말이 아니었다. 아우는 작년 봄에 내가 달방을 사는 이곳에 머물렀다. 정확히 말하면 머물다 쫓겨났다. 쫓겨나서 이웃집인 초원장에서 1년 가까이 지내다 또 쫓겨났다. 내가 대덕여인숙에 입실하기 두어 달 전의 일이다. 쫓겨난 이유도, 뒷골목 달방을 전전한 것도 술 때문이었다. 거의 날마다 술을 마셨고, 역전의 노숙자까지 불러들여 술판을 벌였다. 이웃 달방 사람들과 사장이 견디다 못해 결국 재훈이를 내쳤다.

재훈이는 알코올 중독자였다. 여인숙에 입실하기 전, 이미 오래된 일이다. 그날도 몸을 가누지 못할 만큼 술에 취해 있었다.

대한민국은 민주공화국이다! 독재정권 타도!

국내 정세가 하루가 다르게 뒤바뀌던 80년대 말, 이재훈은 나와 함께 대전역 광장과 도로의 집회장에서 어깨를 나란히 했다. 당시 모 지방신문의 잘나가던 삽화 기자였던 그는 신문사 구조조정에 맞서 파업의 대열에 앞장섰다가 곧바로 신문사를 떠났다. 당시 '대전충남 민족문학인협의회'를 창립하고 사무차장을 맡았던 나는 신문사 로비에서 주먹을 불끈 치켜세우며 파업 독려 시를 낭독했다. 그 인연으로 재훈이는 어깨동무 시 위대를 새긴 목판화를 찍어 나에게 선물했다. 내 아파트 발코니 벽에 걸려 있는 흑백 판화가 그것이다.

재훈 아우는 신문사를 떠난 뒤 전업 작가로 전향했다. 그리고 목판화 작업에 몰두하면서 제법 이름을 떨쳤다. 대부분 민주화 투쟁의 상징 이미지와 인물을 새긴 그의 작품은 선이 탱자나무 가시처럼 날카롭고 강했으며 메시지 또한 깊고 강렬해서 당시 사회변혁을 꿈꾸던 진보지식인과 예술인에게 상당히 주목받았다. 그렇게 승승장구할 것으로 믿었던 재훈이였다. 그런데 세 번째 민중 판화전을 개최한 뒤부터 모습이 변했다. 내가 한창 작업 중인 '예술가의 초상(肖像)' 프로젝트로 재훈 아우를 촬영할 즈음이었다. 술을 마시면 거의 인사불성이 되어 이성을 잃었다. 가까운 동료도 알아보지 못했고 자신의 목판 작품을 잔혹하게 때려 부수었다. 그렇게 2010년 초까지 판화 작업을 중단한 채 대책 없이 술을 마셨다.

"형, 나는 나쁜 놈이야. 예술가가 아니야. 가족들 굶겨 죽이는 백수건달이라고."

재훈이는 특별한 수입 없이 판화에만 매달려 사는 자신을 자학했다. 극심한 자괴감에 시달려 폭음을 이어갔다. 지인들은 인간적인 고뇌로 인해 재훈이가 망가지는 모습을 안타깝게 바라만 보았다. 그렇게 재훈이의 안부가 시나브로 끊기면서 몇 년이 지났을 것이다. 재훈이가 어디서, 어떻게 사는지 아는 사람이 거의 없었다. 그러다 문득 반가운 소식이 들렸다. 그러니까 지금부터 대략 5년 전쯤이었다. 재훈이가 부활했다는 소식이 풍문처럼 전해졌다. 목판 개인전을 연다는 소식이었다. 80년대 말을 힘들게 넘긴 옛 동지들이 판화전 오프닝에 모였다. 나를 포함해 너나없이 격려와 축하를 전했다. 그런데 오프닝을 마친 그 자리에서 사달이 벌어졌다. 잊고 지냈던 주사(酒邪)가 재발한 것이다. 친구이며 동지이며 가족인 참석자들과 어울려 흥겹게 술을 주고받던 재훈이는 난동에 가까운 주사를 부렸다.

전시장을 엉망으로 헤집고 하룻밤을 가까스로 넘긴 뒤, 전시

폐막도 되기 전에 재훈이는 모습을 감추었다. 그리고 다시 4, 5년이 지났을 것이다. 그 시간은 인생에서 쉽게 흘려보낼 세월이 아니지만 지나고 보면 너무 빠르게 사라지는 세월이기도 했다. 그런데 그 길고도 짧은 세월의 저편 어딘가로 종적을 감추었던 재훈 아우가 대덕여인숙에 불쑥 나타난 것이다. 놀라지 않을 수 없었다. 재훈이는 지금 당장 119구급차에 실려 갈 것처럼 술의 독배에 죽어가는 모습이었다.

"이봐, 대낮부터 술 처먹고 와서 왜 시끄럽게 해. 당장 나가."

"아, 시바. 옛집이…… 그리워서 왔다고. 옛친구들이 보고 싶어서…… 왔다구."

"옛집이고 옛친구고 때려치우고 당장 나가."

내가 재훈이 곁에 앉아 묵은 안부를 나누던 참이었다. 길도 형님이 재훈이를 여인숙 밖으로 쫓아냈다. 형님의 손아귀에 팔뚝이 잡힌 채 출입구 밖으로 질질 끌려나가는 재훈이를 부축하면서 나는 아무 말도 못 했다.

2년 전에 대덕여인숙에 입실한 길도 형님은 재훈이를 잘 몰랐다. 안다고 해도 모르는 척 넘길 일이 아니었다. 뒷골목 세계의 백전노장인 형님이 만취한 재훈으로 인해 벌어질 다음 사단을 꿰뚫고 있었다.

"아, 시바. 니가 뭔데 나가라고 해. 시바."

재훈이가 여인숙 밖에서 비틀거리며 욕설을 질질 흘렸다. 그러고도 무사한 것은 나와 재훈이의 관계 때문이 아니라 재훈이 역시 길도 형님을 몰랐던 덕분이다. 형님을 향해 욕이나 고함을 친다는 것, 뒷골목에선 어림도 없는 일이다. 두 사람이 여인숙 달방에서 한동안 함께 지냈다면 비록 취중에 욕 한마디를 던졌다 할지라도 순식간에 주먹세례를 받았을 것이다. 어쨌거나 다행한 일이었다.

"형, 나는 유성, 유성에서 잘살고 있어."

"내가 택시 타고 함께 가줄게."

"됐어, 형. 나 혼자 갈 거야. 혼자 갈 수 있다고. 시바"

유성에서 잘살고 있다는 재훈이의 말을 믿을 수 없었다. 어딘가 여인숙 비슷한 독방에서 죽은 사람처럼 지낼 게 분명했다. 거주지를 확인한 다음, 가족에게 알려줘야 할 것 같았다. 나는 그런 판단이 들었으나 재훈이의 완강한 거부를 뿌리칠 수 없었다. 택시를 태워 보내는 것 외에 내가 할 일이 없었다.

—되돌리기엔 너무 늦었다.

택시를 잡아주고 요금을 지불한 뒤 돌아서는데 눈물이 났다. 저만치 길을 꺾어 돌아간 택시처럼 모든 게 사라지고 말았다는 생각이 들었다.

—너무 늦었어…….

나는 늦었다는 말을 곱씹으며 대덕여인숙을 지나 쪽방촌 골목까지 한참을 걸었다.

무진년 시월. 이재훈

1988년 가을이었다. 재훈 아우는 목판 작품을 선물하면서 강렬한 필체로 사인을 해주었다. 발을 옮길 때마다 목판 속의 인물처럼 재훈이와 머리띠를 두르고 어깨동무하던 시절이 대책 없이 그리워졌다. 판화가 이재훈. 다시 돌아올 수 없는 80년대 '인간의 시간'을 함께한 동지. 그를 위해 내가 해줄 수 있는 일이 아무것도 없다는 낭패감으로 끝없이 슬펐다. 나는 밤이 깊도록 '동지가'를 불렀다.

이재훈 판화가의 작품. 1988.10

존재가 의식을 규정하는가
의식이 존재를 규정하는가

2020. 10. 13(일). 달방 97일째. 맑고 따스함

어제는 종일 분주하게 지냈다. 오늘 서울 창신동 여인숙을 다녀올 일 때문이었다.

어제 오전엔 3호실 병권 아우에게 전기밥솥을 사주고 오후엔 아버지 산소를 다녀왔다. 초저녁엔 옥천의 김영미 시인이 후원한 고구마를 달방 가족들께 나누어주었다.

병권 아우는 왼쪽 팔다리가 불편한 지체 장애 5급이다. 언어 장애도 있어서 대화가 쉽지 않다. 그동안 밥을 해 먹지 않고 냉온수기를 이용해 가공식품류를 먹거나 배달 음식으로 식사를 해결했다. 70만 원 남짓한 생계급여만으로 의식주를 해결하는 달방 가족들과는 달리 병권 아우는 30만 원 정도의 장애인 급여를 더 받는다. 그것으로 하루 한두 끼를 배달 음식으로 충당했으나 술과 담배를 끊지 못하는 처지라서 한 달을 버티기 쉽지 않은 일이었다.

"병권아. 전기밥솥과 부탄가스를 사줄게. 밥을 해서 먹자."

그렇게 여러 차례 설득한 끝에 직접 식사를 해결하기로 했

다. 물론 술과 담배를 줄이는 것을 전제로 한 일이었다.

아버지 산소는 추석 때 제대로 뵙지를 못한 죄책감으로 다시 들린 일이었다. 아버지는 일제 징용에서 살아 돌아온 뒤 평생 오일장터를 떠돌았다. 아버지의 수입원은 쇠톱이 담긴 괴나리 봇짐이 전부였다. 잠시 아버지 곁에 누워서 아버지가 떠돌았을 장터의 하늘을 올려다보다 내가 태어난 고향을 둘러보고 돌아왔다.

"저는 잘 지내고 있습니다. 아버지 역마를 물려받은 덕분에 철거촌과 여인숙에서 오늘도 밥을 먹고삽니다."

아버지의 역마를 다시 떠올린 것은 서울행 KTX 열차 안에서였다. 동대문 뒷골목 창신동 형님과 아우를 만나기 위해 아침부터 서둘렀다.

지난달 말, 추석 연휴 하루 전이었다. 당일치기로 창신동을 다녀왔다. 두 주일 만에 다시 창신동을 찾은 까닭은 여인숙에 머무는 김상식 형님과 박진옥 이모를 촬영하기 위해서였다. 그 땐 상식 형님이 몸이 불편해서 촬영을 못 했다. 엊그제 통화하면서 건강이 회복되었다는 안부를 듣고 부랴부랴 올라갔다. 마침 중계본동 백사마을 김기분 아주머니의 전화를 받았기에 백사마을 촬영도 겸한 길이었다.

창신동 여인숙과 쪽방촌을 드나든 것은 3년쯤 되었다. 십여 년 전부터 틈날 때마다 서울의 여인숙 달방을 취재하면서 동묘와 서대문, 청량리의 여인숙에서 묵은 적이 있었다. 그즈음에 마무리 작업한 프로젝트가 철거 재개발 다큐였기에 지방에서 거주하는 나는 늘 촬영시간에 쫓겼다. 2017년 2월에 청량리 집 창촌, 흔히 말하는 588을 마지막으로 촬영한 뒤 철거 다큐 사진집『집-지상의 방 한 칸』에 수록해서 출간했다. 그다음부터는 집중적으로 창신동 여인숙 달방 사람들을 찾아갔다. 그때 J 대학교 대학원 수강으로 서울을 자주 오르내리던 터였기에 서울의 철거 예정지를 동시에 취재, 촬영했다. 그곳이 일명 '백

서울 창신동 여인숙 촬영 모습. 사진-장우원 시인

사마을'로 일컬어지며 언론에 오르내리는 노원구 중계본동 산 104번지다.

창신동 여인숙 달방 사람들과 백사마을 주민을 촬영하는 이유는 당연히 휴먼다큐 프로젝트 기획 의도와 동일하다.

'사회적 소외와 외면의 시공간에서 살아가는 삶의 기록을 통해 인간의 존엄성과 생명의 가치를 환기하고 공존과 상생, 인권과 평화를 도모함'

나는 서울역을 떠나 밤길을 달리는 열차 안에서 오늘 하루 내가 했던 말과 행동, 그리고 머릿속에 담았던 생각들을 조심조심 돌아보았다.

창신동 여인숙과 쪽방촌, 그곳을 생의 거처로 살아가는 달방 사람들. 철거 재개발을 학수고대하며 연탄가스와 한파에 맞서 싸우는 백사마을 원주민. 그들은 창신동과 백사마을 같은 세상의 어두운 변두리 어디서든 존재한다. 그게 바로 내가 그곳에 발을 들여놓아야 하는 이유다.

나는 차창의 어둠 속에서 지친 눈을 부릅뜬 내게 반문했다.

– '존재가 의식을 규정한다'는 오래된 명제와 '의식이 존재를 규정한다'는 반론의 공방이 철거촌과 뒷골목 여인숙 사람들에게 무슨 의미가 있는가. 이들이, 나와 동시대에 존재한다는 진실이 중요하지 않겠는가.

한낮에 서리 맞은 사람들

2020. 10. 23(금). 달방 107일째. 맑고 쌀쌀함

오늘은 서리가 내린다는 상강(霜降)이다. 햇볕은 맑고 밝았으나 기온은 제법 쌀쌀했다. 이틀 전부터 밤 기온이 초겨울처럼 떨어져서 오늘 새벽엔 겨울 이불을 덮었다. 한낮에도 실내 공기가 싸늘했다. 나는 추위를 참다가 결국 전기장판을 켰다.

"여인숙은 봄과 가을이 없어."

낡은 여인숙 안팎으로 드는 봄볕과 가을바람이 쥐꼬리만 한 것을 두고 관리자 길도 형님이 던진 말이다. 과장이 아닐 듯했다.

나는 점심이 다 되도록 이불의 온기 속에서 누에처럼 꼼지락거리며 벽에 걸린 모과만 바라보았다. 그저께 잠깐 옥천에 다녀오면서 따온 모과다. 햇볕은 좋은데 기온이 뚝 떨어졌기에 부랴부랴 모과나무를 찾아갔다. 일 년을 기다리며 지켜본 옥천 변두리의 모과를 따러 간 것이다. 나는 해마다 가을이면 모과 몸살을 앓을 만큼 모과에 집착한다. 모과향도 즐겼으나 기관지가 약한 탓으로 모과차를 마시곤 했다. 그런 이유로 인근 야생

의 모과나무 서식지를 꿰뚫고 있었다. 대청호 동쪽 호숫가부터 보은, 영동까지 웬만한 숲길은 다 밟았다. 그저께 초저녁에 다녀온 곳은 옥천의 용화사 기슭이었다. 자생지가 산중턱이기에 지금쯤 된서리를 맞아 싯누렇게 익었을 줄 알고 갔으나 아직 멀었다. 누런빛이 간신히 절반쯤 차오른 모과 십여 개를 품고 왔다. 그것을 티슈로 닦아 집에 두 개만 남겨두고 나머지는 달방 가족들께 전했다.

"방에 가을 좀 품고 지내세요."

모과답게 못난 것 한 점을 내 방에 걸고 모과를 닮지 않은 말끔한 것을 골라 가족들 방문을 두드렸다. 모과를 감상할 공간을 잡아드린 뒤 빛과 향기의 보존 방법까지를 알려드리고 나오는데 아쉬움이 컸다. 바로 옆방에 거주하는 가족들 모두에게 빠짐없이 가을을 전하지 못한 게 미안한 생각이 들었다. 충분히 시간을 두고, 더 먼 곳의 모과나무를 찾아가면 좋으련만 일정이 여의찮았다. 다시 일 년을 기다릴 수밖에 없었다.

-이제 곧 숲속에 무서리가 내릴 것이고, 그러면 모과는 싯누렇게 익을 것이다. 그때 다시 짬을 내어…….

영동 강변과 보은의 산길 어딘가에서 서릿발을 밟는 내 모습을 연상하는 중이었다. 문득 겨울 같은 가을 풍경이 떠올랐다. 열흘 전쯤 다녀온 서울 중계본동 백사마을이었다. 백사마을 골목에서 들이킨 연탄가스가 코를 찌르는 느낌이 들었다.

백사마을은 아직 10월 중순인데 연탄난로를 켰다. 마을이 산기슭에 자리 잡은 탓에 산 아래보다 밤 추위가 빠르고 깊었다. 낮 기온도 2도쯤 낮다. 20퍼센트 정도 남아 있는 원주민의 집은 대부분 연탄으로 난방을 한다. 연탄 구들이든 난로든 구공탄 없이는 월동이 어렵다. 폐가가 즐비한 마을의 군데군데 '연탄 은행'이 있었지만 쌓여 있는 연탄은 많지 않았다. 거주민이 줄어든 탓도 있지만 이미 지급을 마쳤다는 뜻이기도 했다. 코로나19 팬데믹이 시작되기 전, 2019년 연말과 2020년 초였다. 백사마을 철거 다큐 촬영을 위해 두 달간 달방을 얻었던 나의 반지하방도 연탄 구들이었다. 방이 얼음장 같아서 연탄을 피우고 자던 날, 가스 중독이 염려되어 연탄은 꺼버리고 전기장판으로 추위를 견딘 적이 있었다. 그 겨울밤에 맡았던 연탄가스를 열흘 전쯤 다시 마신 뒤 잊고 지냈다. 그런데 어제 또 연탄가스를 들이킨 것이다.

어제 오후였다. 골목 중간쯤의 금성여인숙을 지나서 쪽방촌 후원봉사를 가던 중이었다. 별안간 코가 매캐해지면서 숨이 찼다. 연탄가스 때문이었다. 마침 골목에 아무도 없어서 마스크를 벗고 걸었다. 쪽방촌에 남아 있는 거주민과 달방 사람들이 연탄난로를 설치한 게 문틈으로 보였다. 마스크를 눌러 쓰면서 아, 하고 짧은 탄식을 뱉었다.

-이곳은 벌써 월동 준비를 마쳤구나. 이제 깊고 긴 겨울잠이

시작되겠구나.

이런 상상을 하면서 쪽방촌 골목 끝의 신창여인숙과 보은여인숙까지 왕복했다. 신창여인숙 달방에 머무는 정순자 누님과 몇 번 안부를 나눈 적이 있어서 모과를 들고 다시 찾아갔다.

71세, 149cm, 33kg.

순자 누님이 요즘엔 어찌 사는지 궁금했다. 월동 준비는 하고 있는지, 몸무게는 늘었는지. 전에 부탄가스와 쌀떡국 후원할 때보다 표정은 밝아 보였으나 몸은 조금 더 야위어 보였다.

신창여인숙은 역전 통 뒷골목 입구에 있는 대덕여인숙의 반대편 길 끝에 있다. 그동안 거리가 멀어서 순자 누님 외엔 다른 가족들께 후원을 못 했다. 마음이 늘 무거웠다. 이 골목의 달방 거주자가 무려 400여 명이 넘는다. 대덕여인숙과 이웃 제일여인숙 가족만 스무 명이다. 나 혼자 힘으론 후원봉사가 역부족이다. 페이스북 친구와 문우, 지인들이 십시일반 후원을 해도 십여 명씩 돌려가면서 한 달에 두세 번 정도 생필품을 전달할 뿐이다. 그러니 멀리 떨어진 여인숙과 쪽방촌의 후원봉사는 역부족 정도가 아니라 어불성설이었다.

그러나저러나 누님의 방은 대덕여인숙과 마찬가지로 냉난방이 불가능하다. 전기장판 하나로 추위를 견뎌야 한다. 철거전 마지막 겨울이 될 텐데 무사히 월동할 수 있을지. 그런데 …… 연탄 난방이 되지 않아서 연탄가스 중독 염려가 없는 게 다행한 일인지, 아니면 가스 중독을 각오하고 연탄 난방을 하는 일부 쪽방촌 달방이 더 나은지, 대체 가늠이 되질 않는다. 나는 고개를 털고 눈을 감았다.

지난 한 주일도 여인숙 안팎엔 특별한 일이 없었다. 터무니없이 무료하면서도 한편 소란한 일상이 반복되었다. 달방 가족들끼리의 사소한 소란은 매일 먹는 밥과 같았기에 이젠 대수롭지 않게 넘겨버리는 요령도 생겼다. 그러나 이런 일상이 오래 이어진다면 자칫 긴장감이 풀어지고 나태해질까 싶은 염려가 들었다. 실제로 짬짬이 쓰던 글이 방향을 잃어버린 게 우선 문제였다. 일과가 느슨해지면서 오히려 집중력이 떨어진 탓이다. 촬영 작업은 한없이 더뎠지만 기다려야 이루어지는 일이기에 참고 지내기로 했다. 열흘 넘게 카메라 셔터를 한 번도 누르지 못한 적도 있었다.

나는 생각을 바꾸어 당장 필요한 일에 몰두하기로 했다. 카메라와 노트북을 밀어두고 생필품 후원이 지속적으로 이루어지도록 후원인 명단과 물품 안배 작업에 집중했다.

이번 주 후원물품도 역시 당장 필요한 음식이었다. 서울의 장우원 시인과 교육문예창작회 선배이신 조영옥 선생님께서 쌀떡국과 쌀국수, 비빔밥을 보내주셨다. 엊저녁엔 대덕여인숙 가족들께 후원물품을 나누어 주면서 3호실 병권 아우가 끓인 꽁치찌개를 한 숟가락 얻어먹었다. 두 주일 전쯤 전기밥솥과 양은냄비를 사다 준 다음부터 병권 아우는 하루 한 끼 집밥을 먹는다. 배달 음식을 줄였고 끼니를 건너뛰는 모습도 뜸해졌다. 무엇보다 반갑고 고마운 일이 아닐 수 없었다.

간단히 아침 겸 점심을 먹고 설거지를 할까 하는데 초원장 쪽에서 경찰차 경보음이 들렸다. 누가 싸움을 하는가? 그릇을 대충 포개어둔 채 얼른 주차장 사랑방으로 나갔다. 경찰차가 골목을 막 빠져가면서 사람들이 둘러서서 웅성거렸다.

"아니, 역주행하고 사람을 쳤는데 뺑소니를 쳐?"

"그 ××, 경찰이 CCTV 까면 다 나와."

길도 형님이 뺑소니 교통사고를 당했다. 초원장 주차장 길가에서 중국집 배달원 왕눈이와 대화 중에 소형 승용차가 왼쪽 정강이를 치고 멈추는 듯하다가 그냥 사라졌다고 했다. 정강이 뼈가 골절된 정도는 아니지만 확실한 뺑소니였다. 게다가 일방통행로 역주행이다. 임 여사님이 경찰에 신고했고, 대전 역전 지구대 경찰이 사고 현장과 피해자를 확인하고 돌아갔다. 뺑소니 여부는 관할 경찰서에 보고한 뒤 CCTV를 열어보고 다시 현장 검증하겠다고 약속했다.

"천 실장님. 일단 병원부터 가서 진료받으셔."

"이참에 입원해서 푹 쉬었다 나와."

임 여사님과 수도여인숙 김 사장님이 입원 치료를 권유했으나 형님은 입원하지 않겠다는 뜻을 비쳤다.

"여인숙 일도 많고 며칠 물리치료만 하면 될 것 같아요."

형님은 벌겋게 부어오른 왼쪽 정강이를 문지르며 말했다. 통증이 심한 모양이었다. 뺑소니를 잡으면 합의 보고 끝내겠다는 말을 강조하면서도 왼쪽 정강이를 주물렀다.

"형님, 경찰서에서 피해자 진술서 작성하라고 부르면 저도 함께 갈게요. 제가 직접 CCTV를 확인하고, 치료와 합의 문제를 상의드릴게요. 우선 병원 진료부터……."

형님에게 병원 진료와 합의 과정을 설명하는데 핸드폰이 울렸다. 아내였다.

"집에 좀 다녀가요."

"오늘 자고 갈게."

"지금 와요. 지금."

아내의 목소리가 날카롭게 날이 서 있었다. 폭발 직전의 감정을 가까스로 참는 게 느껴졌다. 우울증이 도진 게 분명했다. 내가 매주 금요일부터 2박 3일을 여인숙에서 지내기 때문에 아내는 주말, 주일을 혼자 지냈다. 평일엔 출퇴근하는 형식으로 여인숙에 머물지만 숙박을 하고 오는 날엔 아내가 많이 힘들어했다. 회사 일에 쫓기다 주말, 주일엔 푹 쉬면서 재충전해야 하는데 그러지 못한다는 말을 여러 차례 꺼냈다.

"당신은 집이 여인숙이고, 여인숙이 집이니 아예 주민등록도 파가세요."

아파트 현관문을 열기가 무섭게 아내는 나에게 말폭탄을 터뜨렸다.

"여보, 미안해요."

"미안하면 미안한 일을 끝내면 되지요."

"겨울까지만 참아줘요. 월동 사진만 찍으면 대충 마무리될 것 같아요."

"그런 말, 결혼하고 삼십 년 동안 몇 번 들었나보다 못 들은 게 몇 번인가를 세는 게 더 빨라요."

아내에게 할 말이 떠오르지 않아서 나는 미안하다는 말만 반복했다. 아내에겐 정말이지 면목이 없었다. 철거 재개발 다큐 사진 취재와 촬영을 구실로 주말마다 집을 비운 채 15, 6년 전국 철거 현장을 오갔다. 아내는 사진집을 내고 그것으로 종지부를 찍을 줄 알았다. 그런데 여인숙 달방을 얻어 다시 집을 비우고 있으니 견딜 수가 없었을 것이다. 고백하자면 2,000만 원 가까운 철거 다큐 흑백사진집 『집-지상의 방 한 칸』 출간 비용과 사진전 비용이 부족해 쩔쩔매고 있을 때, 적금을 해약하고 절반을 마련해준 아내였다. 아내는 휴먼다큐 촬영의 어려움과 프로젝트의 취지를 이해했기에 가능한 입을 닫고 묵묵히 응원해주었다. 그랬기에 아내가 어쩌다 몸과 마음이 힘들다는 감정 표현을 할 때, 나는 미안하다는 말을 꺼낸 뒤엔 입을 꾹 다물고만 있었다.

"당신 좋아하는 무생채 만들었어요. 가져가서 나눠 먹어요."

아내는 때때로 정체불명의 여자로 돌변했다. 오늘도 그랬다. 아내는 최고조의 갈등에 치닫는 순간임을 강조하듯 당장이라도 나를 거꾸러뜨릴 것처럼 격앙된 목소리를 쏟아놓고는 난데없이 반전의 카드를 꺼내 들곤 했다. 그 결말이 꼭 해피엔딩만은 아니었다. 아내의 극적인 화법과 갈등의 화해 방식은 언제나 내 전신에 전율이 느껴질 만큼의 팽팽한 긴장을 촉발했다.

─부드러운 곡선이 날카로운 직선을 감싼다. 자연의 섭리가 그렇다.

요가 마스터인 아내는 종종 자연을 닮았다는 생각이 들었다. 오랜 세월, 요가 명상 수련으로 마음을 다스려 온 때문일 것이다. 파괴와 폭발 직전의 인간성을 억누르며 포용과 상생의 자연성을 드러내는 여자. 그 여자가 아내 아니었으면 오늘의 나는 존재하지 않았을 것이다. 결코 틀린 말이 아니다.

무생채를 들고 여인숙에 돌아와 보니 밤 여덟 시 반이 막 지나고 있었다. 아직 초저녁인데 모든 방문이 닫혀 있었다. 날이 추워진 탓인가?

오늘 아침 느지막하게 잠이 깨어 누운 채 생각했던 것처럼 방바닥에 누워 하루를 돌아보니 그렇다. 길도 형님과 나는 한낮에 된서리를 맞았다. 뺑소니 교통사고를 당한 형님은 지금쯤 뼛속까지 냉기가 파고들 것이다. 어쩌면 통증과 분노로 온몸이 끓는지도 모를 일이다. 나는 그 반대다. 아내의 난데없는 무생채 선물은 한순간 나를 폭염의 열기처럼 뜨겁게 만들었다. 그

낡은 건물밖 뒷벽에 붙어 있는 공용세면실과 공용화장실. 한파가 시작되면 빙판 길이 되어 사람들은 목숨을 걸고 볼일을 본다.

러나 무를 썰며 몸과 마음이 흔들렸을 아내는 내 마음의 뼛속까지 서릿발을 쭉쭉 뻗치고 있다.

상강의 하룻밤이 일 년처럼 깊고 아득할 것만 같다.

맞은편 벽에 매달린 모과는 오늘밤 된서리를 즐기고 있을 가족들 꿈을 꿀지도 모르겠다.

아름다운 삼각관계

2020. 11. 2(월). 달방 117일째. 약간 흐리고 쌀쌀함

오전에 11호실로 문기화(가명) 씨가 입실했다. 내가 7월 초 입실할 즈음에 방을 뺐던 육십 대 중반의 여자다. 2년 남짓 대덕여인숙에서 머물렀으나 월세가 밀린 데다 악취가 심해서 임 여사님과 관리자 길도 형님이 고민 끝에 내보냈다. 그동안은 도시철도 입구에서 구걸로 식사를 해결하고 노숙을 했다. 다시 입실했으니 어떻게든 월세를 마련하고 몸을 닦으려니 기대한다. 그러나 지팡이 없이는 걷지 못하는 몸이 걱정이다. 반 곱사 등 장애가 있음에도 무슨 까닭인지 생계급여 대상자도 아니라고 했다. 당장 먹을 음식이 없어서 어제 아내가 삶아준 고구마를 전했다.

일찍 점심을 먹은 뒤엔 길도 형님과 ○○경찰서 교통범죄수사과를 다녀왔다. 길도 형님 뺑소니 교통사고 발생 십여 일이 지나도록 사고 처리가 늦어져서 임 여사님과 셋이 동행했다. 임 여사님은 당뇨 합병증으로 다리가 아파 걸음이 불편했다.

95

길도 형님은 일주일가량 물리치료를 받았음에도 뼈에 통증이 느껴져서 오래 걷지 못했다. 택시가 번거로울 것 같아 내 차로 두 분을 모시고 갔다.

담당 수사관은 CCTV가 흐려서 뺑소니 차량과 운전자의 신원파악이 어렵다고 말했다. 내 판단으로는 사건 처리가 이상한 방향으로 흘러가는 느낌이 들었다. 사고 순간이 담긴 CCTV가 엄연히 있는데 사건 처리가 어렵다는 말을 납득할 수 없었다. 나는 중도일보 시민기자증과 명함을 건네며 여인숙 취재와 촬영 중인 작가라고 신분을 밝힌 뒤 담당 수사관에게 말했다. 세계의 주목을 받은 IT 강국 대한민국에서 경찰이 CCTV 분석이 어렵다는 말을 믿으라는 것이냐. 다른 방식으로 우리가 사건 처리를 시도해도 되겠느냐. 그렇게 항의성 의견을 펼치자 수사관은 조속한 수사와 처리를 약속했다.

경찰서를 다녀온 서너 시간쯤 지나자 곧장 연락이 왔다. 가해자의 아들이 길도 형님을 뵙자고 전화를 한 것이다. 오늘에서야 경찰서에서 연락받았다고 했다. 놀랍고 어처구니없는 일이지만 어쨌든 사건이 해결될 기미가 보였다.

"이 골목 사람들은 사람 취급도 못 받아."

"택배 기사들도 물건을 내던지고 간다니까."

"하여튼 이 작가 덕분에 해결되는구만."

뺑소니 교통사고 합의가 될 것 같다는 길도 형님의 말에 주차장 사랑방에 모인 사람들은 이구동성으로 말했다. 그동안 여인숙과 쪽방촌 사람들이 알게 모르게 겪은 불이익들이 줄줄이 엮여 나왔다. 그 중간에 우리는 개돼지만도 못하다며 흥분하는 사람도 있었다.

"그래도 우린 사람답게 뜨거운 관계입니다요."

소란에 파묻혀 개돼지가 사라질 무렵이었다. 술병을 빨던 남경 형이 생뚱맞은 얘기를 꺼냈다. 사람들이 돌아보자 남경 형이 영순 씨의 어깨를 감싸고 있었다.

"뭐야? 중독자끼리 붙은 거야?"

"야, 걷지도 못하는 술과 담배가 뭘 어쩌려고? 하하하."

"걷긴 왜 걸어? 누우면 되지."

"누워? 그럼 누가 위야? 술이야 담배야? 하하하."

사람들이 한바탕 웃었다. 자신을 향해 사람들이 쏟아내는 비웃음이나 음담 따위는 상관없다는 듯이 남경 형과 영순 씨는 마주보며 즐거워했다. 나는 두 사람이 정분을 나누며 웃음을 보일 때마다 인간 본연의 순수성을 느끼곤 했다. 인간의 정과 말이 사라져가는 여인숙 달방에서 두 사람만이라도 인간의 순수함을 간직할 수 있다면, 그것으로 주변 사람들에게 인간다운 모습을 환기해줄 수 있다면 얼마나 다행한 일인가. 더없이 고마운 일이다.

술 때문에 늘 다리가 풀려 있는 남경 형과 걸음이 어려워 보행 보조기를 끌고 다니는 영순 씨.

남경 형은 아침마다 꼬박꼬박 영순 씨의 방으로 찾아온다. 초원장 202호실을 나와서 대덕여인숙 5호실까지의 거리는 불과 50여 미터. 남경 형에겐 목숨을 걸 만큼 까마득한 거리다. 태산 같은 계단을 허덕허덕 오르내리고 태평양만 한 여인숙 골목을 뒤뚱뒤뚱 헤엄쳐오는 까닭이 있다. 아침밥 때문이다. 남경 형은 음식 요리를 전혀 하지 못한다. 휴대용 가스레인지도 없다. 그래서 영순 씨가 극진히 좋아하는 담배를 들고 찾아와 밥을 얻어먹는다. 담배는 말하자면 밥값인 셈이다. 거의 매일 목격되는 그 광경은 언뜻 보면 원시적인 물물교환과도 같아서 여인숙은 자연의 섭리가 지배하는 공간처럼 여겨지곤 했다.

친남매처럼, 연인처럼 '인간의 정'을 나누는 병권 아우와 영순 씨. 그 틈에서 남경 형의 갈등이 깊어진다.

그러나 자연도 천재지변이나 돌발적인 위기가 발생하는 법. 이곳도 예외가 아니었다.

이튿째 영순 씨 방에서 남경 형이 머무는 중이었다. 아침 식사 후엔 초원장 주차장 사랑방에서 소일하던 형이 평소와 달리 영순 씨 방에 엉덩이를 깔고 앉아 있었다. 그런데 예상하지 못한 일이 벌어졌다.

"아, 씨발. 시끄러워 죽겠네."

정신이 맑고 착한 병권 아우가 욕을 하면서 목소리를 높였다. 술에 취해 싸움이 붙은 줄 알았다. 아니었다. 술을 한두 잔 마시긴 했으나 취기는 없었다.

"니 방으로 가라고. 여긴 영순이 방이지 니 방이 아니잖아."

웬일인지 병권 아우가 며칠 동안 우울한 모습이 역력했다. 그 까닭을 이제야 알았다. 병원 아우는 매월 20일마다 생계급여를 받으면 영순 씨에게 치킨이나 중국 음식을 시켜줬다. 그뿐 아니다. 생계급여가 바닥이 날 때쯤에 영순 씨가 담배를 간청하면 한두 갑씩 전했다. 영순 씨가 병권 아우의 방으로 놀러오면 둘이서 치킨을 배달시켜 먹곤 했다. 그랬는데 두 사람의 틈새로 남경 형이 비집고 들어선 형국이 되었다.

"조 씨, 니가 여기 전세 냈냐? 가라고, 가!"

열다섯 살쯤 연상인 남경 형에게 반말로 목청을 높이는 병권 아우. 말은 어눌했으나 감정과 어조로 보아선 시기와 질투가 분명했다. 셋은 2, 3일에 한 번씩 누군가의 방이든 주차장 사랑방에서든 술과 담배를 즐겼다. 그게 여인숙 달방에서 즐길 수 있는 유일한 소일거리였다. 그 우정은 싹 지운 채 정색하고 눈을 부릅뜬 병권 아우가 안쓰럽게 여겨졌다.

그러나 그 갈등 역시 칼로 물 베기일 뿐이다. 내일이나 모레는 손바닥 뒤집히듯 태도가 바뀔 것이다. 세 사람의 술과 담배와 치킨 냄새가 뒤섞여 달방 복도로 붕붕 날아다닐 것이다. 그 모습이 한편 처연하기도 하지만 순간순간 아름답게도 여겨져서 나는 은근히 삼각관계에 흥미를 가졌다. 무료한 달방의 일상이 그것으로 긴장과 활력을 불러일으키는 것이 사실이기에 나는 세 사람의 틈을 비집고 들어서는 것을 즐겼다. 그때마다 세 사람은 나를 반겼다. 술과 담배와 치킨의 절반 정도 물주가 나였기 때문이다.

아무튼 영순 씨의 관심이 누구에게 쏠릴지는 영순 씨 자신도 모를 일이다. 사람이 문제가 아니라 술과 담배와 돈이 문제다. 여인숙은 밖의 세상보다 더 잔인하게 자본의 법칙이 적용되는 세계였다. 영순 씨는 그쪽으로는 특별한 지혜의 소유자였다.

0.8평 우주에 없는 것

2020. 11. 11.(수). 달방 126일째. 맑음

오늘은 세간에서 일컫는 빼빼로 데이. 셋째 아들의 생일이
다. 임진강 근처에서 군 복무 중인 아들에게 아침 일찍 카톡으
로 생일 축하를 했다.

사랑하는 아들, 스물두 번째 생일 축하해. 노래를 좋아하는 아들아. 오
늘 하루만이라도 마음껏 노래를 부르며 행복과 자유를 누리길. 아빠^^

카톡 대화를 마치면서 문득 코끝이 시큼해졌다. 한창 추울
전방의 아들에 대한 그리움 탓이 아니다. 고등학교 때부터 교
내 노래자랑에서 상을 타고 대학교에서도 버스킹(busking)을
했던 아들의 꿈을 묶어둔 군복의 부자유 탓도 아니다. 세상엔
흔하지만 여인숙 달방엔 없는 말 때문이다.

어머니. 아버지. 사랑합니다. 행복합니다. 생일 축하해. 그리워요.

나는 방문 안쪽에 이 글을 써 붙이고 소리 내서 읽었다. 생각
해보니 이 말들을 여인숙에서 듣지 못했다. 달방 4개월이 지나
서야, 아, 그랬구나, 하면서 무릎을 쳤다. 마치 오래전 잃어버렸

던 소중한 기억을 떠올린 것처럼 나는 잠시 들떴다. 그러나 이내 슬퍼졌다.

행복, 희망, 자유, 평화, 인권…….

인간의 근원적 특성을 포괄하는 추상어들. 생명이 있는 인간이라면 누구라도 누릴 수 있는 삶의 가치가 담긴 낱말이다. 이것을 달방 가족들이 여인숙에서 살아가는 동안 입에 담을 기회가 올까. 그것은 언제일까. 어떤 방법으로 가능할까.

나는 아무것도 할 일이 없는 사람처럼 오전 내내 이 화두에 집착했다. 그러면서 내가 할 일이 좀더 명확해지는 듯해서 마음이 고무되었다.

-작은 것부터 변화를 도모하자. 사소한 말 한마디부터 작은 생필품 후원 한 점까지 인간의 사랑을 담자. 취재와 촬영도 인간의 일이다. 인간이 먼저다. 여인숙을 떠날 때까지만이라도 가족들과 인간적인 정을 나누자.

간절한 바람 덕분이었을까. 오후에 사랑이 듬뿍 담긴 선물이 도착했다.

김은형 선생님께서 단호박 볶음밥 12인분을 직접 싸 오셨다. 볶음밥을 다양한 밑반찬과 함께 개인 도시락 용기에 담고 고급 재생용지에 포장한 선물로 여인숙과 주차장 사랑방이 들썩였다.

김은형 선생님은 이십여 년 가까이 같은 학교에서 근무하다가 지금은 나처럼 교정을 떠나 전업 작가 활동을 하는 중이다. 『메타버스 스쿨혁명』을 출간한 뒤 코로나 팬데믹 시대의 교육혁신과 관련된 강의로 전국을 순회 중이다. 바쁜 틈을 쪼개어 큰 선물을 해주셨기에 도시락 선물은 백 배의 감동이었다. 밑반찬과 볶음밥과 포장용지까지 이보다 더 인간의 사랑이 담길 수는 없을 듯했다.

"고맙습니다."

"잘 먹을게요."

처음 듣는 것처럼 낯선 인사말이 여인숙 안팎에서 들렸다.

행복합니다. 사랑합니다.

머잖아 이 소리도 들릴 것이다. 그러면 0.8평 우주에 별 하나가 더 늘어날 것이고, 그러면…….

나는 도시락 용기를 정리하는 내내 마음이 들떠 있었다.

여성 인권 필요 없다. 생존권을 보장하라

2020. 11. 20(금). 달방 135일째. 대체로 흐림

날씨 탓인지 몸이 무겁고 잔기침이 떨어지지 않아서 집에서 이틀을 쉬고 8호실 방으로 돌아왔다. 오는 길에 5센티미터 두께의 스티로폼을 사 왔다. 여인숙 건물 벽이 낡고 얇아서 11월이 지나면서부터는 외풍이 심했다. 냉기를 막을 방풍 작업이 필요했다. 오늘 스티로폼을 벽에 세웠으니 어느 정도 외풍은 막을 수 있을 것이다. 한편으론 방 크기가 그만큼 줄어들 것이어서 더 불편해질까 걱정이었다.

월동 옷가지를 싸준 아내가 오랜만에 여인숙까지 동행했다. 들고 올 물품이 많은 탓이기도 했지만 어쨌든 아내가 고마웠다. 달걀 세 판을 삶고, 귤 1박스를 사고, 추어탕 3인분을 사 온 아내는 여인숙 어르신 세 분께 추어탕을 전해드리고 일찍 귀가했다.

아직 몸이 무거웠으나 오후 일찍 입실한 것은 중요한 행사에 참석하기 위해서였다. 오늘 오후 3시부터 철거 보상 주민설명회가 예정되어 있었다. 대전시 동구 관계자와 LH 한국토지주

택공사에서 설명회를 주최한다고 여러 차례 통보가 왔다. 나도 세입자로 등록되어 있었기에 설명회 통보를 받았다.

"오늘 설명회 있어요. 오후 3시, 삼성동 풋살 경기장이요. 꼭 참석하시오."

방에 스티로폼을 세우는데 수도여인숙 김 사장님이 대덕여인숙을 다녀가셨다. 한 사람도 빠지지 말라는 부탁을 서너 번 반복했다. 철거 보상 설명을 마치면 주민대책위원장 선거가 있다는 말을 덧붙였다. 나는 방을 나서기 전에 잠시 생각했다.

이곳은 어떤 방식으로 철거와 보상이 진행될 것인지. 원주민과 세입자들의 주거권은 어떻게 보장할 것인지. 이곳을 생존의 터전으로 살아가는 일부 성매매 여성들의 자활 대책은 마련해 줄 것인지. '재개발 사업을 통한 젠트리피케이션 현상'이 빚어질 우려는 없는지.

전국 어디서든 주거환경 개선사업을 목적으로 진행되는 철거 재개발 현장에서 불가피하게 대두되는 쟁점은 다른 게 아니었다. '생존권'의 문제였다. 그것은 철거 대상 지역에서 살아가는 주민들에겐 가장 근본적인 문제였다. 그동안 철거 재개발 현장에서 분쟁과 갈등이 끊이지 않았다. 때때로 정부 시책으로

---

4) 재개발 사업을 통한 젠트리피케이션(renewal-induced gentrification) : 재개발 이후 집값이 올라 저소득층 원주민이 거주하기 힘들어 부담이 가능한 저렴 주택을 찾아 다른 곳으로 이주하는 현상. 한국도시연구소, 『도시재생과 젠트리피케이션』, 한울, 2018, 19쪽.

인해 강제 철거당하는 원주민들의 고향 상실감도 이루 말할 수 없는 고통이었지만 그곳을 생계의 터전으로 살아가는 주민과 세입자들에겐 어떠한 보상으로도 환치될 수 없는 상처가 고스란히 남았다. 그런 까닭에 한편에선 철거 재개발로 인한 보상을 기대하면서도 다른 한편에선 생존권 상실에 대한 우려를 피할 수 없었다. 그와 같은 기대와 우려는 종종 주민들 간의 첨예한 갈등으로 비화하기도 했다.

나는 삼십 분 정도 시간 여유가 있어서 몇 년 전 출간한 철거 재개발 다큐 사진집『집-지상의 방 한 칸』을 열어보았다. 사진집 한장 한장을 넘길 때마다 곳곳에서 주민들의 목소리가 들렸다. 안타깝게도 탄식과 절규와 분노 외에 환호와 기쁨의 소요는 거의 들리지 않았다.

철거 다큐 사진 첫 셔터를 누른 곳은 일산 신도시 건설 현장인 경기도 고양군 행신리였다. 1991년 1월, 칼바람이 몰아치던 겨울이었다. 시외버스를 타고 찾아간 행신리 뱀골에선 누군가 철거 반대 투쟁을 선동하는 스피커 소리가 쩌렁쩌렁 울렸다. 현장을 몇 컷 촬영하고 잠시 숨을 돌릴 때, 율동상회와 마을회관의 벽에 쓰인 붉은 글씨가 보였다.

신도시 결사반대!

뭉치자!

삼십여 년이 지난 지금까지 내 기억 속에 또렷하게 남아 있는 구호들이다. 주민들이 피를 토하며 쏟아냈을 것만 같은 구호의 첫인상을 나는 도무지 지울 수가 없다. 어쩌면 그 붉은 글씨가 나를 오랜 세월 철거 재개발 현장에 서 있도록 했는지 모르겠다. 그리고 철거를 앞둔 역전 통 뒷골목 여인숙의 0.8평 달방에 오늘까지 묶어두고 있는지도 모를 일이다.

1991년 이후 지금까지 주거환경개선사업의 일환으로 진행되는 철거 재개발 현장에서 내가 목격한 주민들의 구호와 원성과 희망은 한결같았다. 서울 용산 참사 현장에서, 상왕십리와 신공덕동과 상도동에서, 경기도 평택 대추리에서, 구리시 갈매마을에서, 세종특별자치시를 건설하는 충남 연기군 종촌면에서, 대전의 도안동과 봉산동에서, 안동시 풍산면에서, 강제철거 규탄대회를 개최하는 서울역과 시청 광장에서 주민들은 이구동성으로 절규했다.

'허울 좋은 주거환경개선, 원주민만 골병든다'

'개선사업 전면 백지화'

'차라리 이 땅에 나를 묻어라'

'이윤보다 사람이다. 사람 죽이는 개발사업 중단하라'

'서울시의 제조업 말살 정책, 상공인들은 분노한다'

'단결 투쟁, 주거권 쟁취하자'

'여기, 사람이 살고 있다'

'늙은이들에게 살 집을 내놓아라'

철거 대책회의에 참석하는 주민들. 서울 상도동. 2010
사진집 『집-지상의 방 한 칸』 수록 작품

'우리는 고향에 뼈를 묻으리, 주민들이여 투쟁합시다'

거듭 말하자면 철거 대상 지역 주민들의 요구는 단순명료하다. 생존권 보장. 그것이다. 여기, 사람이 살고 있으니 그동안 살아왔던 것처럼 살 수 있게 하라. 그것은 너무나도 정당한 요구다. 원주민의 고향 상실감을 치유할 방안 마련도 중요했으나 근본적인 문제는 생계를 보장하는 것이다. 구중궁궐 같은 주택 소유주나 대지주는 비록 보상금 시비가 빚어지긴 하지만 생존에 문제가 없다. 그러나 세입자나 손바닥만 한 텃밭의 소유자 같은 경우는 생존권 박탈을 피할 수 없는 게 현실이다.

생존권은 도시재생 계획이 확정된 대전 역전 통 여인숙 뒷골목과 쪽방촌의 경우는 더욱 절실한 문제다. 여인숙 달방 가족들과 고령의 전문직업 여성들, 그리고 쪽방촌 세입자들은 거의 모두 '절대 빈곤' 계층의 기초생활수급자다. 그런 까닭에 단순히 이사 비용 보상만으로는 생계유지가 곤란한 형편이다. 철거 보상 이후 단전, 단수와 함께 주민 소개(疏開)가 진행될 게 분명하다. 그럴 경우, 그들이 당장 거주할 공간도 필요하지만, 앞으로의 생계를 위한 자활 방안 마련이 더 중요하다.

"우리는 어떻게 먹고살라는 겨. 여성 인권 어쩌고 떠들어대면서 우리를 쫓아낸다면, 어쩌라는 겨. 그냥 굶어 죽으라는 겨, ××놈들아."

2호실 이모는 옆집 여인숙 이모들과 둘러앉아 종종 육두문자를 쏟아냈다. 뜬소문 때문이었다. 대전시가 추진하는 역전 인근 쪽방촌의 공공주택 사업을 발표한 것이 어느 뉴스에선가 보도되었고, 그 보도 내용이 흘러 흘러 여인숙 골목으로 번졌다.

"대전역 근처 성매매를 불법이라고 완전히 폐쇄한다는 거야. ××놈들이."

와전된 것이 분명했다. 대전시가 아무 대책도 없이 성매매 정책을 발표할 리가 없었다. 그러잖아도 철거 재개발이 발표되면서 성매매 여성들에 대한 정책이 초미의 관심사였다. 성매매 여성들은 건물 소유주나 세입자와는 처지가 달랐다. 여성 인권의 사각지대에서, 사회적 외면과 비하를 감내하면서 생존을 위해 밤낮없이 피땀을 흘리는 여성들이었다. 2호실 이모처럼 이 세계에서 흔히 '이모'라 불리는 그들 곁에 살면서 지켜본 결과, 여성 인권만을 옹호할 수 없을 만큼 생존의 문제는 절박했다. 더구나 코로나19 때문에 거의 손님이 끊겨 이모들은 하루하루 연명하다시피 살아가는 중이었다.

"여성 인권 다 필요 없다, 개××들아. 생존권이나 보장해라!"

나는 평생을 여인숙 골목에서 살아온 이모와 여인숙 여사장의 욕설을 들을 때마다 생각했다. 인권과 생존권, 둘 중 한 가지도 포기하지 못하겠다며 우리는 날마다 처절한 승부를 가리듯 살아가지 않는가. 그 두 가지 모두를 누리는 삶은 얼마나 행복한가. 그러나 이모들은 둘 중 하나를 선택하기 위해 나머지 하나를 포기하며 필사적으로 살아간다. 그런데 그 두 가지 모두를 잃어버린다면 그 삶은 얼마나 고통스러울 것인가.

공공주택 사업과 보상 설명회 날짜가 잡힌 즈음이었다. 나는 이모의 말을 가슴에 품고 지내다 인터넷 검색을 해보았다. 대전시와 LH의 사업과 관련된 보도가 궁금했다. 몇 가지 기사가 발견되었다.

'대전역 쪽방촌 정비사업 추진 발표'
'공공주택사업 및 도시재생 뉴딜 사업 공동사업추진 기본협약체결'
'대전 동구 정동 일원 도시재생 선도지역 지정'

나는 대전시의 여성 인권정책 기사를 중심으로 인터넷에 떠도는 관련 기사를 좀더 살펴 읽고 결정했다. 다른 일정을 취소하고 사업설명회를 꼭 참석하겠다고 작정한 것이다. 대전시와 LH 한국토지주택공사가 도시재생사업 계획을 어떻게 수립하고 전개할지, 염려와 기대 때문이었다. 몇몇은 문맹으로, 몇몇은 몸이 불편하거나 알코올 중독으로 설명회를 참석하지 못하는 달방 가족들 대신 내가 설명회를 듣고 와서 보상과 이주 계획을 안내해주겠다는 판단이었다. 필요할 경우, 여인숙 가족들과 쪽방촌 사람들을 위해 사업설명회에서 발언도 하겠다고 생각했다.

"우리를 속이고 결정하면 무흅니다."

"건물주만 배부르게 해주고 우리 같은 세입자들 쫓아내면 되겠습니까."

"여러분, 머리띠 두르고 싸웁시다."

"옳소."

"당장 어디 가서 밥 먹고살 수 있습니까."

"집도 없고 돈도 없는데, 먹고살 수 있게 해줄 때까지 싸웁시다."

"싸웁시다!"

설명회 행사 전에 어떤 주민이 마이크를 잡고 주민을 선동했다. 진행자인 듯한 남자가 제지하면서 실랑이가 벌어졌고, 나

매일 아침 화투패로 '오늘의 운세'를 알아보는 박○○ 이모. 코로나19로 개점 휴업 중인 이모는 화투패로 아침 식사를 대신한다.

와 몇몇 사람들이 양쪽을 설득하면서 설명회와 질의응답이 이어진 다음에 위원장 선거가 일사천리로 진행되고 설명회는 끝났다.

-이제 시작일 뿐이다. 아직 가야 할 길이 까마득하다.

나는 그동안 철거 재개발 현장에서 목도한 현실을 두고 볼때, 이곳의 보상과 이주, 철거와 재개발 모든 일이 순조롭게 진행되지 않을 것이란 추측을 했다. 건물주나 세입자 모두 사정이 다르지 않을 것이다. 그러나 냉난방의 거의 불가능한 한 평짜리 달방에서 폭염과 한파를 견뎌야 하는 세입자의 경우, 거대한 자본의 힘에 맞서서 길고 지루한 기다림과 갈등을 어떻게 극복할 것인지.

무엇보다 철거 재개발과 상관없이 당장 필요한 것은 공공부조[5]의 정착이었다. 공공부조가 현실적인 방향으로 정착, 실현된다면 이곳 여인숙과 쪽방촌 철거민의 미래가 결코 어둡지 않을 것이다.

나는 몸이 더 무겁게 느껴져서 초저녁부터 방에 드러눕고 싶었다. 방풍 스티로폼 덕분에 모처럼 단잠을 이룰 수 있기만을 기대할 뿐이었다.

---

5) 공공부조(public assistance) : 사회보장을 구성하는 하나의 제도로서 실업, 질병, 장애, 자녀부양 등으로 인해 기본적인 욕구, 음식, 의복, 주거 등의 능력이 없는 빈민에게 정부가 재정적 부조를 제공하는 프로그램. 현금 급여, 의료 부조, 사회서비스가 이에 포함된다. 원석조, 『사회복지정책론』, 공동체, 2019, 293쪽, 419쪽.

나를 죽이는 것보다 가치 있는 일

2020. 11. 27(금). 달방 142일째. 흐리고 매우 쌀쌀함

자정이 다 되었다. 방안에 한기가 팽팽하다. 지난주에 건물 뒤편의 세탁기 주변에 한차례 살얼음이 깔렸다. 난방이 전혀 불가능한 탓으로 다른 여인숙보다 한두 주일 추위가 빠르고 깊다고 했으니 곧 한파가 닥칠 것 같았다. 며칠째 한밤중 체감온도는 이미 영하권이다. 나는 전기장판을 켜고 이불 속에 누운 채 달력을 보았다.

일주일 뒤면 대덕여인숙 달방 다섯 달이다. 오늘은 그동안의 달방 생활 가운데 잊지 못할 날이 될 것 같다. 어쩌면 가장 극적이고, 가장 의미 있는 시간이 될지도 모른다. 애초 달방 생활은 두 달을 계획했던 일이다. 생각을 바꾸어 반년을 채우기로 했으니까 앞으로 한 달 남짓 남겨두었다. 반년 달방의 종지부를 찍을 때까지 오늘보다 뜻깊은 날은 없을 듯싶다.

─우리의 상상이 못 미칠 만큼 원시적이고 비문명적인 삶의 거처에서 필사적으로 생계를 꾸려가는 열한 명의 달방 가족들. 이들이 사는 모습, 이들의 삶의 가치에 대해 좀더 천착하자.

115

나는 이 생각을 환기하면서 달력의 오늘 날짜 밑에 붉게 둘러친 동그라미 속의 숫자를 읽었다.

142.

어느새 142일이다. 그런데…… 나는 오늘밤, 생각을 또 바꾸었다. 달방을 더 연장하기로 한 것이다. 해를 넘기고 2021년 여름까지 더 머물기로 했다. 철거 보상이 시작되면서 달방과 쪽방촌 사람들이 이곳을 떠날 때까지 함께 지낼 생각이다.

이렇게 애초의 계획을 두 번씩이나 수정한 것은 다른 이유가 아니다. 그동안 경험하지 못한 '인간의 모습' 때문이다. 어제와 오늘, 이틀 사이에 대덕여인숙을 중심으로 벌어진 극적인 풍경은 나에게 수없이 질문을 던졌다.

생명의 가치는 무엇인가.

인간의 존엄성은 무엇인가.

모두가 한순간만이라도 평화로운 삶을 누리는 일은 어떻게 가능한가.

나는 이틀 내내 인간의 존재와 삶에 대한 근원적인 질문을 내게 던지면서 그 답변을 궁구(窮究)하는데 몰입했다. 자정을 넘기도록 추위에 떨며 전전반측했다. 그리고 마치 혜안을 발견한 듯 어제, 오늘의 풍경을 다시 떠올렸다.

어젯밤은 아래, 위층 할 것 없이 소란했다. 소음이 새벽 4시까지 이어졌다. 도무지 잠을 잘 수가 없었다. 기온이 뚝 떨어진 추위가 문제가 아니라 두려움 때문이었다.

소란은 내 방 맞은편 17호실에서 시작되었다. 여름내 숙박객을 받던 빈방에 달방 손님이 들었다. 처음엔 역전 광장의 노숙자 가운데 한 사람인 줄 알았다. 여름 내내 비어 있던 방이 겨울엔 이런 식으로 꽉 찬다는 말을 관리자 길도 형님께 들은 적이 있었다. 그러나 그게 아니었다. 노숙자가 아니라 일용 잡직 노동자였다. 자신을 창호 전문가라고 소개한 붉은 점퍼의 오십 대 남자는 술에 취한 채 길도 형님과 월세 흥정을 하다가 시비가 붙었다.

"아, 씨발. 방세가 왜 이렇게 비싸?"

"뭐라고? 씨발? 이 ××가 어디서 씨발이야?"

"아, 씨발. 이만 원만 깎아달라고."

"이 ××가. 나가! 당장 나가."

옥신각신하던 끝에 남자를 방에 들인 뒤 담배 한 개비를 다 태웠을 무렵, 길도 형님이 복도에서 무슨 말인가를 중얼거렸다. 혼잣소린 줄 알았다. 아니었다. 11호실 문기화 씨에게 하는 말이었다.

"아니, 백 번, 천 번을 얘기해도 못 알아들어요. 2층엔 물이 안 나오니까 대변은 보지 말라고 했잖아요. 화장지를 변기에 버려도 안 되고. 내가 당신 때문에 똥 치우고 변기 뚫은 게 몇 번인가 알아요?"

11호실 기화 씨는 요실금 환자였다. 시도 때도 없이 화장실을 드나들었다. 위장 장애 탓인지, 다른 지병 때문인지 정강이와 발가락이 퉁퉁 부어서 제대로 걷지도 못했다. 불편한 몸으로 벼랑 같은 계단을 오르내리면서 1층 공용화장실을 출입하는 일이 매우 어려운 상태였다. 그래서 급수가 안 되는 2층 재래식 변기에 종종 대변을 보거나 복도에 오줌을 지리곤 했다. 그뿐 아니다. 몸을 씻지 않는 까닭에 밤낮없이 악취가 진동했다. 그런 이유로 길도 형님뿐만 아니라 여인숙 여사장 임 여사님과 갈등이 끊이질 않았다. 그 모습을 지켜보던 임 여사님이 기화 씨를 초여름에 내쫓았고, 늦가을에 다시 입실한 상태였다.

"곧 겨울이고, 저 몸으로 거리로 나섰다가는 당장 시체가 될 게 분명해요."

길도 형님이 임 여사님을 설득한 게 주효했다. 그러나 새벽 3시에 기화 씨를 붙잡고 길도 형님이 언성을 높이는 것은 더는 두고 볼 수 없다는 뜻이었다.

"다른 사람들이 냄새 때문에 성질내잖아요. 나도 어쩔 수가 없어요. 내일 아침에 나가요."

2층의 소란 때문에 밤잠을 설쳤는데 아침부터 여인숙 출입구가 또 시끄러웠다. 119구급대가 들이닥친 것이다. 발가락과 정강이 통증이 심한 기화 씨를 배려해서 길도 형님이 119를 불렀다.

"형님, 기화 씨 나가는 모양입니다."

"다시 쫓아내기로 했어. 월세 밀렸다고 임 여사도 뭐라 하고, 냄새도 견딜 수가 없고."

"기화 씨 다리가 많이 안 좋아 보이는데요."

"그래서 내가 119를 불렀는데 안 가겠다고 떼를 쓰는 거야. 병원 치료를 하고, 몸 좋아지면 구걸을 하든, 어떻든 먹고는 살 거 아냐."

"그렇죠. 그런데 왜 안 간다는 거죠?"

"기초수급자가 아니라서 병원 치료비 없다고 안 간다는 거야. 그래서 동사무소 가서 기초수급자 신청을 하라고 수십 번 얘기했는데도 말을 안 들어."

나는 길도 형님 말을 듣는 순간, 퍼뜩 좋은 방안이 떠올랐다.

"아, 형님. 그러면 쉽게 해결되겠군요. 그런데 왜 거부하는 거죠?"

"주민등록증이 없다는 거야. 말소가 되었다나 어쨌다나."

"그러면 다시 만들면 되겠네요. 기초수급자만 되면 병원비 걱정 없고, 방세 걱정 안 하고, 밥걱정도 안 할 테니 말입니다."

"그러면 되지. 그런데 말을 안 들어."

"형님, 그러면 제가 설득해볼게요. 주민등록증도 갱신하고."

나는 기화 씨에게 당장 필요한 일을 떠올렸다. 기화 씨를 이대로 여인숙 밖으로 내몰 수는 없다. 기화 씨를 설득한 다음, 동사무소에 가서 기초생활수급자 신청을 해드려야 한다.

나는 길도 형님께 계획을 말하고 119구급대를 돌려보냈다.

기화 씨를 설득한 다음 함께 택시를 타고 동사무소에 들른 것은 오전 열한 시가 조금 지난 무렵이었다. 기화 씨의 신원조회를 한 결과, 최종 주소가 서울시 서대문구였다. 거의 의사소통이 불가능할 정도로 말이 어눌하고 지각 능력이 부족해 보였던 기화 씨는 놀랍게도 자신의 주민등록번호와 한자 이름까지를 똑똑히 기억하고 있었다. 더욱 놀라운 것은 두 명의 딸이 있다는 사실이었다. 추측하건대 기화 씨는 오래전에 가정을 이루었으나 신체장애와 경제력 부족 등으로 몇몇 여인숙 달방 사람들처럼 가족으로부터 버림받은 것 같았다.

동사무소 직원에게 기화 씨의 사정을 들려주고, 현 거주지 확인을 위해 임 여사님과 직원이 통화를 끝낸 뒤 주민등록증 갱신 작업은 일사천리로 진행됐다. 내가 기화 씨의 사진을 찍고, 출력해서 동사무소에 제출하고 몇 가지 서류 작성을 마친 다음 여인숙으로 돌아온 것이 오후 세 시 반이었다. 아침과 점심을 먹지 못해서 금방이라도 쓰러질 것처럼 힘겨워하는 기화 씨를 김밥집으로 모셔다드리고 나는 임 여사님과 길도 형님을 만났다.

"일주일 뒤에 주민등록증이 발급된답니다. 그러면 통장을 만들고 기초수급자 신청을 하기로 했어요. 생계급여는 다음 달부터 나오지만 긴급재난지원금은 며칠 내로 지급된다고 합니다."

나는 임 여사님과 길도 형님께 대충 일의 과정을 설명하고 방으로 돌아와 드러누웠다. 어제저녁부터 오늘 오후까지, 흡사 일 년의 밤과 낮을 뜬눈으로 보낸 것처럼 몸이 무거웠다. 기화 씨 사진 출력을 기다리면서 컵라면으로 늦은 아침을 때운 탓에 위통이 느껴졌다. 그러나 마음은 가벼웠다. 대덕여인숙에 입실한 지 142일째. 이처럼 마음이 뿌듯한 적이 없었다.

―오늘은 내 생에 특별한 하루다. 흡사 꺼져가는 불씨를 되살린 듯 엄연히 살아서 숨 쉬면서도 죽은 듯 존재감이 없던 한 사람의 생명을 부활시킨 날이다.

이 생각을 하면서 잠깐 눈을 붙였다 뜬 게 오후 다섯 시였다. 나는 벌떡 일어나 카메라를 들었다.

이제 기화 씨를 촬영할 때가 된 것 같았다. 기화 씨는 오랜 세월 잃어버린 채 살아왔던 자신을 되찾았다. 안정된 생활을 할 수 있는 거처도 마련했다. 나 역시 지난 5개월 동안 기화 씨 모습을 지켜보면서 차마 카메라를 들이댈 수 없었던 도덕적 갈등이 어느 정도 해소되었다.

나는 그렇게 판단하고 기화 씨에게 조심조심 촬영 의사를 밝히고 동의를 구했다. 촬영은 흑백필름 한 롤로 마쳤다. 오래 준비된 촬영이었기에 셔터를 누르는 내내 차분하게 호흡을 가다듬었다. 몇몇 가족을 촬영하는 동안 오늘처럼 신중하고 조심스러웠던 적이 없었다. 무엇보다 신산한 삶을 살아온 캐릭터를

11호실 문기화(가명) 님.
사진집 『여인숙』 수록 작품

살리는 게 기화 씨 초상 사진의 핵심이었다. 그래서 처연한 눈동자에 초점을 맞추고 아웃포커싱(Out Focusing)으로 근접 촬영을 했다. 다른 인물 초상 사진과는 다르게 파격적인 구도를 선택한 것이다.

카메라 정리를 마친 뒤 흑백필름에 담길 기화 씨의 모습을 상상해보았다. 내가 예상하는 것 이상으로 인상적인 사진이 될 게 틀림없었다. 조금 전 카메라 뷰파인더로 눈이 따갑도록 들여다본 이미지를 잊기 전에 기록할 필요가 있었다. 나는 노트북 열고 사진 캡션을 썼다.

'마른 수세미처럼 생이 고갈된 자신을 살리는 이유는 죽이는 것보다 가치 있는 일이기 때문이다.'

3

땅의 눈물, 하늘의 눈물
겨울

천 원짜리 인생, 만 원짜리 인생

2020. 12. 12(토). 달방 157일째. 한파 시작

추위 탓으로 어제보다 일찍 눈을 떴다. 일곱 시 반. 나는 이불 속에 누운 채 벽에 걸어둔 달력을 보았다. 그러고 보니 40여 년 전 오늘은 대한민국 역사가 바뀐 날이다. 하마터면 내 인생도 바뀔 뻔한 날이기도 하다. 경북 구미의 금오공업고등학교를 졸업한 나는 그 당시 하사 계급장을 달고 군 복무 중이었다. 용산의 국방부 본부 소속이었으나 마침 대전 국방과학연구소에 파견 근무했기에 그날의 총성을 듣지 못했다. 만약 국방부 본부에 있었다면 나는 어떻게 되었을까. 모교 설립자가 그날보다 달포쯤 전에 총을 맞았다. 나도 어쩌면 총을 맞았을지도 모를 40여 년 전의 오늘……. 나는 그날의 총성을 잠시 떠올리다 툴툴, 머리를 털었다.

11월 말부터 12월 초까지, 특별한 일 없이 소소한 일상이 반복되는 중이다. 시나브로 추위가 깊어지고 있어서 여인숙이든 쪽방촌이든 달방 가족들은 '추위와의 전쟁' 준비에 한창 바쁠

시간이다. 그러나 바쁜 기색이 전혀 없다. 바쁠 일이 아예 없기 때문이다. 처음부터 냉난방이 전혀 안 되는 낡은 여인숙이기에 월동 대비를 위해 할 일이 없다. 여인숙 건물주나 임대업자도 마찬가지다. 철거를 앞둔 상태에서 창문이든 벽이든 공용화장실이든 십 원짜리 한 장 덧붙일 까닭이 없어서 뒷짐 지고 하늘만 바라보는 형국이다. 바람이 불면 부는 것이고, 눈이 쏟아지면 쏟아지는 것이다. 추위와는 상관없이 그저 달방에 들고 나는 사람들만 지켜보고 있다. 그들은 곧 '돈'이기에 돈의 행방 외에는 거의 관심이 없다고 해도 틀린 말이 아니다.

달방 가족들은 앞으로 서너 달 이상 최저생계급여만으로 월동해야 한다. 월동 대비라고 해보았자 기껏해야 창문에 비닐을 붙이는 정도다. 가족들은 담배 연기와 바퀴벌레, 그리마가 제 집처럼 드나들던 옷을 겹겹이 껴입고 전기장판 위에서 죽은 듯이 누워지낼 것이다. 마치 전기장판 밑에 비상금으로 구겨 넣은 오천 원짜리 지폐처럼 몸을 접은 채, 침묵의 연대 시위를 하듯 각자의 방문을 걸어 잠근 채.

—여인숙 구석구석, 인간의 모든 숨구멍마다 빈틈없이 파고드는 추위는 얼마나 냉정하고 이성적인가.

나는 석빙고 같은 여인숙 실내를 혼자 어슬렁거리며 이런 상상을 하다가 멋쩍게 웃었다.

2020. 12. 12. 달방 157일

추위와 적막과 굶주림이 뒤섞이는 사이, 시간은 뚜벅뚜벅 제 갈 길을 걸어가고 있었다.

나는 달력 글씨를 힐끗 훔쳐본 뒤 핸드폰 날씨 앱을 열었다. 기온이 뚝 떨어지면서 내일모레부터 전국적으로 강설 예보가 나왔다. 나는 핸드폰을 닫고 앉은뱅이 밥상 위의 노트북을 펼쳤다. 내년 가을에 출간할 예정인 다큐 사진집 『여인숙』의 '작가의 말'을 며칠째 떠올리고 있으나 두 문장도 쓰지 못했다. 소소한 일상이 나의 집중력과 긴장감을 앗아간 듯했다. 어제와 같은 하루가 오늘 반복되고, 내일도 그러리라는 예감으로 문득 불안감에 휩싸였다.

어제와 다른 오늘의 나. 오늘과 또 다른 내일의 나. 나는 '노마드 (Nomad)'가 되어야 한다.

나는 방문 안쪽에 붙여둔 글을 소리 내어 읽었다.

J 대학교 대학원에서 예술철학사를 공부할 때였다. 질 들뢰즈의 『차이와 반복』을 다시 만났다. 치기만만하던 시절에 읽은 책을 이순의 문턱을 넘기고 열어보면서 새삼 노마드에 대한 생각이 절실해졌다. 따지고 들자면 나는 '차이'를 위해, 내 글과 사진의 발전적 성취를 목적으로 여인숙 달방에 든 것이다. 그러므로 나는 소소한 일상을 구실로 나태해지면 안 되었다.

초원장 달방 202호실 조남경 형과 여러 차례 대화를 나누고 촬영에 박차를 가한 것도 그런 이유에서였다. 달방 생활이 익숙해지고 가족들이 파악되면서 그때그때 할 일도 가늠이 되었다. 대화와 식사, 후원을 포함해서 촬영도 마찬가지였다. 곧 북극한파가 밀어닥칠 것이다. 가족들은 동면하듯 방문을 굳게 걸어 잠글 게 틀림없다. 그러면 겨울에 꼭 필요한 촬영이 불가능해지고 만다. 그런 일이 벌어지기 전에 촬영 작업을 해야 했다.

그러나 세상일이 다 그렇듯 마음먹은 대로 이루어지는 것은 없다. 남경 형 촬영을 준비했다가 돌발 사태로 그만둔 게 한두 번이 아니었다. 오늘 아침에도 그랬다. 성태 형과 남경 형이 한바탕 싸움을 벌였다.

"야, 이 ××놈아. 왜 남의 집에 와서 소란을 피워."

"이 늙은이가 치매가 걸렸나? 이게 왜 남의 집이야. 영순 씨 집이지. 내 누이동생 집이 남의 집이야?"

영순 씨 방에서 남경 형이 아침을 먹은 직후였다. 늘 그랬던 것처럼 칼로 물 베기에 불과한 싸움이지만 두어 시간 여인숙 지붕이 들썩거렸다. 나는 카메라를 꺼내기도 전에 촬영을 포기했다.

"영순이가 니 누이동생이라고? 야, 이 ××놈아. 그러면 여동생을 성추행하는 게 인간이냐? 개××지."

"뭐, 개××?"

"그래, 개××다. 에라, 물이나 처먹어라, 개××야."

"어이쿠. 이 미친놈이……."

7호실 성태 형이 공용세면실에서 물바가지를 들고 와 영순 씨 방 앞에 앉아 있던 남경 형에게 내던졌다. 추운 날씨에 찬물을 뒤집어쓴 남경 형이 불편한 몸을 벌떡 일으키며 비명 같은 고함을 쏟았다. 알코올 중독자 두 사람의 고함과 삿대질과 욕설이 뒤엉켜 여인숙 1층 복도에 나뒹굴었다. 언뜻 보면 누군가 한 사람이 바닥에 쓰러져야 끝이 날 듯한 싸움이었다. 그러나 뜨겁게 치솟은 싸움은 싱겁게 파국을 맞았다.

"이, 양아치 ××들아. 쫓겨나서 얼어 죽을래, 입 닫고 살아 있을래."

"어, 관리자 아우. 이 ××가 남의 집에 와서……."

"아우고 지랄이고. 그러면 이건 니 집이냐? 아가리 처닫고 복도에 쏟은 물이나 싹 닦아. 영순 씨는 방문 닫고. 조남경, 너는 앞으로 여인숙 출입금지!"

대덕여인숙의 상왕이자 포청천인 천길도 형님의 판결로 상황은 끝이 났다. 2층 9호실 방에서 늦잠을 자던 형님이 1층으로 내려와 주먹을 불끈 쥐면서 세 사람은 각자의 할 일을 찾아서 떠났다. 그리고 겨울 호수처럼 고요하고 평화로운 하루가 이어졌다.

소요 끝의 평화는 언제나 더 큰 소요와 폭력으로 가능한 세계. 여인숙이 그랬다. 나는 해가 떨어질 때까지 그 '평화'에 대해 골똘했다. 여인숙 달방의 평화는 어떻게 가능한가. 반년 가까이 나를 묶어두는 화두였다.

"남경 형. 몸 좀 녹였어?"

초원장은 대덕여인숙 옆집 산호여인숙과 나란히 앉아 있는 달방 전용 여관이다. 초원장 202호실로 남경 형을 찾아간 것은 날이 어두워진 다음이었다. 오전의 소란이 잠잠해진 뒤 나는 한 가지 묘안을 떠올렸다.

남경 형과 영순 씨는 오늘 아침에도 손을 맞잡고 밥을 먹었을 것이다. 성태 형이 성추행했다고 오해했던 그 장면을 연출하면서 말이다. 그러나 푹 삭은 김치뿐인 맨밥이 분명하다. 숟가락을 뜨면서 눈웃음을 주고받는 것만으로도 배부르겠지만 한 끼라도 인간답게 먹어야 하지 않겠는가. 그 생각 끝에 결정했다.

-두 사람이 좋아하는 고등어구이를 사다 주자. 고등어구이를 안주 삼아 한 잔 마시면서 형의 인생 편력을 듣자.

그렇게 생각하고 점심을 지나 전통시장에 다녀왔다. 고등어구이와 함께 소주를 마신 남경 형은 믿을 수 없는 과거사를 펼쳐놓았다. 이야기 중간에 영순 씨에게 고등어구이 한 마리를 전해주고 돌아와 나는 저녁을 건너뛰면서 형의 말을 흥미진진하게 들었다.

"뭐, 출입금지라고? 지가 뭔데 명령해? 내가 안 가면 그만이지."

남경 형은 이야기 중간중간 길도 형님의 출입금지를 꺼냈다.

분이 가라앉지 않는 모양이었다.

생각해보면 형이 영순 씨 외에 달방 사람들로부터 따돌림을
당하는 일이 심심찮게 벌어졌다. 주차장 사랑방에서 사람들과
대화 중에 습관처럼 입에 영어를 담은 탓이다. 그래 보았자 토
막 영어에 불과했지만 그나마 영어 표현이 튀어나오면 종종 관
리자 길도 형님이나 몇몇 사람들에게 미친놈 소리를 들었다.

"야, 이 미친놈아. 니가 그렇게 잘 났는데 길바닥에서 병나발
을 불고 있냐?"

남경 형이 미친놈 취급을 받는 데는 그럴만한 사연이 있었
다. 형의 말대로라면 형의 부친은 육군사관학교를 졸업하고 대
령으로 제대했다. 어려서 서울의 고급 주택가인 평창동에 살면
서 비싼 사교육을 받았고, 집을 뛰쳐나와 영등포에서 주먹 생
활을 하다가 대전으로 내려왔다. 알코올 중독으로 가족과 일터
를 잃었다고 했다.

"형, 이렇게 매일 술만 마시다가는 이번 겨울 못 넘겨."

"못 넘기면 죽고 말지 뭐. 운명에 순응하는 게 자연의 섭리잖
아. 인간은 하찮은 자연의 일부일 뿐이고."

형은 나와 영순 씨 말고는 말벗이 없었다. 누울 자리를 보고
다리를 뻗으라 했다. 그런 세상의 이치를 외면한 형이 고립을
자처한 셈이지만 형은 따뜻한 한 끼 밥조차 해결하지 못한 채
술만 마셨다. 역전 마트까지 필사적으로 걸어가서 구입한 빵이
나 햄 조각이 하루 양식이자 술안주의 전부였다. 이따금 내가

쌀떡국이나 쌀국수를 끓여주면 형은 절반도 입에 대지 않았다. 술과 담배 말고는 목구멍으로 넘기는 것을 극도로 거부했다. 이미 복수가 터질 듯 차오른 아랫배도 문제였지만 눈에 띄게 피폐해지는 마음이 더 위험했다. 나의 만류에도 마지막 하루를 남겨둔 사람처럼 형은 종일 술병을 빨았다.

연민과 안타까움이 겹치면서 내가 생각해 낸 것이 영순 씨와 남경 형의 '결혼'이었다. 음식 조리도 못 하고, 음식 자체를 거부하는 탓에 술배를 채우는 형에게 희망이 필요했다. 여인숙 달방을 떠돌며 몸이 망가지는 동안 정이 깊어진 두 사람이다. 당장 밥과 외로움도 해결하고, 소란 시비도 잠재울 방법이 절실했다. 멀리는 철거 보상부터 공공주택 입주까지를 고려할 때, 남매보다는 부부가 아무래도 득이 클 것 같았다. 주차장 사랑방에서 조촐하게 결혼식 모양만이라도 갖추고 혼인신고를 해주었으면 싶었다.

그러자면 어림잡아 보름을 주기로 반복되는 대덕여인숙 출입금지령이 우선 걸림돌이었다. 나는 결혼식에 앞서서 해결해야 할 일을 손꼽아보았다. 관리자 길도 형님과 상의하는 일이 우선이었다.

"형님. 제가 남경 형 술과 담배를 어떻게든 줄여볼게요. 그리고 영순 씨한테 밥 먹으러 올 때, 조용히 다녀가라고 설득할게요."

이 말끝에 조심조심 두 사람의 결혼식 계획을 꺼냈다. 길도 형님이 어떤 반응을 보일지 내심 걱정되었다. 나의 불안과는 달리 형님은 내 제안에 흔쾌히 동의했다.

"몸이 불편한 둘이 서로 의지하면서 사는 것도 괜찮지. 둘이 합방하면 돈도 아끼고, 다른 사람들과 싸울 일도 없을 거고."

나는 두 사람의 결혼을 당분간 비밀로 하기로 길도 형님과 약속했다. 코로나 유행도 심상찮고 추위도 심해서 우선 무사히 겨울을 나는 게 중요했다. 구정을 지내고 얼음이 풀릴 즈음, 초원장 주차장 사랑방에서 달방 식구들을 모시고 결혼식을 하는 게 좋을 듯싶었다. 결혼식은 약식으로 하고 혼인신고를 하면 경비 문제도 해결될 것이었다.

그런 일련의 과정을 숨긴 채 오늘 남경 형과 마주앉았던 일

남경 형과 영순 씨의 평화롭고 따스한 아침 미팅.

이다.

"남경이 형, 오늘 중요하게 나눌 말이 있는데."

"중요한 대화라면 사진 촬영?"

"아니, 촬영은 나중에 하고, 전에 내가 결혼 말했었지."

"무슨 결혼?"

"영순 씨와 결혼하는 것 말이야."

"굿. 영순 누이한테 쌀밥만 얻어먹어도 좋은데 결혼까지 하면 금상첨화지."

"그래. 그러면 형도 미친놈 소리 안 듣고 당당하게 영순 씨 방을 출입할 수도 있고 말이야."

"땡큐 쏘 마치. 이 작가 덕분에 결혼도 하고, 천 원짜리 인생이 만 원짜리 인생으로 화려하게 변신하는구만. 오, 뷰티풀 데이. 하하하."

"하하하."

나는 남경 형을 따라서 웃다가 돌연 정색을 하고 물었다.

"형, 아버지께서 육군사관학교 졸업하고 대령 제대했다고 했지?"

"그랬지. 그런데 왜?"

"혹시, 80년쯤에 국방부 본부에 근무하지 않았어?"

"그건 모르겠는데. 그 영감탱이, 나를 사람 취급하지 않아서 ……, 나도 짐승 취급하고 집을 떠났거든."

형은 사람과 짐승 사이에서 담배를 깊게 빨아들였다. 뜬금없는 내 질문 때문에 무엇인가 속에서 끓어오르는 듯했다.

형 덕분에 나도 만 원짜리 인생이 되었어.

나는 그 말을 감추고 방을 나왔다.

승대 아우는 어디로 갔을까

2020. 12. 31(목)~2021. 1. 1(금). 달방 176~177일째. 전국 폭설.
북극한파

'1년을 집 밖에서 보냈다.'

일기의 첫 문장을 이렇게 쓰고 읽어보니 틀린 말이 아니다.
섣달그믐에 집을 떠나 정초까지 먼 길을 떠돌았으니 말이다.

오래 기다렸던 겨울 명상 기행을 다녀왔다. 매년 겨울 두, 세
차례씩 홀로 섬과 오지와 산길을 걷는 묵언의 기행이다. 스무
번의 겨울 촬영 계획을 세우고 진행 중인 명상 다큐 「묵(黙)」
프로젝트로서, 어느덧 올해가 열여덟 번째 겨울이다. 폭설과
짧은 일정 탓으로 위험을 무릅쓰고 1박 2일의 길을 재촉해서 2
박 3일처럼 다녀왔다.

애초에 겨울 명상 기행은 요가 마스터인 아내의 요청으로 시
작되었다. 글과 사진에 쫓기던 내가 극심한 스트레스로 쓰러진
게 마흔다섯이었다. 십 년 넘게 내과 치료와 민간요법으로 속
을 추슬렀으나 영영 회복할 수 없는 속병을 얻었다. 위벽은 팔
십 대 노인처럼 얇아서 천공 직전이 되었다. 만성 위궤양과 역

류성 식도염으로 맵고 짠 음식이나 카페인 음료는 함부로 위에 담을 수 없다. 새새틈틈 스트레스에 치이며 위경련과 불면증에 시달리는 나를 데리고 아내는 전국 요가 명상 센터를 전전했다. 시나브로 마음이 다스려지면서 나 홀로 명상 기행을 시작했고, 먼 길을 오가며 겨울 풍경과 여백의 미를 흑백필름에 담기 시작한 게 겨울 명상 기행 다큐 「묵 」이다.

'흑백사진의 수묵화(水墨畵)'를 지향하는 명상 다큐는 철거 재개발이나 전통 여인숙을 대상으로 하는 휴먼다큐와 변별된다. 전자는 자연의 시공간을, 후자는 문명의 시공간을 담는 것으로 취지와 성격이 다르다. 다만, 둘 다 인간을 중심 모티브로 하는 것은 같다. 이 말은 다름 아니라 둘 모두가 인간의 삶에 대한 기록물로서 사실성과 기록성, 진실성이라는 사진의 본성에 충실한 작업이라는 뜻이다.

올겨울에 진행할 열여덟 번째 겨울 명상 기행은 여인숙 달방 생활 때문에 차일피일 미루던 터였다. 그런데 겨우 이틀 시간을 빼서 일정을 잡은 것이 하필 연말, 연시가 되고 말았다.

따지고 들자면 쫓기듯 명상 기행을 다녀온 것은 폭설 때문만이 아니었다. 다른 이유가 더 있었다. 애초에 2박 3일 정도로 넉넉하게 일정을 잡았던 일이다. 그러나 여인숙에서 벌어진 돌발 사태 때문에 일정이 반 토막 나고 말았다.

사흘 전이었다. 북극한파로 시간조차 얼어붙어 새해가 오지 않을 듯 세밑이 깜깜했다. 겨울 기행을 떠나기 위해 한창 귀가 준비를 할 때였다. 느닷없이 맞은편 17호실의 조인철(가명) 아우가 게릴라성 폭우 같은 소란을 피웠다. 만취해서 방에 소변을 지려둔 채 고성을 지르며 달방 사람들 잠을 깨운 탓에 길도 형님이 주먹을 휘둘러 가까스로 인철 아우를 진정시킬 때까지 형님과 내가 잠을 못 잤다. 몸과 마음이 꿥진해져서 오전 늦게 잠을 깨고 일어나보니 3호실에서 또 일이 벌어졌다.

1층 3호실은 원래 몸과 말이 불편한 김병권 아우의 달방이다. 병권 아우가 추위를 못 견뎌 연탄보일러가 있는 다른 여인숙으로 월동을 하기 위해 비운 틈에 보름 전쯤 ○승대 아우가 입실했다. 마흔아홉 살 승대 아우는 지체 장애 3급이다. 병권 아우처럼 한쪽 팔다리가 불편하고 말이 서툴러서 생활이 몹시 힘들었다. 그런데 술과 담배가 거의 중독 수준이다. 3호실 문밖으로 시도 때도 없이 기침 소리가 새 나왔다. 과음과 흡연 탓이 분명했다. 길도 형님과 내가 두 가지 모두 줄이라며 반협박 조로 타일러도 듣질 않았다. 밥이라고 해야 컵라면이나 빵 따위가 전부여서 무엇보다 건강이 염려되었음에도 자기 뜻을 굽히지 않았다. 개성과 아집이 강한 대개의 달방 사람들 특성을 승대 아우도 지니고 있었다.

"어이, 이 선생."

잠을 깼으나 몸이 무거워 잠시 누워 있었다. 밀린 빨래를 구겨 넣은 배낭을 보면서 집으로 돌아갈 시간을 가늠하는 중이었다. 1층 계단 쪽에서 길도 형님이 나를 불렀다.

"이 선생, 3호실로 좀 내려와봐."

길도 형님이 무엇엔가 놀란 목소리로 승대 아우의 방으로 내려오라고 했다. 무슨 일인가? 나는 배낭을 힐끔 돌아보고 후다닥 나무계단을 내려섰다.

"이것 좀 봐. 방이 피투성인데 승대가 안 보여."

형님 말대로 승대 아우의 방안이 피범벅이었다. 요와 이불은 피가 흥건하게 번져있고, 재떨이와 쓰레기 봉지까지 피가 튀어있었다. 길도 형님과 내가 승대 아우의 기침 소리가 급하고 깊어서 어느 정도 각혈은 예상했으나 이 모습은 각혈 정도가 아니었다. 몸속의 피를 쏟아부은 모습이었다.

길도 형님 말에 의하면 승대 아우의 방을 지나가는데 기침 소리가 잠잠한 게 이상해서 문을 열어보니 이 지경이라고 했다. 옆방 사람들에게 승대 아우의 행방을 물었더니 아무도 본적이 없었다. 피를 토한 채 술이나 담배를 사기 위해 한밤중에 여인숙 밖으로 나간 것인가. 이 추위에, 혼자 힘으로 그게 가능한 일인가. 그게 아니면 요양 보호시설에서 온 누군가 승대 아우를…… 이런 의구심으로 여인숙 안팎을 다 뒤져보았으나 아우는 보이지 않았다. 무엇인가 승대 아우에게 큰일이 벌어진게 틀림없었다.

"형님, 제가 경찰에 신고하겠습니다. 경찰 올 때까지 이불은 그대로 두는 게 좋겠어요."

피를 토하고 사라지기 전 3호실 승대 아우.
하루 양식은 담배와 술, 라면이 전부다.

내 신고를 받고 역전 지구대 경찰 둘이 곧바로 달려왔다. 경찰은 승대 아우의 입실부터 오늘까지의 생활에 대해 대충 길도 형님으로부터 설명을 듣고 승대 아우의 방 내부를 사진 찍은 다음 형님과 연락처를 나누고 떠났다.

"이름 외에 신분증도 없고 연락처도 없으니 나중에 찾으면 연락드리겠습니다."

경찰 말대로 승대 아우는 정체불명이었다. 다른 여인숙에서 옮겨왔다는 것 외엔 아는 게 없었다. 달방 계약서도 쓰지 않은 상태였다. 손님이 계약서를 요구하기 전엔 그저 월세를 받고 방을 내줄 뿐, 개인 신상을 캐묻지 않는 게 뒷골목 여인숙 달방의 관례였다.

"날이 추워서 얼어 죽을까 걱정입니다."

"그러게 말이다."

형님은 혀를 차면서 피투성이 이불을 비닐봉지에 담아 창고에 보관했다. 혹시나 해서 이불을 버리지 않았다. 그새 점심이 훌쩍 지났다. 승대 아우는 땅거미가 내릴 때까지 여인숙으로 돌아오지 않았다.

나는 길도 형님께 집에서 가족과 연말연시를 보내기로 했다며 여인숙 밖으로 나섰다. 명상 기행 일정이 잘려나간 게 아쉬웠지만 어쩔 도리가 없었다.

여인숙 골목을 빠져나오면서 하늘을 올려다보았다. 1년 묵은 해의 바닥을 씻어내는 것처럼 하늘은 새까만 추위와 어둠뿐이었다. 잠깐 코끝이 시큼했다. 인철, 승대 두 아우가 궁금해졌다.

　술은 깼는지, 살아는 있는지…….

인간의 시간, 짐승의 시간

2021. 1. 11(월). 달방 187일째. 북극한파

　어제 대전지역 낮 최고 기온이 영하 5도였다. 8호실 내 방의 낮 기온은 영하 1.3도. 열흘째 북극한파가 이어지고 있었다.

　오늘도 새벽 내내 잠을 설쳤다. 마스크로 입을 막고 이불을 두 겹으로 뒤집어쓴 채 나는 흡사 미라처럼 꼼짝도 하지 않았다. 이불 속 공기가 탁하고 호흡이 거칠어져서 잠깐 이불 밖으로 얼굴을 내밀면 곧장 정수리에 살얼음이 깔릴 듯했다. 이마에 올려둔 손가락은 고드름처럼 굳었다. 옷으로 틀어막았음에도 방문 틈으로 새들어오는 바람 때문에 발가락 끝부터 번지기 시작한 한기의 통증이 턱밑까지 차올랐다.

　연말부터 시작된 북극한파가 지난 주말 영하 17도를 찍으며 진도 8의 재앙 같은 한파 피해를 남겼다. 열흘 만에 강진은 사라졌으나 그 여진이 끝날 줄 몰랐다. 생수병 물을 마실까 집어 드는데 살얼음이 깔렸다. 지난주에도 내 방의 물이 얼었고, 길도 형님 방안의 커피포트 물마저 얼었다. 해가 바뀌고도 두 번씩이나 여인숙 골목을 파묻은 대설주의보 영향이 컸다. 지난주

소한을 넘겼고 다음주가 대한이다. 몇 년 사이 대한 추위가 이렇게 혹독했던 기억이 없었다.

－아무리 철거 예정지라지만 사람이 사는 거처를 이렇게 방치하다니.

나는 수십 번 반복한 독백을 이불을 뒤집어쓴 채 다시 입에 담았다.

－인권이나 기본권이라는 큰 이름 아래에 붙인 작은 이름 중에서 단연 돋보이는 것은 '인간다운 생활을 할 권리'다.[6]

책에서 읽은 인간의 권리를 입에 담는데 불쑥 임 여사님이 눈앞에 들이닥쳤다. 작년 초가을이었다. 두 번씩이나 여인숙에서 쫓겨날 뻔한 일이 있었다.

"남 일에 상관하려면 방 빼요. 아저씨가 뭐라고 이러쿵저러쿵 말이 많아."

붕괴 위험이 있으니 낡은 시설 보수가 필요하다는 말을 임 여사께 조심스레 건넸다. 방 빼라는 얘기를 듣고 무기력하게 돌아섰다. 그리고 첫눈이 날릴 때였다. 달방 사람들 월동을 위해 낡은 세탁기와 냉온수기 교체를 부탁할 때는 안면에 불화살이 꽂혔다. 네가 뭔데 여기 와서 감 놔라, 팥 놔라 하느냐. 그냥입 다물고 살든지, 싫으면 떠나든지 하라는 경고였다. 달방 생

6) 차병직, 『존엄성 수업』, 바다출판사, 2020, 295쪽.

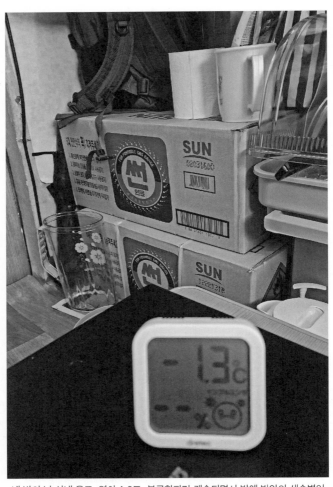

내 방의 낮 실내 온도, 영하 1.3도. 북극한파가 계속되면서 밤엔 방안의 생수병이
얼었다.

활을 한 지 꽤 되었음에도 아직 임 여사님과 거리가 멀다는 생각으로 그동안 엇비슷한 말은 입에 담지 않았다. 임 여사님이 건물주가 아니라 임대업자이기에 어려운 사정도 고려했다. 시간을 더 두고 보면서 달방 가족들을 위해 할 일을 도모하는 게 낫겠다고 판단했다.

그러나저러나 두 주일째 계속되는 한파로 세탁기와 냉온수기가 얼어붙은 게 지난 연말이었다. 세탁기도 문제지만 달방 가족 열두 명의 식수가 끊긴 게 더 큰 문제였다. 비록 낡았으나 냉온수기는 가공식품을 먹을 수 있는 유일한 방법이었다. 얼음이 풀리거나 교체하기 전까지는 꼼짝없이 공용세면실의 수돗물을 식수로 사용할 수밖에 없었다. 수돗물의 수질과는 상관없이 선택의 여지가 없었다. 얼음이 깔린, 펼친 사과 상자만 한 공용세면실에 쭈그리고 앉아 수도꼭지의 물을 받아 휴대용 가스레인지로 끓여서 식사와 온수를 해결해야만 했다. 그런 탓에 더 안타까운 일이 벌어졌다. 휴대용 가스레인지가 아예 없는 정수 형과 기화 씨, 두봉이 아줌마와 추 씨 노인이 걱정이었다. 네 사람은 비닐봉지 살림이 가득 찬 탓으로 방 공간이 비좁아 화재 위험이 있고 아예 사용할 줄도 몰라서 커피포트나 휴대용 가스레인지 대신 냉온수기만을 이용했다. 냉온수기가 동파되는 바람에 열흘 넘게 북극한파에 호흡기가 얼어붙었음에도 따뜻한 물을 마시지 못했다. 2층 내 방 옆의 정수 형과 기화 씨는 기침 소리가 끊이질 않았다. 두봉이 아줌마는 피를 토할 것처럼 기침 소리가 날카로웠다. 내가 양은냄비에 물을 끓여 쌀 떡국과 함께 이따금 온수를 드렸으나 그것으로 해결될 일이 아니었다. 그뿐 아니었다. 네 사람은 하루 한 끼 무료급식 도시락 외에는 꼼짝없이 굶었다. 무료급식도 불편한 손발이 얼어붙도록 왕복 삼십 분 이상 목숨을 걸고 받아왔다. 얼음처럼 찬 급식 도시락은 냉수로 목구멍에 밀어 넣었다. 화장실과 세면실 사용하는 것도 위험천만한 일이었다. 세면실 입구의 빙판을 위태롭게 걸어가는 영순 씨와 기화 씨를 보고 나는 참을 수가 없었다.

어제 오후였다. 길도 형님을 설득해서 임 여사님께 냉온수기 교체 건의를 다시 부탁했다.

"여사님. 세탁기는 그만두고, 중고 냉온수기라도 구입하는 게 어떨까요."

길도 형님의 말에 임 여사님은 단박에 거절했다. 예상했던 일이었다.

"수돗물 있잖아요. 사면 또 얼어 터질 건데 왜 돈을 써요."

나는 안면에 불화살을 날렸던 임 여사님의 눈빛을 피하려는 것처럼 이불을 뒤집어썼다. 동파를 방지하기 위해 숨통을 터놓은 수돗물 떨어지는 소리가 이명처럼 들렸다. 문득 에밀 졸라의 소설 『목로주점』 한 장면이 떠올랐다.

'문을 아무리 활짝 열어놓아도 음식 냄새가 조금이라도 새어 나오는 곳은 찾아보기 힘들었다. 기다란 복도에는 죽음 같은 침묵만이 무겁

밤새 얼어붙은 무료급식 도시락에 온수를 부어서 아침을 해결하는 두봉이 아줌마. 북극한파로 낡은 냉온수기가 동파되어 네 사람은 한 달간 온수를 먹지 못했다.

게 깔려 있었고, 벽들은 텅 비어버린 배처럼 공허하게 울렸다. …….
굶주린 이들은 하나같이 입을 커다랗게 벌리고 있는 통에 목구멍에
경련이 이는 것은 다반사였다. 먹을 게 없어 각다귀조차 살아남기 힘
든 이곳에서 공기를 호흡하는 것만으로도 가슴이 움푹 파여 들어갔
다.'[7]

산업혁명 이후, 1870년대 파리 노동자의 비참한 삶을 묘사
한 장면이다. 다시 읽어보아도 『목로주점』은 당대 실존의 진실
을 문자의 셔터를 눌러 기록한 다큐 작품이다. 시대를 훌쩍 뛰
어넘은 지금, 일부 빈곤의 덫에 갇힌 여인숙과 쪽방촌 달방 가
족들의 삶은 『목로주점』에 등장하는 하층민의 삶과 다르지 않
다. 여인숙 골목 밖 세계에서는 쉽게 발견할 수 없어서 과장이
나 허구로 여겨질 수 있겠지만 이곳엔 엄연한 실존 그대로다.
그 진실 앞에서 나는 오늘 엎드려 울었다.

누운 채 잠깐 잠이 들었다 깨고 보니 아침 열 시 반이었다.
핸드폰을 열었다. 읽을 뉴스가 있었다. 모처럼 반가운 소식이
라서 URL을 복사해둔 거였다.

'대전 중앙동 성매매 집결지 폐쇄, 도시재생 뉴딜[8]과 연계 추진'

---

7) 에밀 졸라, 『목로주점』, 박명숙 역, 문학동네, 2011, 156쪽.
8) 도시재생 뉴딜: 주거환경이 열악한 달동네를 아파트 단지 수준의 기반 시설과
편의 시설을 갖춘 곳으로 만드는 사업.

지난주였다. 대전시가 여성 인권정책안을 발표했다. 기사를 살펴보니 상당히 고무적인 내용이 담겨 있었다. 요약하면 이렇다.

　'대전시가 중앙동 집결지 실태조사를 한 결과 중앙동에는 약 101개의 성매매 업소에서 150여 명의 여성이 종사하고 있다. 2021년부터 대전역 일원 도시재생 뉴딜 사업이 본격 시행될 예정이며, 시는 이와 함께 성매매 집결지 폐쇄를 목표로 하는 5개년 계획을 수립했다. ……. 2021년 7월까지 중앙동 내 여성 인권단체들의 거점 커뮤니티 공간을 마련해 여성 인권정책 및 탈성매매의 전초기지로 활용할 예정이며 탈성매매 여성에 대한 자활을 직접 지원하는 정책도 시행한다. 탈성매매 여성을 대상으로 생계비, 주거지원비, 직업훈련비 지원 내용을 구체화하는 조례를 제정하고, 이를 근거로 2021년부터 본격적으로 지원 사업을 시행할 예정이다.'[9]

　"야, 이 개××야. 니가 인간이냐, 짐승이지."

　핸드폰 뉴스를 다시 읽는데 느닷없이 방문 밖에서 양은냄비 뒹구는 소리가 들렸다. 이 추위에 웬일인가? 방문을 열었더니 맞은편 17호실의 인철 아우가 길도 형님께 목덜미를 잡힌 채 계단으로 질질 끌려가고 있었다.

　"나가, 당장 나가, 개××야."

---

9) 송애진, NEWS1, https://www.news1.kr/articles/?4173602, (2021. 1. 7)

"아, 형님, 잘못했어요. 다시는 술 안 마실게요."

"더 이상 안 속아, ××놈아. 당장 나가."

결국 17호실 조인철 아우가 쫓겨났다. 길도 형님에게 무릎 꿇고 싹싹 빌다가, 욕으로 대응하다가 얻어터지고 여인숙 출입문 밖으로 내동댕이쳐졌다. 며칠 밤낮 술병을 빨아댄 결과다. 아니다. 겨우내 술을 마신 탓이다. 길도 형님의 인내심이 한계에 이를 수밖에 없었다.

나와 형님은 인철 아우를 어떻게든 겨울만이라도 데리고 살 생각이었다. 여인숙 밖으로 한 발 내딛는 순간, 인철 아우는 노숙자로 전락할 게 틀림없었다. 인철 아우는 기초생활급여 대상자가 아니었기에 일용 잡직으로 일하면서 생계유지를 해왔다. 다행히 창호 공사 자격증이 있어서 인력 시장에 나가면 꽤 수입이 좋았다. 그러나 동절기엔 일이 많지 않았다. 일이 있어도 알코올 중독자를 쉽게 쓰지 않았다. 이래저래 수입이 끊긴 상태였기에 겨울만이라도 여인숙에서 함께 지내기로 약속한 터였다. 밀린 월세와 생활비는 해빙되고 일을 잡으면 단박에 갚겠다는 조건으로 길도 형님이 참고 지내는 중이었다. 그런 와중에 설득과 협박 조로 어르고 달래며 사람이 바뀌기를 기대했다. 술을 입에 담기 전이나 취기가 깰 즈음엔 내가 라면을 끓여주거나 꽁치찌개와 밥을 준비해서 한두 끼씩 해결해주었다. 그러나 모든 노력이 헛수고였다.

"형, 배가 고파서 그래. 만 원만 꿔주라."

이미 몇 차례 속았음에도 허기에 쓰러질 듯한 모습 때문에 돈을 건네면 곧바로 술을 사와서 마셨다. 취하면 인사불성이 되어 수시로 소란을 피웠다. 그런 습성이 바뀔 기미가 보이지 않았다. 그러다 북극한파에 쫓겨나고 만 것이다.

"길도 형님. 추위에 괜찮을까요."

나는 인철 아우의 동사를 염려했으나 형님은 단호했다.

"내가 청량리에서 저런 ××들 육십 명을 데리고 있었어. 그래서 저런 양아치 ××들 하는 짓 다 꿰뚫고 있어."

"아, 예."

"저 ××, 절대 얼어 죽지 않아. 오늘밤 역전 노숙자센터에 들어갈 게 틀림없다고. 거기서 무료급식 먹으면서 며칠 술 굶고, 몸이 좀 좋아지면 여기 또 찾아올 게 뻔해. 그때 봐서 다시 방을 내줄 생각이야."

인철 아우는 가방을 어깨에 둘러멘 채 휘청거리며 역전 쪽으로 난 여인숙 골목을 빠져나갔다. 우두커니 지켜보는 인철 아우의 뒷모습에 언뜻 내셔널지오그래픽에서 보았던 짐승이 오버랩되었다. 폭설로 양식과 길을 잃은 숲속의 짐승. 가슴속 어딘가에서 통증이 느껴졌다.

ー이 겨울, 나는 지금 어느 숲에 서 있는지. 나는 짐승인지, 인간인지…….

나는 설거지를 하려던 양은냄비를 구석으로 밀어두고 이불을 뒤집어썼다. 이, 개××야. 니가 인간이냐, 짐승이지. 형, 배

가 고파서 그래. 만 원만 꿔주라. 덮어쓴 이불 속에서 길도 형
님과 인철 아우가 끝없이 뒹굴었다.

북극한파에 꽝꽝 얼어붙은 것처럼 겨울밤보다 더 깊고 긴 겨
울 한낮의 시간이었다.

땅의 눈물, 하늘의 눈물

2021. 1. 17~19(일~화). 달방 193~195일째. 대설경보. 한파주의보

일주일도 못 되어 두 번씩이나 절명 소식을 들었다.

나흘 전엔 후배 판화가 이재훈의 장례식장을 다녀왔다. 전업 작가 생활이 힘들어 술과 함께 자학의 세월을 보내던 끝에 지병으로 떠났다. 오늘은 시를 쓰는 류지남 아우가 산행 중에 심장마비로 유명을 달리했다. 삼십여 년 동안 대전, 충남 문화예술단체에서 어깨를 나란히 해온 두 아우가 차례로 곁을 떠난 것이다. 코로나19와 폭설과는 상관없이 두 아우의 영정을 모신 장례식장에 가서 많이 울었다.

판화가 재훈 아우를 마지막으로 본 것은 지난해 9월 말이었다. 내가 달방 생활을 하는 대덕여인숙으로 재훈 아우가 찾아왔다. 나보다 먼저 이곳에서 1년을 묵었다고 했다. 뜻밖의 해후에 놀라 그날 밤 깊도록 일기를 쓴 적이 있다. 재훈 아우는 옛 가족인 남경 형, 영순 씨와 함께 소주를 마시다 소음 때문에 길도 형님께 쫓겨났다. 그런데 해가 바뀌자마자 죽은 것이다. 그

게 마지막이 될 줄은 상상도 못 했다.

　재훈 아우의 부고가 닿은 것은 13일 오후였다. 연초부터 열흘 남짓 이어지던 북극한파가 겨우 꼬리를 감추는 중이었다.

　판화가 이재훈 영면. 유성 성심장례식장 특2호실. 발인 2021. 1. 15. 오전 9시

　부고 문자를 받고 코로나 때문에 문상을 피할 일이 아니라는 생각으로 서둘러 장례식장을 다녀왔다.

　"재훈이가 죽었어요."

　문상을 마치고 돌아와서 여인숙 달방 가족들에게 재훈이의 죽음을 알렸다. 재훈이와 함께 술을 마셨던 남경 형과 영순 씨, 그리고 성태 형과 박○○ 이모, 여인숙 여사장 임 여사께 차례로 부음을 전했다.

　"죽을 줄 알았어."

　"그렇게 술만 처먹는데 어떻게 버텨."

　"술로 죽은 게 아니라 굶어 죽은 거여."

　가족들 반응은 대체로 싸늘했다. 재훈 아우의 죽음을 안타까워하는 표정이면서도 말은 다르게 나왔다. 가족들은 이곳에서 알코올 중독으로, 혹은 몸이 아파 병원으로 실려 가는 모습을 종종 보아왔던 탓에 누군가의 죽음조차 크게 슬퍼하지 않았다. 아니, 슬퍼할 감정조차 잃어버리고 산다는 게 옳을지도 몰랐다.

─사회적 소외의 극점 같은 시공간에서 살아가는 본인들이 정작 자신의 궁핍과 고통을 느끼지 못하는 역설적인 삶.

나는 처음 달방 생활을 시작하면서 그것을 의아하게 여겼으나 가족들은 이미 그런 삶에 익숙해져 있었다. 그럼에도 가족들 대부분은 최저생계비와 각종 단체의 생필품 후원 등으로 빈곤 함정에 갇힌 채 살아가는 게 현실이었다. 그들을 매일 마주치는 나는 가슴이 아팠다. 술과 담배로 생계급여를 허비한 채 한 끼 식사를 제대로 해결하지 못하고 허기와 취기로 쓰러지는 모습을 외면할 수 없었다. 이따금 119구급대와 경찰이 다녀가는 광경은 이곳 사람들에 대한 나의 인식을 바꿔놓았다. 내가 지난 반년간 틈틈이 달방 가족들에게 후원물품을 마련해드린 이유가 그것이었다.

몇 번을 생각해보았으나 휴먼다큐 여인숙 촬영이 먼저가 아니었다. 나와 하루의 시작과 끝을 함께하는 사람을 우선 살리고, 그들이 단 하루라도 인간답게 살아가도록 도와주는 일이 먼저였다. 그들은 내 목적 달성을 위한 수단이나 아니라 내가 그들의 생존을 위한 수단이 되는 게 옳다는 판단이었다.

─달방 가족들과 함께하는 시간만큼은 나를 버리자.

'예술가의 초상' 연작으로 내가 흑백필름에 담았던 재훈 아우의 영정 사진 앞에서 나는 다짐했다. 겨울잠을 자는 짐승처럼 겹겹이 방한복을 껴입고 이불 속에 파묻혀 있는 달방 가족들. 이 겨울, 무사히 월동할 수 있도록 방안을 마련해보자. 장례식장을 다녀온 뒤, 그 생각을 하면서 마음을 가라앉히고 있었다.

그런데 전혀 예기치 않았던 비극이 닥쳤다. 공주에서 죽음의 소식이 또 닿은 것이다. 1월 17일 오전이었다. 재훈 아우의 죽음은 어느 정도 예견이 된 일이지만 이번은 도저히 믿을 수 없는 황망한 부고였다.

류지남 시인. 마곡사 산행 중 심장마비로 사망. 공주 신풍면 장례식장. 발인 2021. 1. 19. 오전 9시

먼저 떠난 망자에 대한 슬픔의 눈물이 마르기도 전에 오랜 지인이 비극적으로 생을 마감한 것이다. 올해 회갑을 맞는 젊은 나이에 그 누구도 예상하지 못한 죽음이었다.

나는 오래전에 인생의 영원한 벗으로 여기는 선배 한 분과 후배 한 분께 유언을 남겨두었다. 섬과 오지와 철거 현장 등을 떠돌며 여러 차례 죽을 고비를 넘긴 탓으로 일찌감치 유언을 쓴 것이다. 그 유언을 맡아준 후배가 황망한 죽음을 당한 류지남 아우다. 아우는 함께 시 공부를 하면서 여러 권의 문학동인지를 낸 문우였고, 전국교직원노동조합 조합원으로 광장에서 깃발을 맞잡고 흔든 교육 동지다. 의형제 같은 아우를 믿고 유언을 맡겼는데 하루아침에 유명을 달리하였으니, 나는 그저 어

안이 벙벙한 채 곡(哭)을 했다. 고인을 위해 아무것도 할 수 없다는 절망감으로, 고인을 위해 할 수 있는 것이 이것뿐이라는 듯이 나를 비롯해 추모객들은 하나같이 눈물을 쏟았다.

손 쓸 틈도 없이 떠난 고인을 애도하듯 세상은 폭설과 한파로 뒤덮였다. 장례 둘째 날 아침엔 대설경보에 걸맞게 앞을 가늠할 수 없을 만큼 함박눈이 쏟아졌다. 나는 여인숙 주차장에 차를 댄 채 부산에서 아우의 문상을 오는 중인 김수우 시인을 기다렸다. 김수우 시인 역시 아우와 같이 동인지를 낸 문우다. 김수우 시인을 기다리는 동안 나는 부랴부랴 사진 촬영을 했다. 폭설이 날리는 여인숙 전경 사진이었다. 겨우내 하늘만 바라보면서 기다렸던 사진 촬영을 마친 뒤, 류지남 아우와 나, 김수우 시인 셋이서 백 년 만의 폭설이 쌓인 송도해수욕장에서 하룻밤 머문 추억을 떠올리며 나는 눈물을 훔쳤다.

"류지남 시인은 왜 그리 함박눈을 좋아하는지 모르겠네."

공주 신풍장례식장에 가는 내내 함박눈이 쏟아졌다. 차창을 휘갈기는 함박눈을 향해 김수우 시인이 젖은 목소리를 던졌다. 나는 김수우 시인이 삼키고 있을 눈물의 깊이를 헤아리면서 엉뚱한 상상을 했다.

아우의 발인 날 아침, 나는 일찍 여인숙을 떠나서 장례 일정 내내 아우 곁에 있었다.

아우는 전통 장례 풍습에 따라 꽃상여를 타고 선산으로 향했

대덕여인숙

류지남 시인이 떠나던 날 대덕여인숙 폭설 풍경
사진집 「여인숙」 수록 작품

다. 나는 발인부터 꽃상여 운구와 하관, 성토까지 전 과정을 촬영했다. 살아 있는 내가 죽은 아우를 위해 해줄 수 있는 마지막 할 일이라는 생각으로 운구 행렬 앞뒤 산길과 들판을 뛰어다니며 스틸 사진과 동영상을 찍었다. 언젠가 유가족이 당신들의 아버지이며 남편인 류지남 시인을 추억할 때 행여 쓸모가 있을까 싶어서 슬픔과 비통함을 억누르며 엄동설한에 비지땀을 흘렸다.

가장 가까이서 함께 삼십여 년을 동행한 두 예술가의 주검을 지켜보면서 나는 스스로 비장한 마음에 사로잡혔다. 돌아올 수 없는 먼 길로 떠난 고인을 통해 나는 인간의 삶과 죽음에 관한 성찰의 시간을 가졌다. 두 예술가는 우리가 인간으로서 살아가는 동안 살아 있는 현재의 삶이 얼마나 소중한가를 새삼스럽게 깨우쳐주었다. 그것은 유한한 존재인 인간의 가장 근원적인 깨우침이었기에 결코 진부한 인식도, 만시지탄도 아니었다. 그리고 나는 다시 한 번 작심했다.

현재, 내 곁에 있는 누군가의 생명을 지키기 위한 일을 찾아 나서자. 그것이 작든 크든, 무겁든 가볍든 마땅히 내가 할 일을 시작하자. 예기치 않게 찾아드는 죽음을 피할 방법은 없다. 그러나 죽음에 이르기 전, 당장의 삶을 위해 선택할 일은 무수히 많을 것이다.

공주 신풍면의 눈 덮인 산중턱에 서서, 마지막 생명을 사르는 꽃상여의 불씨를 지켜보면서, 어느 틈에 완성된 지남 아우의 봉분을 올려다보면서 나는 여인숙 달방 가족들을 떠올렸다. 그리고 장지에서 돌아와 8호실 냉방에 쭈그려 앉아 편지를 쓰기 시작했다. 달방 가족들 월동 생필품 후원을 요청하는 편지였다.

후원 대상 인원은 10명 내외로 정했다. 너무 적으면 생필품 후원이 시늉에 그칠 듯한 우려가 되었고, 지나치게 많으면 공연한 구설에 오를 수도 있다는 염려가 뒤따랐다. 그러나 그 어느 경우도 의구심 섞인 반문을 피할 수는 없을 것이었다.

그들은 생계급여로 살아가지 않느냐. 정부와 지자체, 복지후원단체의 지원만으로도 충분하지 않으냐. 달방 사람들 생존의 문제가 이런 식의 일회적인 후원으로 타개될 성질이 아니다.

그와 같은 우려를 고려해서 후원인 선정을 신중하게 결정했다. 후원 요청 편지는 지나칠 만큼 여러 차례 고쳐 썼다. 마침내 완성된 편지는 1:1 카톡 대화창과 핸드폰 메시지, 그리고 이메일을 활용해서 곧장 전송을 마무리했다. 나는 전송된 후원 편지 전문을 다시 확인하면서 답신을 기다렸다.

*

안녕하세요.
코로나19 팬데믹이 시작된 지 어느덧 1년이 다 되었습니다.
많은 사람이 너나없이 상상하지 못하는 어려움을 겪고 있습니다.

제가 〈휴먼다큐 사진-여인숙〉 촬영을 위해 7개월째 월세방을 얻어

지내는 뒷골목의 전통 여인숙 역시 그 폐해가 적지 않습니다.

그와 관련하여 님들께 불편하고 곤란한 부탁 말씀을 드리고자 이렇게 글을 올립니다.

먼저, 이 글은 다음 열두 분께 전송해드린다는 사실을 밝혀드립니다.

김혜식(공주, 사진가), 박소영(대전, 시인), 김은형(대전, 작가), 김도이(대전, 화가), 장우원(서울, 시인), 정영숙(대전, 중학교 교장선생님), 박철우(화순, 화가), 권덕하(세종, 시인), 강병철(공주, 소설가), 여국현(서울, 시인), 조영옥(상주, 화가), 이은식(공주, 소설가) (이상, 무순)

이런 부탁 말씀을 드리게 되는 배경을 짧게 설명해드리면 다음과 같습니다.

현재 제가 달방 생활을 하는 〈대덕여인숙〉은 올해 10월 철거를 앞둔 낡은 2층 건물입니다만, 이번 북극한파로 생활이 몹시 어려운 형편입니다. 현재 여인숙을 운영하는 사장은 여인숙 건물주가 아니라 임대사업자인 관계로 철거 예정을 이유로 전혀 건물 관리에 돈을 지출하지 않기 때문에 저를 제외한 달방 사람 11명이 비참한 상황 속에서 겨울을 견디는 형편입니다.

* (당연히) 냉난방 시설이 전혀 없습니다.
* 연일 영하를 기록하는 북극한파에 오로지 1인용 전기장판 하나로 견딥니다.
* 믿기 어려우시겠지만, 최근 한파엔 방안의 생수병 물이 얼었습니다.
* 12월 말부터 세탁기가 얼어붙었습니다. 아무도 빨래를 하지 못하고

있습니다.

* 낡은 냉온수기는 지난 연말에 동파되어 식수와 가공식품을 못 먹고 있습니다. 수리를 의뢰한 상태지만 언제 수리가 될지 불분명합니다.
* 재래식 공용세면실의 바닥 가까이 늘어진 수도꼭지에 쭈그려 앉아 식수와 빨래, 세면을 해결합니다.

그동안 제가 페이스북에 올린 글을 통해 이미 알고 계시겠지만, 달방 사람들은 1차 식재료를 활용한 모든 음식은 불가능합니다. 오로지 휴대용 가스레인지와 냄비에 의지한 음식, 예컨대 컵라면, 컵떡국 등의 가공식품류만 가능합니다.

이제 드릴 말씀을 꺼냅니다.
죄송합니다만, 저를 제외한 11명의 달방 사람들이 이번 겨울을 무사히 넘길 수 있도록 다음 물품으로 십시일반 도움을 부탁드립니다.

* 컵라면, 컵쌀국수, 컵떡국
* 부탄가스
* 그리고 빨래를 못 해 갈아입지 못하고 있는 내복 종류

지난 연말에 몇 분께 솜바지와 패딩 파카, 티셔츠와 조끼를 제가 후원한 적이 있었습니다. 그 이상은 여인숙 생활비, 촬영비 등의 지출이 많은 상태라서 제 혼자 능력으론 감당하기 어렵답니다.

이곳 달방 사람들은 겨우내 대개 하루 한 끼 정도의 식사만 가까스로 해결하는 중입니다. 무료급식소에 걸어가서 한 끼 식사를 해결할 수 있는 사람은 기껏 4명도 안 됩니다. 3명은 걸음이 불편하고 2명은 알코올 중독자입니다. 2명은 거의 식사를 포기한 채 지내는 노인. 자신

의 힘으로 하루 두 끼 정도를 해결할 수 있는 사람은 관리자 형님, 정체불명의 오십 대 남자 외엔 아무도 없습니다.(이곳에서 세끼를 먹는 사람은 단 한 사람도 없습니다.)

저를 제외한 달방 사람은 남자 7명, 여자 4명입니다.

70대 2명, 60대 5명, 50대 4명

오늘 이 글을 받아보시는 님들께서 위의 물품 가운데 가능한 것을 제게 연락 주시면 여인숙 주소를 보내드리도록 하겠습니다.

이런 곤혹스런 부탁을 드려서 님들께 다시 한 번 송구스러운 마음을 전합니다.

사회적 편견으로 외면받는 시공간에서 생존하고 계신 분들, 가족들로부터 자의든 타의든 버림받은 분들께 님들의 온정이 전해져서 한파를 무사히 견딜 수 있기를 희망합니다.

여러 가지 두서없고 거친 글, 혜량을 부탁드리며 글을 마칩니다.

감사합니다.

2021. 1. 19(화)

이강산 드림

무덤보다 깊은 밤

2021. 2. 5(금). 달방 212일째. 흐리고 쌀쌀함

오늘은 기쁜 소식으로 일주일 달방 기록을 시작한다.

지난해 세밑에 행방불명이 되었던 승대 아우의 안부가 여인숙에 전해졌다. 역전 지구대 경찰로부터 길도 형님께 전화가 왔다. 승대 아우는 요양병원에 입원해 있다고 했다. 세밑에 피를 토하고 여인숙을 떠난 뒤, 누군가 쓰러져 있는 승대 아우를 발견해서 119구급대를 불렀고, 구급대원이 요양병원으로 후송했다. 경찰의 설명이 그랬다. 신원 미상의 환자를 파악하는 과정에서 승대 아우가 대덕여인숙에 머문 행적이 드러나서 전화했다는 것이다. 살아 있다니 더없이 반갑고 다행한 일이었다.

이틀 전에 월동 후원 생필품 전달을 모두 마쳤다. 지난주부터 두 번에 걸쳐 나누어 드렸다. 후원 편지를 전송한 열두 분모두가 흔쾌히 후원을 해주셨기에 생필품 분량이 꽤 되었다. 대덕여인숙 가족 열한 분과 옆집 제일여인숙 네 분, 수도여인

숙 한 분, 쪽방촌 두 분, 초원장 202호실의 남경 형. 모두 열아홉 분께 비슷한 분량으로 나누어 전했다. 몇 분께서 현금 후원을 해주신 덕분에 세 분께는 내복을, 두 분께는 방한복을 구입해서 드렸다. 일부 달방 가족은 현금이나 술을 원하기도 했으나 조심스럽게 거절했다. 후원금이 넉넉하지 못한 탓보다도 관리자 길도 형님의 만류도 있고, 또 그런 방식은 바람직하지 않을 듯싶었다. 간절하게 담배를 원하는 분이 계셔서 조용히 몇 갑 사드리기는 했다.

이틀 전, 그날은 오후 내내 여인숙 안팎이 즐거운 분위기였다. 마침 입춘이었다. 여인숙엔 아직 봄바람이나 꽃 소식이 닿지 않았고 얼음도 풀리지 않았으나 방 여기저기에서 웃음소리가 들렸다. 5호실 영순 씨 방에선 남경 형과 모처럼 술판도 벌어졌다. 길도 형님과 7호실 성태 형도 5호실 소란을 모르는 척했다.

"이 작가, 자네가 큰일을 한 거야. 이런 데선 다들 문 걸어 닫고 사는데, 이렇게 사람들이 서로 얘기를 나누고 떠들 게 자네가 바꿔놓은 거야."

"아, 예."

"내가 자네를 반년째 보고 있지만, 자넨 생각이 깨끗해. 아무것도 바라지 않고 이런 일을 계속한다는 게 쉽지 않잖아. 이런 걸 준다고 해서 이 사람들이 고마워할 줄도 모르지만 자넨 그냥 하는 거잖아."

길도 형님의 말을 듣고 나는 방에 앉아 생각했다.

-내가 여인숙 가족들을 위해 하는 일이 얼마나 의미가 있는 것인지. 과연 옳은 일이긴 한지.

나는 조용히 누웠다 일어나서 앉은뱅이 밥상 위의 노트북을 켰다. 후원금과 물품 명세서를 작성하고, 물품을 전달한 상황 등을 정리해서 열두 분의 후원인께 보고를 끝냈다. 늦게 전해주신 후원금을 포함해서 아직 후원금이 조금 남아 있었다. 다음주말이 구정이다. 남은 후원금으로 구정 명절에 부침개와 떡국을 선물할 계획을 잡은 뒤 노트북을 접었다. 때를 놓치면 안 되는 일이 또 있었다. 나는 핸드폰을 열고 대전 민예총 서예분과 임창웅 선생의 번호를 눌렀다.

임 선생님. 여인숙에 '입춘대길, 건양다경' 글씨 기부 좀 부탁해요.

해마다 입춘 즈음에 민예총 서예가들께서 회원들에게 입춘 휘호를 보내왔다. 올해도 마찬가지였다. 그 글씨를 엊그제 아파트 현관문에 붙이면서 생각했다.

-여인숙 출입구에도 글씨를 붙이자. 그러면 여인숙의 얼음이 쉽게 풀릴 것이고, 석빙고 같은 달방에도 봄꽃이 필 것이다.

임 선생에게 기부받은 글씨를 입춘 이틀이 지난 오늘 오후, 여인숙 입구 벽에 붙였다.

立春大吉(입춘대길), 建陽多慶(건양다경).

붙여놓고 관리자 길도 형님과 함께 바라보았다. 더없이 흐뭇했다.

임 선생. 이곳 사람들은 한자를 잘 모르니 작게 한글 토를 붙여주면 좋겠어요.

임 선생에게 한자 옆에 작은 글씨로 한글 병기를 부탁한 것은 아무려나 잘한 일 같았다.

글씨를 붙여두고 2층에 올라서는 참이었다. 땅거미가 내릴 무렵인 탓인지 복도는 이미 어두웠다. 어두컴컴한 복도 앞뒤를 훑어보는데 17호실 방문이 열리면서 사람의 얼굴이 문턱으로 툭 떨어졌다. 나는 깜짝 놀랐다. 누군가? 누군데 술에 취해 저 모양인가. 다시 보니 놀랍게도 인철 아우였다. 술주정이 심해서 지난 1월 초에 길도 형님께 쫓겨났고, 그 얼마 뒤 노숙자센터에 입실했다고 들었다. 그런데 다시 17호실에 나타난 것이다.

"길도 형님. 인철 아우가 돌아왔네요."

"어젯밤에 여기 재웠어."

"아, 그랬군요."

"저 ××. 어젯밤에 여인숙 출입구에 쭈그려 앉아 있더라고. 그냥 얼어 죽게 둘 수가 없어서 여기 들여놓은 거야."

내 뒤를 따라 2층으로 올라온 길도 형님이 인철 아우의 목을 방으로 들여놓으면서 설명을 붙였다. 몇 마디 더하는데 방문이

다시 열렸다.

"형, 씨발, 술 좀 줘."

"이 ××놈아. 어디 술을 달라고 하고 자빠졌어."

"아우, 씨발. 한 병만 줘, 형."

"××놈아. 헛소리 말고 문 닫고 자. 술이 깨야 마시든지 뒈지든지 하지, 개××야."

길도 형님이 17호실을 문을 닫은 뒤 등으로 기대선 채 말을 이어갔다. 내가 잔기침이 심하고 북극한파를 견디지 못해 이따금 집에서 잠을 자고 낮에 여인숙을 오가는 사이, 한밤중에 많은 일이 벌어졌던 모양이었다.

저 ××, 한 열흘 전에 노숙자센터에서 깽판 치다가 쫓겨나서 잘 데가 없는 거야. 이 골목에선 저 ××를 모르는 사람이 없잖아. 돈도 소용없는 거야. 술 처먹고 지랄하는데 누가 받아주겠어. ……. 저 ××, 밤중에 내 방문을 두드리더니 무릎 꿇고 싹싹 비는 거야. 형님, 내가 잘못했어요. 술 안 마시겠습니다. 제발 재워주세요. 그러는데, 내가 자꾸 마음이 약해지는 거야. 여기라도 안 받아주면 저 ××, 분명히 봄도 못 가서 얼어 죽어. 그래서 재웠는데, 저거, 저 ××, 아까 또 술 마시고……

나는 길도 형님의 말을 다 듣고 방에 드러누웠다. 감은 눈앞으로 문장 하나가 불빛처럼 흔들렸다.

'죽은 자가 사는 법'

벌떡 일어나서 그 문장을 쪽지에 써서 방문 안쪽에 붙이고
다시 누웠다. 끝이 보이지 않는 술과의 전쟁으로 몸과 마음이
피폐해진 인철 아우. 그 삶을 압축한 문장이었다. 다시 읽어보
니 지나치게 강하고 부정적인 비유라는 염려가 되었지만 일단
초고 형태로 붙여두고 보기로 했다.

방문 밖에서 무엇인가 부스럭거리는 소리가 들렸다. 인철 아
우가 술이 깨어 문밖으로 나서는 것일까. 일어나서 방문을 살

만취로 쓰러진 17호실 조인철(가명) 아우.

그머니 열어보았다. 아무도 없었다. 복도 남쪽의 뜯겨나간 출입구를 비집고 들어선 바람 소리 같았다. 나는 방문을 닫고 다시 누울까 하다가 쪽지글을 뜯어서 찢었다. 아무래도 문장을 다시 써야 할 것 같았다. 가을에 발간 예정인 다큐 사진집 『여인숙』에 인철 아우의 사진을 실을 경우, 그때 붙일 캡션을 아예 쓰기로 했다.

극한에서 극명해지는 삶.
나를 죽이는 것이 나를 살리는 유일한 희망인 삶.

인철 아우가 또 다른 자신인 알코올 중독자를 죽이는 것. 그것은 다름 아니라 알코올 전쟁과의 승리자가 되는 것이다. 그래야만 인철 아우는 자신을 살릴 수 있다. 그 염원을 담아 두 문장을 써 붙이고 나는 독백을 했다.

-지금부터 내일 아침까지는 무덤보다 깊은 밤이 이어질 것이다. 무사히 밤을 보내고 날이 밝으면 인철 아우가 좋아하는 꽁치찌개를 끓여주자.

새해 복 많이 받으세요

2021. 2. 12(금). 달방 219일째. 대체로 맑고 추움

　오늘은 구정이다. 설 명절을 여인숙 가족들과 함께 보내기 위해 섣달그믐인 어제 낮에 집을 다녀와 여인숙에서 묵었다. 아내와 아들딸에겐 미안한 일이지만 새해 아침을 8호실, 내 방에서 맞았다.

　"새해 복 많이 받으세요."

　오늘 아침에 그 말을 여인숙 가족들께 드리기 위해 작정한 일이었다. 1월에 북극한파에 쫓겨 며칠씩 집으로 외박을 한 일이 자꾸 마음에 걸렸다. 나 혼자 살아보겠다고 도피한 일만 같았다. 그래서 설 연휴는 여인숙 가족들과 지내기로 계획을 잡았다.

　애초에 설 연휴를 여인숙에서 지낼 생각은 하지 않았다. 꼭 그렇게까지 해야 하는가 싶었다. 하지만 설날 떡국도 못 먹고 지낼 달방 가족들 생각으로 고민 끝에 집 가족들에게 사정 얘기를 했다. 아내의 양해를 구한 뒤 지난주에 아내와 함께 아버지 산소에 다녀왔다. 어제 낮엔 요양원의 어머니를 뵈었다.

코로나 확진 위험 때문에 요양원 유리문 밖에서 어머니를 향해 소리치고 손짓, 발짓을 했다. 어머니는 내가 왜 찾아왔는지 모른다. 설날도 모른다. 평생 아버지 뒤에서 걸어온 아흔한 살 어머니. 아흔둘에 떠난 아버지보다 두어 걸음 늦게 떠났으면 …… 하면서 어머니께 등을 돌리고 여인숙으로 돌아왔다.

여인숙 달방 8개월째. 세상엔 흔하지만, 이곳엔 아주 귀한 말이 있다.

어머니. 아버지. 꿈. 행복합니다. 사랑해. 보고 싶다. 고마워 …….

귀한 말 가운데 하나가 '새해 복 많이 받으세요'다. 연초에 달방 가족들과 지내면서 그 말을 한 번도 못 들었다. 내가 가족들께 몇 번 건넸을 뿐, 인사를 나누는 사람도 없었다.

달방 가족들은 오늘이 설 명절임을 분명히 안다. 명절에 모여앉으면 모두가 누군가의 아들딸이자 아버지, 어머니다. 또 누군가의 형제자매이다. 다만 어느 순간부턴가 자신의 존재를 잊은 채 살고 있다. 꿈과 행복, 사랑이며 그리움 따위를 자신의 인생에서 삭제하고 지낸다.

실은 섣달그믐을 여인숙에서 보낸 두 가지 이유가 있었다. 때를 놓치면 안 되는 일이다.

우선 청주의 이귀란 소설가께서 보내주신 후원금으로 여인

내 방 앞에서 구정 명절을 즐기는
달방 가족들.

숙 가족들께 명절 음식을 전했다. 모둠전과 컵쌀떡국 20인분을 구입해서 대덕여인숙 가족들과 제일여인숙 가족 몇 분께 전하고 수도여인숙과 초원장 사장님께도 전했다. 마침 당뇨합병증으로 병원에 입원했던 임 여사께서 엊그제 퇴원하셨기에 함께 명절 음식을 나눌 수 있었다. 임 여사께는 집에 다녀오는 길에 녹두삼계탕을 사다 드렸다. 코로나 때문에 병문안을 못 가서 죄송한 마음이 컸다. 임 여사님은 얼굴이 다소 수척해졌으나 안면은 핏기가 돌고 밝아 보였다. 목소리도 카랑카랑하니 입원하기 전과 비슷했다.

"고마워요."

"복 받으세요."

모둠전과 쌀떡국을 전하는 동안 여인숙에 온기가 돌았다. 반년 넘게 듣지도, 나누지도 못한 말들이 달방 안팎에서 출렁거렸다.

다른 한 가지 중요한 약속이 또 있었다. 섣달그믐 만찬이었다.

어제저녁에 내 방 앞 복도에서 맞은편 17호실 인철 아우와 길도 형님, 셋이서 꽁치찌개를 끓여 먹었다. 초원장 202호실 남경 형도 합석했다. 걸음이 불편한 몸을 끌고 2층 나무계단을 힘겹게 올라와 소주 두 병을 나눠 마셨다. 2층에 올라온 것은 2년 만에 처음이라고 했다. 2호실 이모까지 다녀가면서 잔칫집 분위기가 한참을 이어졌다. 다들 아무 거리낌 없이 웃고, 떠들고, 담배를 피우고 술을 마셨다. 담배 연기와 소란에 대해 누구 하나 뭐라 할 사람이 없었다. 몸이 불편해 2층으로 도저히 올라올 수 없는 5호실 영순 씨는 계단 아래서 얼굴만 내밀고 웃다 돌아갔고, 1호실 철학가 박 선생과 7호실 성태 형은 조용히 방문을 닫은 채 모둠전을 먹었다. 그야말로 민족의 명절을 앞둔 섣달그믐의 가족 풍경 그대로였다.

— 오늘 같은 평화롭고 따스한 풍경이 철거 보상 후 여인숙을 떠날 때까지 지속되었으면…….

나는 '0.8평 우주'의 지각 변동을 꿈꾸면서 섣달그믐 밤을 전전반측하고 아침 일찍 일어났다. 여덟 시가 조금 지났을 것이다. 아침 기온 0도. 반짝 추위로 방안에 또 얼음이 얼 것처럼 한기가 꽉 차 있었다. 맞은편 17호실 인철 아우의 기침이 새벽내내 이어지는 중이었다. 새해 아침의 여인숙 골목을 돌아보려고 밖에 나섰더니 수도여인숙 김순일 사장님이 앉아계셨다.

"새해 복 많이 받아요."

나는 당황했다. 나를 보자마자 김 사장님께서 인사를 하신 것이다. 팔순 어른이 내게 먼저 새해 인사를 건네다니.

"새해 복 많이 받으세요. 건강하시고요."

인사를 드리는데 김 사장님이 물었다.

"떡국은 드셨는가?"

"네, 이제 끓여 먹으려고요. 사장님은 드셨어요?"

"어제 준 거 먹었어."

나는 떡국 끓일 물을 양은냄비에 받아서 2층으로 올라왔다. 11호실 기화 씨가 지팡이를 짚고 방문 밖으로 나서는 중이었다. 내가 사드린 온수통에 물을 받으러 1층 공용세면실로 내려가는 모양이었다. 아래층 어느 방문이 열리는 소리가 들렸다.

–이제 곧 떡국 냄새가 대덕여인숙 실내에 진동할 것이다. 떡국을 먹은 다음, 만나는 사람마다 새해 복 많이 받으라는 인사를 나누었으면. 떡국 냄새와 사람의 소리가 종일 시끄러웠으면
…….

나는 어제저녁 잔칫집처럼 흥청대던 풍경을 떠올리면서 휴대용 가스레인지를 켰다. 정수 형과 두봉이 아줌마께 온수를 드려야 한다.

오늘은 여느 때보다 실내가 좀 훈훈할 것 같다.

꿈의 모래성

2021. 2. 17(수). 달방 224일째. 전국적으로 한파

다시 한파다. 낮 최고 기온, 영하 4도. 어젯밤 생수병에 또 살얼음이 깔렸다. 종잇장 같은 유리창과 벽을 뚫고 들어오는 외풍으로 머리끝이 얼어붙을 것 같아서 잠을 설쳤다. 그러잖아도 몸살 기운이 있어서 어제는 내과를 다녀왔다. 몸이 천근만근 무거웠다. 부족한 잠과 추위 때문에 아침을 건너뛰고 누워 있는데 아침부터 방문 밖이 소란했다. 맞은편 17호실의 인철 아우 때문이었다.

"나가, 이 ××야. 나가. 당장 나가!"

길도 형님이 단단히 화가 나 있었다. 예상했던 일이었다. 인철 아우의 주사가 연일 이어진 탓에 결국 여인숙 추방을 결정한 것이다. 아우는 설 연휴 다음 날 인력 시장에 다녀온 뒤, 오늘까지 하루도 쉬지 않고 술병을 빨았다. 일당의 일부를 떼어내 길도 형님께 빌린 돈을 갚고 나머지는 모두 술로 탕진했다.

그 취기 탓에 어젯밤부터 소란이 이어지는 중이었다. 다들 동면(多眠)에 든 것처럼 고요한 초저녁이었다. 길도 형님이 인

철 아우의 짐을 싸서 내보내려고 했다. 그런데 아우가 한밤중까지 이사 비용을 요구하고 반항해서 경찰까지 불러 실랑이를 벌인 뒤 오늘 아침에 내쫓는 것이다.

"이 근처에 얼씬거리면 내 손에 죽는 줄 알아."

"아, 씨발. 여기 아니면 방이 없어?"

그 말을 끝으로 인철 아우는 대덕여인숙 밖으로 쫓겨났다. 길도 형님은 더이상 대꾸하지 않고 방으로 들어갔다. 나는 길도 형님을 어떻게 만류할 엄두도 못 낸 채 인철 아우의 뒷모습을 물끄러미 바라보고만 있었다.

참으로 애석한 일이었다. 설 연휴 내내 인철 아우를 설득했었다. 이미 겨울이 시작되면서부터 여러 차례 반복된 일이었다. 어떻게든 술을 줄이고, 일을 하도록 했으나 소귀에 경 읽기였다. '빈곤의 덫'[10]에서 벗어날 능력이 있음에도 알코올 중독증이라는 더 거대한 덫에 갇힌 자신을 방치하는 게 개탄스럽기까지 했다. 그렇다고 인철 아우를 당장 포기할 수도 없었다.

"길도 형님. 제가 인철이 바꿔볼게요. 밥도 같이 먹고, 대화도 하다 보면 조금씩 변화가 생길 거고, 그러면……."

"자네, 헛된 꿈을 꾸는 거야. 내가 저 ××한테 속은 게 한두 번이 아니야. 저 ××는 절대 안 변해."

"좀더 설득해볼게요."

"자네 너무 순진해. 내가 북파공작원 할 때부터 청송감호소

10) '빈곤 함정'과 뜻이 같은 말.

돌면서 별별 놈들 다 겪어봤다고 했지. 청량리에서는 전과자 수십 명을 데리고 있었고. 그런데 저 ×× 같은 놈은 처음이라니까. 저 ××는 인간이 아니라 짐승이야."

길도 형님의 말은 틀리지 않았다. 술을 입에 담지 않았을 때 인철 아우는 말 그대로 순한 양이었다. 그래서 본성은 착한 놈이라며 형님이 여인숙 달방을 내준 것이었다. 그러나 술이 몸 속에서 출렁거리면 야수처럼 돌변했다.

- 대체 이 추위에 어디로 갈 것인지.

나는 저만치 여인숙 골목 밖으로 사라지는 인철 아우를 지켜 보면서 혀를 찼다.

- 아우를 다시 살리는 방법은 없을까. 아우가 맑은 정신과 건강한 몸을 회복하는 것, 평화로운 일상을 되찾은 것이 내 꿈이라면 그것은 길도 형님의 말처럼 헛된 꿈일까. 모든 정성과 노력에도 불구하고 흔적없이 무너지는 모래성일까.

나는 고개를 흔들며 인철 아우를 급하게 따라잡았다.

"인철아. 며칠 잘 견디고 술 깨면 여인숙으로 다시 와. 와서 길도 형님께 사정해. 술 줄이고, 일하겠다고."

"아, 씨발. 그만둬. 내가 그 ×× 때문에……."

인철 아우는 비틀거리며 역전 광장 쪽으로 걸어갔다. 나는 다시 고개를 흔들었다.

－인철 아우는 머잖아 여인숙으로 돌아올 것이 분명하다. 그러면 나는 내 할 일을 다시 시작할 것이다. 겨우내 종종 그랬던 것처럼 내 방 앞에서 꽁치찌개를 끓여 함께 먹으면서 껄껄거릴 것이다. 찌개 냄새를 맡고 찾아온 7호실 성태 형과 2호실 이모와 나란히 앉아 가족사진을 찍으며 인간적인 정을 나누다 보면……, 날이 풀리고 반드시 얼음이 녹는 것처럼 인철 아우도 시나브로 술을 줄이고 일을 찾아 나설 것이다. 그런데…… 이 꿈이 정말 모래성에 불과한 것일까.

나는 고개를 흔들며 독백을 흘렸다.

음주 소란으로 강제 퇴실을 당하는 인철 아우.

-그래. 인철 아우의 변화를 향한 내 꿈

　이 모래성이라도 좋다. 나는 그 모래성을 수십 번, 수백 번이라도 쌓겠다.

　독백을 입에 문 채 나는 상상했다. 대덕여인숙 달방에 머무는 동안 쌓고 무너뜨리고 다시 쌓을 꿈의 모래성이 줄줄이 떠올랐다. 그것은 사회적 소외와 외면의 시공간에서 인간의 권리와 생명의 가치를 빼앗긴 채, 혹은 스스로 포기한 채 간신히 목숨을 부지하는 달방 가족들에 대한 꿈의 모래성이었다.

　조현병 환자 철학가 박 관장님, 치매 환자 성태 형, 담배 중독자 영순 씨, 기저귀를 차기 시작한 병권 아우, 열두 개의 자물쇠를 채우는 정수 형, 네 발로 계단을 오르내리는 기화 씨, 알코올 중독자 남경 형, 오백 원에 목숨 걸고 자본의 바다를 항해하는 박스 노파 두봉이 아줌마, 저혈당으로 죽음의 문턱을 오가는 승기 형…….

　나는 방으로 돌아와 방문 안쪽에 붙은 인철 아우 사진 캡션 아래 한 문장을 덧붙였다.

　극한에서 극명해지는 삶
　열 사람 목숨보다 귀한 한 사람 목숨

소통은 아름답다

2021. 2. 28(일). 달방 235일째. 종일 흐리고 세찬 바람

오늘은 음력 정월 대보름이다.

서른아홉까지 금강변 신탄진에서 살 땐 이즈음에 강의 얼음 깨지는 소리로 잠을 깨곤 했다. 마을 사람들은 쩌엉, 쩡, 얼음이 우는 듯한 소리로 봄소식을 즐겼다. 그러나 여인숙은 아직 먼 듯하다. 어쩌다 햇살이 밝아 봄볕인 줄 알고 창을 열면 여전히 늦겨울 북풍이 들어찬다. 그래도 내일이면 춘삼월. 거부할 수 없는 봄이다.

봄볕을 마중하고 싶었으나 아침부터 날이 흐리고 바람이 찼다. 아침 겸 점심을 먹은 설거지를 마친 뒤 지난주에 디지털카메라로 촬영한 사진을 노트북에 백업했다. 흑백필름 촬영과 별도로 달방 생활 모습과 촬영 인증샷은 디카로 기록 중이었다. 백업받은 사진을 대충 훑어보는데 한 점이 반짝, 빛났다. 나는 눈을 휘둥그레 뜨고 화면에 띄웠다. 의미 있는 사진 한 점을 품은 것 같았다.

봄볕이 좋던 지난주 화요일 낮이었다. 달방 가족들이 여인숙

187

밖에서 대화를 나누었다. 그 모습을 담은 풍경 사진이었다. 영
순 씨와 박○○ 이모, 길도 형님, 두봉이 아줌마, 성태 형, 그리
고 제일여인숙 박승기 형까지 모두 여섯 사람이 '입춘대길, 건
양다경' 휘호가 붙은 출입문 앞에서 한가롭게 이야기를 나누
었다. 여름과 가을, 겨울이 다 지나도록 이렇게 정겨운 풍경은
처음이었다. 대화를 나누는 모습이 누구랄 것 없이 평화롭기만
했다.

　－이렇게만 지낼 수 있다면……, 그러면 뒷골목 여인숙을 향
해 인권의 사각지대라든가 최하층민의 참담한 생존 공간 따위
의 평가는 사라질 텐데. 잘못된 편견과 계급적 폄훼와 같은 인
식의 오류도 바로잡을 수 있을 텐데…….

　나는 가슴속 어딘가에서 뜨거운 격정이 이는 것을 느꼈다.

　－그래. 이런 날도 있어야 하는 거다. 철거 직전의 낡은 건물
에서 붕괴와 화재 위험에도 불구하고 다들 무사히 월동했다.
단돈 몇만 원 때문에 밥을 굶고 죽은 듯이 지내거나 시시때때
로 으르렁거리며 육두문자를 날리거나 술에 넘어지는 목숨이
지만 이처럼 따사로운 날도 있어야 하는 거다. 너나없이 인간
적인 대화를 나누고, 숲의 나무처럼 평화롭게 조화를 이루어야
하는 거다. 이 한 장의 사진에 담긴 인권과 평화의 가치는 여인
숙이라는 생존 공간이 지향할 궁극의 목적과도 부합할 것이다.

그렇다면 나는 지금 여기서 무엇을, 어떻게 할 것인가.

사진을 뚫어지게 보면서 한창 상념에 빠지는 중이었다. 노트북 옆의 핸드폰이 덜덜 떨었다. 아내의 문자였다.

"대보름 찰밥 준비했어요. 오후 간식으로 드시게 집에 와서 가져가세요."

웬일인가. 예정에 없던 일이었다. 내게 귀띔조차 없었다.

"여보 고마워요. 당신은 천사!"

나는 노트북을 접고 후다닥 집을 다녀왔다.

"찰밥을 겁나게 맛있게 먹어 한참 행복했어. 이거 언제 보답하노. 내 사무실 열면 보답할끼다."

아내가 마련해준 찰밥은 모두 15인분이었다. 대덕여인숙 가족들에게 찰밥 도시락을 나눠드린 뒤 옆집 제일여인숙 가족 몇 분께 전하고 왔더니 그새 카톡이 왔다. 성태 형이었다. 정신이 맑을 땐 핸드폰으로 노래와 오디션 프로그램을 즐기는 형답게 가장 먼저 답신을 보내왔다. 찰밥이 맛있다는 것으로 보아 아직 음주 전 같았다. 어찌 되었든 기쁜 일이었다. 나는 7호실로 가서 직접 인사를 전할까 하다가 카톡 문자를 찍었다.

"형님. 맛있게 드셔서 고맙습니다."

지난해 가을, 한밤중에 망치로 내 방문을 두드린 사건 이후였다. 형과는 마주칠 때마다 피하지 않고 인사를 나누었다. 극한 갈등에 대한 화해의 방식을 정면돌파로 모색한 것이다. 내 선택은 주효했다. 어느 날 인사 도중에 형이 내 핸드폰 번호를

무사히 월동한 달방 가족들이 봄바람을 즐기며 대화를 나누고 있다.

원했고, 그 얼마 뒤부터 카톡이 왔다. 형이 이따금 카톡 문자를 보냈으나 글과 사진 작업에 방해는 되지 않았다. 오히려 형 덕분에 잠깐씩 휴식을 취할 수 있었다. 다만 카톡 대화는 대개 일방적 통보에 지나지 않았다. 야, 뭐하냐. 노래 하나 불러줄까? 심심하다. 이 집구석엔 대화할 놈이 한 놈도 없다. 내 사진 함부로 찍지 마라. 이런 식으로 술에 취한 넋두리처럼 한두 마디 뿌려대는 문자가 전부였다. 그런데 오늘 찰밥 답신은 문장이 꽤 길었다. 게다가 논리정연했다. 앞으로 형과의 소통 방식은 카톡으로 하면 더 즐거워질 듯했다.

찰밥 간식을 먹은 게 오후 네 시쯤이었다. 날이 금방 어두워지면서 기온이 뚝 떨어졌다. 머잖아 종지부를 찍게 될 겨울이 마지막 안간힘을 쏟는 모양이었다. 그러나 달방 가족들은 평소와 다르게 방문을 일찍 닫지 않았다. 다들 즐거운 표정이 역력했다. 찰밥 맛있게 먹었다는 말을 너나없이 입에 담았다. 나는 어린애처럼 즐거워서 가족들과 웃고 떠들었다. 여인숙 출입구에 붙어 있는 2호실 이모 방 앞에서 나를 포함해 이모와 영순 씨, 성태 형과 정수 형, 다섯 명이 돌아가며 셀카 기념촬영을 했다. 길도 형님은 촬영에서 빠졌다. 다른 분은 초상권 허락을 받았고 얼굴 공개도 가능하지만 형님은 그게 불가했다. 형님은 여인숙 철거 보상이 끝나는 대로 청량리 복귀를 계획하고 있는 탓에 얼굴 촬영을 허락하지 않았다.

그런데 가족들이 각자의 방으로 돌아가지 않고 2호실 앞에서 떠들썩한 것은 찰밥 때문만은 아니었다. 다른 이유가 더 있었다. 조금 전 셀카를 찍은 가족들에게 이모가 반찬 선물을 해준 것이다. 의외의 일이었다. 다들 생활비가 부족하기에 누군가에게 먹을 것을 전하는 일은 관리자 천길도 형님 외엔 불가능했다.

겨우내 거의 맨밥을 먹다시피 견디는 이곳에서 반찬은 금처럼 귀한 생필품이었다. 이모는 점심 때쯤 역전 옆 채소전을 다녀와서 배추겉절이와 무생채를 담았고 그것을 조금씩 나누어 주었다. 무엇인가 특별한 일이 생긴 게 분명했다. 개점휴업 중인 이모에게 금전적인 여유가 있을 턱이 없었다. 생계급여일도 십여 일이 지났으므로 지금은 담뱃값으로 감춰둔 비상금 외에는 주머니가 텅 비어 있을 때다. 제일여인숙 박승기 형이 어젯밤 이모 방에서 담배를 피우고 갔는데, 혹시······. 나는 생뚱맞은 상상을 하는 나를 향해 조소를 날렸다. 어쩌면 병권 아우 때문인지도 몰랐다. 연탄보일러가 있는 원동여인숙으로 월동을 떠난 아우가 오늘 오후에 초원장 203호실로 돌아왔다. 오면서 이모 방문을 열고 한참을 이야기하다 떠났다. 병권 아우는 기초생계급여 외에 30만 원 남짓한 장애인 급여를 더 받는다. 그랬기에 다른 사람들보다 생활비에 여유가 있었다. 둘 사이에 무슨 금전 거래가 있었던 것 같기도 하지만 그것 역시 모를 일이다.

어찌 되었든 이모와 박승기 형, 그리고 병권 아우 셋이 대화를 했다는 게 중요했다. 작년 늦가을에 이모는 승기 형과 대판 싸움을 벌였다. 나란히 앉은 대덕여인숙과 제일여인숙 출입문을 두 사람의 육두문자가 두어 시간 후려쳤다. 이모가 승기 형에게 빌린 8만 원을 갚지 않겠다고 떼를 쓰는 일로 고성이 오갔다. 이유는 간단했다. 차용금의 용도가 어긋났기 때문이다. 8만 원을 빌려주면서 승기 형이 이모와 연애를 하려고 했으나 불발로 끝나자 돈을 돌려받겠다고 생각을 바꾼 탓이었다. 여인숙 안팎의 갈등이 빚어질 때마다 그래왔던 것처럼 대덕여인숙의 상왕이자 포청천인 천길도 형님이 나서서 단박에 싸움을 끝냈다. 이 바닥에서 가족끼리는 살을 섞을 수 없다. 금기와 도리를 깬 박승기는 인간이 아니다. 그러므로 차용금은 돌려줄 필요가 없다. 병권이와 이모 사이에 두어 차례 벌어진 차용금 갈등도 정체불명의 용도 때문이었다. 포청천의 판결은 명료했다. 빌려준 사람이 잘못이니 받을 생각을 하지 마라.

이와 엇비슷한 일로 심심찮게 시비가 빚어졌으나 그 모든 게 칼로 물 베기 형국이었다. 당사자 사이의 대화 단절은 그리 오래가지 않았다. 죽일 놈이든 도둑년이든 눈만 뜨면 마주쳤다. 한 평 남짓한 생존의 거처에서 자신을 감추거나 상대방을 피할 방법은 없었다. 그래도 며칠씩 이어지는 냉담은 가뜩이나 춥고 어두운 이번 겨울의 경우, 여인숙 달방을 석빙고처럼 얼어붙게 했다. 겨우내 방문을 닫고 견디며 어쩌다 마주치면 최소한의 생존을 위한 대화 외에는 소통이 없었다.

그런데 오늘 해빙의 조짐이 보였다. 숨 쉬는 것 외에 소통의 필요조차 못 느끼는 달방에 변화가 온 것이다. 찰밥과 밑반찬을 나누고, 수없이 반복되는 뻔한 이야기지만 한참을 시끄럽게 떠들다 웃었다. 박○○ 이모와 정수 형과 영순 씨, 성태 형 모두가 이곳에서 살아가는 방식에 대해 서로 암묵적인 협조와 공존을 위한 약속을 했을 듯하다. 그리하여 한파로 쪼그라든 여인숙이 모처럼 따사롭게 기지개를 켜는 듯 보였다. 실제로 풍경이 그러했다. 그러면 되었다. 성태 형과 내가 카톡 문자를 주고받듯, 찰밥을 매개로 즐거운 마음의 소통을 나누었듯, 어떤

침실이며, 부엌이며, 마당이며, 화장실이며, 때때로 별이 뜨는 하늘. 5호실…
사진집 『여인숙』 수록 작품

194 인간의 시간

방식으로든 인간의 말과 감정을 펼칠 수 있었으니 그것으로 족하다. 아름다운 변화다. 소통이 그 아름다운 변화를 이끌었다.

나는 8호실 방으로 돌아와 조용히 생각했다. 달방 가족들과 더 인간적인 관계 형성을 위해, 지금보다 더 인간적인 삶을 살아갈 수 있도록 소통의 방식에 대해 진지하게 고민했다. 무엇보다 찰밥 같은 일회적인 것이 아니라 지속적인 소통의 매개가 필요할 것 같았다.

이 필요성은 여인숙 다큐 사진과는 당장은 거리가 무관할 듯 여겨진다. 그러나 궁극적으로 내가 추구하는 휴먼다큐멘터리의 목적에 부합할 것이라고 믿는다. 나는 휴먼다큐 기획 의도를 소리 내어 읽었다.

'사회적 소외와 외면의 시공간에서 살아가는 삶의 기록을 통해 인간의 존엄성과 생명의 가치를 환기하고 공존과 상생, 인권과 평화를 도모함'

겨울의 뒤꼍, 2월의 마지막 밤.

여전히 춥고 두려운 늦겨울 밤이지만 어제보단 조금은 그 길이가 짧아졌을 듯하다. 오늘 하루 소통의 즐거움을 만끽한 달방 가족들도 지금쯤 나와 같은 상념에 젖고 있을 것이다.

오늘 하루와 달방 가족들과 아내 모두에게 감사하다.

4

생애 최초의 행복

봄

인간 아지랑이

2021. 3. 13(토). 달방 248일째. 오후까지 봄비

어제 오후부터 비가 내린다. 반가운 봄비다.

이제, 봄이다. 보라. 내가 봄이다.

이렇게 외치는 것처럼 빗발이 제법 굵다. 여인숙 골목에 숨어있던 추위의 흔적들이 다 씻겨 내려갈 것 같다. 아직 방문을 굳게 닫고 있는 달방 사람들의 가슴에 박힌 얼음도 구멍이 숭숭 뚫렸으면 좋겠다. 그러면 몸도 마음도 영순 씨가 내뿜는 담배 연기처럼 가벼워질 것이다. 다들 살랑살랑 봄바람이 나서 여인숙 골목 저 밖의 역전 광장까지 뻔질나게 드나들었으면 좋겠다. 골목 가득 인간의 아지랑이가 피어올랐으면 참으로 좋겠다.

지난주에도 봄비가 내렸다. 병권 아우 방에서 짜장면을 배달시켜 먹을 때다. 빗발은 가늘었지만 봄 냄새가 물씬 풍겼다. 병권 아우가 원동여인숙에서 초원장 203호실로 옮긴 뒤에 모임이 잦아졌다. 마침 이모의 생일이어서 겸사겸사 축하 파티를

했다. 남경 형이 아픈 다리를 끌고 뒤늦게 합석하는 바람에 내가 탕수육을 추가 주문하면서 이모 생일 선물로 담배 다섯 갑을 사주었다. 다들 먹고 마시며 한바탕 웃고 떠드는 사이에 잠시 봄비가 그쳤다. 다리가 불편한 영순 씨가 빠졌으나 대여섯 명이 대덕여인숙을 향해 흥청흥청 걸어가는 모습은 그대로 인간의 아지랑이였다.

과거 언제 이런 모습을 보았던가. 작년 여름 달방에 입실한 뒤부터 이렇게 흐뭇한 정경은 거의 못 보았다. 비록 매일 마주치는 얼굴이고 특별할 게 없는 대화에 값싼 음식이지만 그것을 함께 나누는 일이 이따금 반복되는 것만으로도 즐겁다. 짧지만 평화롭게 주고받는 대화와 웃음. 어느 땐 그것이 소음 같아 불안해질 만큼 여인숙 안팎의 풍속도가 바뀌었다.

"이 선생 온 뒤부터 사람들이 시끄러워졌어."

"형님, 조심할게요."

"시끄러워서 나쁘다는 게 아니라 좋다는 뜻이네. 사람 사는 맛도 나고 말이야."

천길도 형님의 어투에서도 변화가 느껴졌다. 하루건너 한 번씩은 술꾼이나 뜨내기손님과 격하게 실랑이를 벌이던 모습이 사라졌다. 밀린 월세 시비도 웬만해선 감정 표현을 하지 않았다. 나직나직한 목소리로 문제를 해결하면서 여인숙 안팎의 평화와 질서를 유지했다. 여인숙 골목의 상왕이자 포청천이 태도가 바뀌면서 여인숙 가족들의 변화는 더 실감할 수 있었다.

어느덧 달방 8개월. 그동안 일주일에 두세 번씩 노트북을 켜고 달방 일과를 상세히 기록해왔다. 사사로운 일기이자 비망록이며 촬영일지 역할을 하게 될 이 기록을 돌이켜보면, 어제와 오늘 내가 겪은 일은 내 생애 최초의 경험이었다. 2년 같기도 하고 두 시간으로 여겨지기도 하는 이틀간, 나는 아주 특별한 경험을 했다.

먼저 먹는 이야기를 꺼내야 할 것 같다. 어제 한 번, 오늘 한 번 몇몇 가족들과 함께 외부 음식을 먹었다. 이틀 연속 머리를 맞대고 돈 걱정 없이 빈속을 채우는 모습은 생계급여 받는 날에도 보기 드문 일이었다. 이런 경우가 또 있었던가. 기억에 없다.

어제 낮엔 포만감으로 무척 즐거웠다. 여인숙 달방에서 하루 세끼는 어림없는 일이다. 그랬기에 두 끼로 간격을 맞춘 채 다들 늦은 아침을 먹고 공연히 방문을 여닫고 있었다. 2호실 이모는 여인숙 출입구에 선 채 한참씩 봄비를 감상하기도 했다. 빗소리가 가라앉은 이른 오후였다. 길도 형님이 김치찌개와 소주 두 병을 사 왔다. 김치찌개를 사 온 이유가 있었다. 전날 밤에 제일여인숙의 청송감호소 후배 박승기 형과 모처럼 노래방을 다녀왔는데 아주 유쾌했다고 했다. 당연한 일이지만 달방 가족들에게 노래방은 남의 나라 이야기다. 그러나 밥은 굶어도 노래를 부를 만큼 나훈아 열혈팬인 길도 형님은 가끔 노래방에 들러 스트레스를 풀곤 했다. 형님이 잘나가던 시절의 청량리

후배나 경주에서 개인사업을 하는 친형이 용돈을 전해주면 혼자 다녀오는 모습을 서너 차례 본 적이 있다. 늘 비슷한 이야기지만 어제 형님께 전해 들은 말은 이렇다.

한 번 마이크를 잡으면 삼십 곡은 기본이다. 서너 시간은 앉지 않는다. 어제도 형님이 마이크를 거의 독차지했고, 후배 박승기는 심심하다며 일찍 노래방을 나섰다. 그런데 혼자 부르는 노래에서 100점 팡파르가 열 번도 넘게 울렸고, 사장님과 도우미의 박수 세례를 받았다. 기분 좋게 돈을 썼다.

노래방 경비가 천문학적이라 차마 믿을 수 없어서 적지는 않는다. 다만, 국밥 대접의 사유는 진실로 여겨졌다.

"빵빠레 열 번 기념이니까 많이들 잡수셔."

다리가 아픈 영순 씨를 생각해서 5호실 영순 씨 방문 앞의 복도에 둘러앉아 다들 와자지껄 찌개를 먹었다. 외출한 박 관장, 일 나간 김 씨, 술에 쓰러진 인철 아우, 사람들과 전혀 어울리지 않는 기화 씨를 빼고 방에 웅크리고 있던 모든 사람이 찌개와 소주 두 병을 나눠 먹었다. 그러자 놀랄 일이 벌어졌다. 이모가 역전 마트로 뛰어가다시피 맥주 두 병을 사 온 것이다. 술을 전혀 입에 대지 않는 이모가 말이다.

병권 아우, 남경 형, 7호실 성태 형, 나, 길도 형님, 이모, 두봉이 아줌마 누구랄 것 없이 즐겁게 먹다가 막판에 남경 형과 성태 형이 시비가 붙었다. 술 좀 그만 처먹으라며 삿대질을 주고받았다. 견원지간을 확인시켜주기라도 하듯 안면에 육두문자를 날리며 으르렁거렸다. 그러나 만찬을 마련한 주인공이 누군가. 해결사 천길도 형님이다. 단박에 시비를 잠재우고 남은 맥주를 마셨다. 그런데 맥주병을 다 비우고 막 껄껄대는 중이었다. 거무튀튀한 옷을 입은 건장한 남자들 넷이 들이닥쳤다. ○○경찰서 강력계 형사들이었다.

"다들 조용히 해주세요. 관리자님. 조인철 씨 방이 어디죠?"

순식간이었다. 17호실 방문을 열고 들어가 조인철을 포박하고 문밖으로 끌고 나온 것은. 상습 절도였다. 형사 한 사람이 길도 형님께 상황 설명을 해주고 떠난 뒤, 사람들은 날이 춥다며 각자 방으로 돌아갔다.

"조인철이 그 ××, 냄새가 풍겼다니까. 맨날 술 처먹는 놈이 어디 가서 일을 해?"

"……."

"그 ××, 연장 가방이라고 들고온 게 전부 훔쳐온 거야. 그걸 팔아서 방세 내고 술 처먹은 거라고."

조금 전에 벌어진 상황이 믿어지질 않아서 우두커니 서 있는 나를 향해 길도 형님은 그 ××를 수없이 반복했다. 분기를 참지 못하는 듯했다. 형님 스스로 천성이 착한 놈이라며 방을 내주고, 밥을 해주고, 때때로 술까지 먹여줬는데 절도범으로 구속되었으니 그럴 만도 했다. 한 인간에 대한 연민과 배반의 감정이 몸과 마음을 휘감은 것처럼 형님은 조인철의 이름을 길바닥에 마구 쏟아냈다. 형님은 1월과 2월에 두 번씩이나 내치고 품어준 자신에게 화가 나 있는 게 분명했다.

어두워질 때까지 길도 형님의 분기탱천한 말을 듣다가 방으로 돌아온 나는 저녁을 굶었다. 밥맛이 없었다. 허탈감을 지울 수 없었다. 천성이 착해서 술만 줄이면 즐거운 날이 올 줄 알았는데, 그런 희망으로 함께 밥을 먹으며 겨울을 견뎠는데 홀연 떠나다니. 도무지 현실감이 없었다. 인철 아우의 모습이 눈앞에 어른거려서 늦게서야 잠이 들었다.

"어이, 이 작가. 안 일어났는가?"

오늘 아침은 일찍 미역국에 햇반을 삶아 먹고 오전 내내 방에서 지냈다. 어제의 김치찌개와 맥주와 수갑이 머릿속에서 떠나질 않았다. 억지로 창밖의 봄비에 눈과 귀를 던지던 참이었다. 누군가 2층 나무계단을 오르며 나를 불렀다. 그 소리를 듣고서야 오늘 점심 약속을 떠올렸다. 제일여인숙 박승기 형과 길도 형님, 나, 셋이 삼겹살 구이를 먹기로 했었다.

아, 벌써 점심때가 되었나?

열두 시 이십 분이었다. 상을 차릴 때다. 삼겹살은 어제 구입해서 길도 형님 냉장고에 보관해 두었다. 내 방은 좁아서 1인용 냉장고조차 들여놓을 수가 없다. 셋이 삼겹살을 구워 먹고 조금 남겨서 김치찌개를 해야 한다. 저녁에 14호실 정수 형에게 김치찌개를 끓여주기로 약속했다.

어렵게 날을 잡은 점심이었다. 청송감호소를 다녀온 선후배의 모임에 합석한다는 것만으로도 나는 조금 들떠 있었다. 둘

이 합쳐 별(전과)이 자그마치 서른두 개다. 학교(교도소)생활
은 모두 삼십여 년. 지금은 달라졌지만 오래전에 학교를 다녀
온 사람들에겐 SKY 대학처럼 여겨지는 학교가 청송감호소다.
중범죄 외에 일반 잡범은 수감되지 않는 곳이어서 그곳을 다녀
온 사람들은 그 세계에선 자부심이 남다르다. 그런데 학교 동
문임에도 두 사람 성격은 판이했다. 한때 사채업과 도박하우스
를 운영했던 길도 형님이 '큰형님'의 위치라면 승기 형은 '작
은형님' 격이다. 금전적인 이유 탓으로 생활 방식도 확연히 달
랐다. 한 사람은 중간중간 큰돈을 만질 수 있어서 씀씀이가 컸
지만 한 사람은 오로지 생계급여만으로 생활하는 탓에 밥과 술
을 굶다시피 견딘다.

　이런 상황은 두 사람이 시간 날 때마다 자신의 파란만장한
삶을 나에게 들려준 덕분에 알았다. 나는 두 사람이 밝히기 힘
든 과거의 상처를 꺼낼 때마다 감사하다는 생각을 해왔다. 나
는 어디까지나 이 골목 밖의 사람이고, 학교와는 거리가 먼 삶
을 살아왔다. 나는 언제든 떠날 사람이다. 여인숙은 두 사람이
폭염과 한파와 붕괴 위험에 목숨을 건 생존의 거처다. 나는 소
나기처럼, 폭설처럼 잠시 머물다 사라질 뿐이다. 나는 두 사람
의 삶을 위해 어떤 조력자가 될 수 없고, 그들의 인생에 끼어들
이유도 없는 존재다. 그럼에도 나를 신뢰하고 과거의 치부까지
를 드러냈으니 고마워하지 않을 수 없었다. 그래서 내가 길도
형님의 일정에 맞추어 승기 형을 초대했던 일이다.

물론 촬영은 뒷전이다. 길도 형님은 얼굴 노출이 절대 불가였고 승기 형은 아직 거리가 멀었다. 그동안 승기 형이 당뇨가 심해서 종종 안부를 건넸고, 언제든 저혈당으로 쓰러질 위험이 있다는 말을 듣고 최근엔 초코파이와 오렌지 주스를 사드리곤 했다. 인간적 관계를 깊게 하고 거리를 좁히기 위해서였다. 그러나 아직 갈 길이 멀었다.

"형님들. 고기 먹을 만해요?"

"좋아. 맛있는 고기 사왔구만."

"다행입니다. 국내산 최고급으로 사왔거든요."

"잘했네. 안주도 좋으니 이 작가, 자네도 술 한잔하지."

고기를 굽고 술병을 딴 지 한 시간도 못 되어 삼겹살 두 근이 소주 세 병과 함께 불판에서 사라졌다. 고기와 술맛이 좋다는 말을 이구동성으로 했다. 셋 가운데 승기 형 먹는 속도가 가장 더뎠다. 나는 그 이유를 알았다. 당뇨와 위장병으로 몸이 망가진 탓이 아니다. 승기 형은 아래윗니 모두가 틀니다. 틀니도 불편하지만, 턱뼈의 아귀 부분이 시큰거려서 음식물을 쉽게 씹질 못한다. 서울에서 뼈가 굵은 승기 형은 여덟 살에 후암동 고아원을 뛰쳐나온 뒤 용산과 영등포를 전전하며 소년원을 출입했다. 그즈음에 사는 게 힘들다며 쥐약을 먹었다. 십 대 후반이었다. 그 후유증을 지금까지 앓고 있다. 후루룩 들이켤 수 있는 짜장면까지도 오래, 천천히 씹어먹는다. 내가 길도 형님 눈치를 보며 구운 삼겹살을 가위로 잘게 잘라서 승기 형 앞에 둔 까닭이 거기 있었다.

육십 대 중반까지 쥐약의 후유증으로 고통받는 승기 형의 과거는 놀랍기만 했다. 승기 형이 별 열여덟 개를 단 전과자답지 않게 말수도 적고 성격도 차분한 게 의구심이 일어서 내가 몇 번 캐물었다. 구정 무렵이었다. 승기 형이 녹음을 허락하면서까지 작정하고 자신의 50년 사를 들려주었다. 그중 가장 경이롭게 들었던 것은 승기 형이 소설을 썼다는 사실이다. 학교를 전전하며 살아온 이야기를 소설로 쓰려다가 몸이 망가지면서 그만두었다고 했다. 나는 그 말을 듣고 문우에게서 받은 소설집과 내 시집을 승기 형에게 전했다. 승기 형은 이틀 만에 다 읽은 뒤 냄비와 재떨이 받침으로 쓰고 있었다.

이제 승기 형과 거리를 좁히면서 내가 할 일은 형이 저혈당으로 쓰러지는 것을 최대한 억제하는 일이다. 지난 연초에 119구급대원이 다녀간 적이 있었다. 옆방 아주머니가 발견해서 신고했기에 망정이지 오 분만 지체했으면 큰일을 치를 뻔했다. 형은 어떻게든 술을 줄이고 생계급여를 아껴 써서 쌀밥과 육류 섭취를 해야만 한다. 내가 여인숙에 머무는 동안 승기 형을 도울 일이 그것이었다. 오늘 삼겹살 파티를 준비한 것도 그런 계획 중 하나였다.

술은 그만하자는 길도 형님 말에 승기 형이 불판 뒤로 물러앉았다. 담배를 피우고 잠시 쉬다가 김치볶음밥을 할 때였다.

매월 20일 기초수급비를 타면 가족들이 여인숙 복도에 둘
러앉아 배달음식을 먹으며 잠시나마 풍요로운 한때를 즐
긴다. 그러나 그때 뿐이다. 자리에서 일어나 차용금을 갚
고나면 대부분 다음 날부터 빈손이 된다.

"야, 저것 좀 봐라. 세상이 발칵 뒤집히고 있다."

길도 형님이 텔레비전을 켜면서 눈을 둥그렇게 떴다. LH 사태였다. 시민단체에서 LH 직원 땅 투기를 폭로한 게 3월 초였다. 그 뒤 2주일째 세상이 떠들썩했다.

"정부에서 사과하고, 검찰이 LH 수사 들어갔다고 난리가 났다."

"형님, LH 직원 땅 투기, 이게 사실로 드러나고 문제가 커지면 말입니다. 잘못하다가 불똥이 이 골목으로 튀는 건 아닌지 모르겠어요."

"내 말이 바로 그거야. 여기 철거 재개발 시공사가 LH잖아."

"예. 이번 사건으로 철거 보상이 늦어지면 여인숙 사람들과 쪽방촌 사람들이 폭염에 한파에 또 고생할 텐데 걱정입니다."

"그러니까 이 ××놈의 세상이 가진 놈이 다 해 처먹고 없는 놈만 죽어라, 죽어라 하는 거야."

어제 인철 아우가 체포되어 끌려간 뒤에 길도 형님은 방문을 일찍 닫았다. 나는 인철 아우 일로 심란해서 방문을 닫고 있는 줄 알았다. 그게 아니었다. 상습 절도범으로 인철 아우가 형사들에게 묶여나간 것을 형님은 다 잊은 듯했다. 형님이 어느 정도 예상했던 일이기도 했지만 생각해보면 워낙 그런 일을 많이 겪었기에 대수롭지 않게 여기는 게 당연할 것도 같았다. 그런데 LH 사태는 달랐다. 벌써 십여 일째 이어지는 LH 뉴스에 형님은 몰두하고 있었다. 다른 이유가 아니었다. 형님은 철거 보상이 끝나는 대로 여인숙을 떠나 청량리로 복귀하겠다는 말을 여러 차례 강조했다. 그런데 그 계획이 수포로 돌아갈 일이 눈앞에서 펼쳐지는 중이었다. 지난 3월 1일, 시민단체의 기자회견으로 불거진 LH 사태는 일파만파로 확산되면서 연일 새로운 의혹이 끝없이 이어졌다. 코로나19 확진 증가 추세가 심각한 상태임에도 핵폭탄급 사건에 묻혀 코로나 소식은 자막에만 힘겹게 오르내렸다.

'3기 신도시 광명, 시흥 지역, LH 직원 땅 투기'

'수상한 토지 거래 집중 취재'

'부동산 투기 의혹 관련, LH 직원, 경기도청 전 간부 조사'

오늘도 텔레비전이든 인터넷 포털이든 헤드라인 뉴스는 LH 사태가 줄줄이 이어졌다. 나는 텔레비전 뉴스를 조금 더 보다가 김치볶음밥을 두 그릇 퍼담았다.

"길도 형. 나는 밥 생각 없어서 먼저 내려갈게요."

"어, 그래. 나도 고기를 많이 먹어서 밥 생각이 없다."

승기 형이 길도 형님께 인사를 하고 자리에서 일어섰다. 길도 형님도 밥은 나중에 먹겠다며 내처 텔레비전을 보았다. LH 보도가 금방 끝날 것 같지 않았다. 나는 볶음밥에 랩을 씌어 형님 곁으로 밀어둔 뒤 불판을 정리하고 일어섰다.

승기 형은 평소에도 여인숙 안팎에서 벌어지는 소란과 갈등에 무관심했다. 여인숙 밖의 세상에 대해서도 마찬가지였다.

"나는 그냥, 나만 있으면 살아. 아무것도 필요 없어. ……. 텔레비전에서 대통령 바뀔 때마다 복지정책 어쩌고, 공공주택 어쩌고, 시끄러웠잖아. 그래야 뭐해. 우린 그냥, 여기 사는 거야. 여길 빠져나갈 수가 없어……. 학교 아니었으면 나는 벌써 죽었어. 학교가 여인숙보다 더 편한데 몸 때문에 거길 못 간다."

승기 형은 그렇게 냉소적인 말로 자기 삶에 만족감을 표시했다. 자신의 운명에 순응하는 듯한 언행을 보일 땐 인생의 모든 욕망과 번뇌를 초월한 사람처럼 여겨졌다. 내가 승기 형을 볼 때마다 문득 섬뜩해지는 것은 내가 지닌 욕망이 한순간 부끄럽게 여겨지기 때문이었다.

–대체 무엇을 위해 한 평도 못 되는 여인숙 달방에서 쭈그려 앉아 있는 것인지.

승기 형이 여인숙 출입문을 완전히 빠져나가는 것을 본 뒤, 나는 냄비를 꺼냈다. 저녁 약속이 남아 있었다. 오늘은 14호실 짝퉁 유격대장 정수 형을 위해 김치찌개를 끓여야 한다. 정수 형은 며칠 전처럼 내 방 앞에 신문지를 깔고 앉아 밥을 먹을 것이다.

"네, 네, 네."

정수 형이 하는 말은 그게 전부다. 그러나 나는 형의 뜻을 충분히 알 수 있다. 자주 찌개를 끓여주지 못해 미안할 정도로 형은 찌개를 먹는 내내 나를 향해 웃음꽃을 피울 것이다. 정말 맛

있어요. 고마워요. 차마 입 밖으로 꺼내지 못하는 그 말을 형은 목구멍으로 수십 번 삼킬 게 분명하다.

이왕이면 조금 넉넉히 끓여서 5호실 영순 씨에게도 한 그릇 전하자. 조금 전 여인숙 실내에 삼겹살 굽는 냄새가 진동했을 것이다. 지금쯤 영순 씨는 보행보조기를 꺼내 들고 복도를 지나 2층 나무계단 쪽으로 걸어오고 있을지도 모른다.

3:35

핸드폰 시간을 확인하고 창문을 열었다. 봄비는 그쳤다.

내일 날이 맑으면 봄바람이 불까.

봄바람 따라 여인숙 골목으로 사람들이 하나둘 걸어 나오면 좋겠다. 쪽방촌 김홍기 형, 금자 이모, 신창여인숙 순자 누님, 속리여인숙 이 여사님, 병권 아우, 영순 씨, 남경 형…… 아픈 다리와 늙은 팔을 살랑살랑 휘저으며 인간의 아지랑이가 골목 가득 피어나면 좋겠다.

방 안으로 바람이 살짝 들이친다. 차갑지만 상쾌하다. 정수 형은 날이 어두워지면 역전 광장에서 돌아올 것이다. 두어 시간 여유가 있다. 일기를 쓰자. 어제, 오늘 기록할 일이 많다. 나는 앉은뱅이 밥상 위의 노트북을 열었다.

생애 최초의 '행복'

2021. 3. 23(화). 달방 258일째. 대체로 맑고 쌀쌀함

며칠째 여인숙에 냉기가 도는 중이다. 꽃샘추위 때문이 아니다. 여인숙 가족들이 두 가지 심란한 일을 겪었다. 그 두 가지 문제를 두고 이른 아침부터 고민했다. 가능한 해결 방법을 찾아보기 위해 치밀하게 계획을 잡았다. 결국 하나는 내가 나서서 아슬아슬하게 극적 반전을 이루며 봉합이 되었지만 다른 하나는 치유될 기미가 보이지 않는다. 내 능력이 못 미치는 일이다.

오늘 오후에 병권 아우가 병원에 입원했다. 내일 전립선 수술을 한다. 오랫동안 전립선으로 고생했기에 수술을 결정한 것이다. 병원에서 며칠 머물 예정이라 했다. 팔다리가 불편한 탓에 길도 형님이 어제 목욕을 시켜주었다. 길도 형님이 병권 아우의 보호자 역할을 한 지도 꽤 되었다. 이불과 옷 빨래를 해주고 생계급여 찾아오는 일 같은 은행 업무를 처리해준다. 소변보는 일이 고통스러워 기저귀를 차는 일이 생길 때는 내가 대

형 기저귀 후원을 하면서 도와주고 있으나 나머지 몸이 움직여야 하는 일은 길도 형님이 처리한다.

병권 아우는 오늘 병원으로 떠나기 전에 울먹였다. 내가 쌀국수를 끓여서 함께 먹는 중이었다.

"형. 고마워."

어제 길도 형님이 몸을 닦아준 뒤에도 눈물을 훔친 아우다. 한쪽 팔다리가 불편하고 말이 어눌할 뿐, 아우는 정신이 맑고 정이 많다. 감성이 풍부하다. 가족들과 함께 살면서 글을 썼다면 틀림없이 시인이 되었을 것이다.

병권 아우가 이틀 연속 눈물을 보일 것은 예상 못 했다. 아침까지만 해도 분위기는 좋지 않았다. 어제 오후에도 남경 형님과 한바탕 고성을 주고받았다. 영순 씨 때문이었다. 영순 씨를 사이에 두고 남경 형과 병권 아우가 심하게 다투었다. 술과 담배를 나누며 의좋은 형제처럼 지내던 두 사람이 뜻하지 않은 질투로 극한 대립을 드러낸 것이다. 거의 매일 아침밥을 얻어먹기 위해 영순 씨 방을 출입하는 남경 형에게 병권 아우가 평소답지 않게 날카로운 감정을 드러냈다. 걷지도 못하는 술주정뱅이가 착한 영순 씨를 꾀려고 지랄한다면서 욕을 퍼부었다. 남경 형도 똑같은 말을 했다. 겨울에 죽은 듯이 지내던 두 사람이 날이 풀리자 방문 밖으로 나와서 상대방을 헐뜯는 데 열을 올렸다. 곁에서 지켜보기에 안쓰러웠으나 길도 형님은 대수롭

관리자 형님이 여인숙 달방의 특식, 치킨과 소주를 샀다. 이날 만큼은 술과 담배, 고성방가 모든 게 자유다.

지 않게 웃어넘겼다.

"이 선생은 모르는 척하게. 저러다 치킨 시켜서 술 마시면 끝이야. 하하하."

원래 영순 씨와 남경 형 결혼을 2월 말쯤 치를 계획이었다. 지난해 가을부터 길도 형님과 상의한 끝에 날을 잡았다. 몸이 아프고 의지할 데 없는 두 사람이 밥을 나누고 돈을 아끼면서 한 가족으로 살기를 희망하면서 내가 조용히 추진한 결혼식이었다. 초원장 주차장 사랑방에서 결혼식 시늉만 낸 뒤, 두 사람을 태우고 대부도 동춘서커스장을 거쳐 서해안을 한 바퀴 돌아오는 일정까지 잡았다. 그런데 남경 형이 갑자기 열이 오르고 기침이 심해져서 코로나19 확진을 염려해 결혼식을 미루었다. 며칠 몸살을 앓고 몸은 좋아졌지만, 때를 놓친 결혼식은 무기한 연기되고 말았다. 날이 완전히 풀리면 동사무소에 가서 혼인신고를 하자는 약속으로 대신하고 3월을 보내는 중이었다. 그새 틈틈이 병권 아우와 말다툼이 벌어졌다. 그러다 어제 폭발을 한 것이다.

"자, 좋아하는 치킨과 소주. 이것 먹고 마시면서 오해를 풉시다."

뜻하지 않은 삼각관계로 틈이 벌어진 두 사람의 화해를 위해 나는 오늘 아침부터 치밀하게 계획을 잡았다. 그중 한 가지가 치킨과 소주 파티였다. 길도 형님 말대로 이곳에선 음식과 돈이 모든 일의 처음과 끝이기에 그 방법 외엔 묘안이 없었다. 그래서 점심 겸 모두가 즐기는 치킨과 소주를 샀다.

"굿. 땡큐 베리마치."

"치킨 좋아요, 좋아."

"병권이는 오늘 입원하면 술 못 마시니까 부지런히 마셔."

"안돼. 술 마시면 안 돼."

언제 그랬냐는 듯이 병권 아우와 남경 형은 서로 치킨을 건네면서 즐겁게 먹었다. 수술 때문에 안 된다면서 병권 아우는 술잔을 입에 대는 시늉만 했다. 영순 씨는 박수를 치면서 좋아요를 연발했다. 좋아요는 영순 씨가 즐거운 감정을 표시하는 유일한 방식이다. 그밖에 감정을 드러내는 언어 표현을 들어본 적이 없다. 사랑해요. 행복합니다. 보고 싶어요……. 이와 같은 추상어는 영순 씨뿐 아니라 이곳 여인숙 가족들 입에서 나온 적이 없었다.

나는 가족들이 죽은 듯이 월동하는 동안 한 가지 계획을 세웠다. 추상어의 현실화였다. 적절한 기회에 한두 낱말씩 가족들 입에 담도록 할 생각이었다. 오늘, 마침 계기가 만들어졌다. 삼각관계의 갈등 해소. 이것을 빌미로 우선 '행복'을 입에 담고, 실제 행복감을 느낄 수 있도록 하려고 작정했다.

'행복은 내일이 어제보다 나을 것이라는 믿음으로 나아가는 능력이다.'[11]

행복에 대한 이 정의를 나는 신뢰한다. 달방에서 네 계절을 보내는 동안 가족들에게 믿음이 필요하다는 생각을 수없이 반복해 왔다. 행복이라는 낱말을 억지로 주입 시킬 게 아니었다. 특히 빈곤의 덫에 갇혀 자신을 방기(放棄)하듯 살아가는 몇몇 가족들에겐 믿음에 대한 의식 전환이 절실했다.

가족들 각자 자신에 대한 믿음. 내일은 걸을 수 있다는 믿음.

---

11) 차병직, 『존엄성 수업』, 바다출판사, 2020, 115쪽에서 재인용.

내일은 밥을 할 수 있다는 믿음. 내일은 사람의 말을 할 수 있다는 믿음. 내일은 일할 수 있다는 믿음. 내일은 가족을 만날 수 있다는 믿음. 어제보다 오늘, 내일이 더 나아질 것이라는 믿음…….

그 믿음에 의해 무의미하게 반복되는 일상이 변하고, 자신의 변화를 깨닫는 순간순간 느끼는 행복. 나는 그 행복에 대한 희망을 오래전부터 품고 지냈다. 사진 못지않게 시간과 정성을 기울여 후원봉사를 지속한 까닭이 거기 있었다. 그것은 틈만 나면 내가 가족들과 무모할 만큼 웃고 떠드는 이유이기도 했다. 오늘도 그랬다.

"잠깐 기다리세요. 두 사람의 화해와 세 사람의 아름다운 삼각관계를 위해 선물할 게 또 있습니다."

나는 치킨과 소주를 먹는 도중에 부랴부랴 역전 마트를 다녀왔다. 담배가 필요했다. 현금을 직접 줄 수는 없는 노릇이어서 담배로 대신할 생각이었다. 이곳에선 현금보다 더 귀한 게 담배와 부탄가스다. 현금이 있어도 생필품을 구입하는 게 어려운 형편이 여럿이기 때문이다. 담배는 세 사람 외에 저녁에 이모에게 전할 일이 있어서 아예 두 보루를 샀다. 부탄가스는 페이스북 친구들과 지인들께 받은 월동 후원물품이 조금 남아 있어서 그것으로 대신하기로 했다.

"너무 보기 좋습니다. 진짜 부부 같아요."

치킨을 먹고 병권 아우가 병원으로 떠난 뒤였다. 영순 씨가

방 문턱에 앉은 남경 형의 무릎을 베고 누웠다. 그윽한 눈빛으로 마주보는 두 사람의 모습이 참으로 아름다웠다. 나는 그 모습을 사진 찍으며 물었다.

"두 분, 행복하세요?"

"네. 좋아요, 좋아."

영순 씨가 담뱃불을 붙이려고 일어서며 좋아요를 반복했다. 남경 형이 라이터를 켜면서 영순 씨의 어깨를 감쌌다.

"영순아, 이럴 땐 행복합니다, 그러는 거야."

"좋아요. 행……, 복……, 합니다."

마치 생애 처음으로 행복이란 낱말을 입에 문 것처럼 영순 씨가 더듬더듬 행복을 꺼내면서 울먹였다.

"영순아, 왜 울어?"

"좋아서. 아니다. 행복해서."

"담배가 수북하게 쌓여서 행복하구나. 하하."

"좋아. 행복해."

"영순이가 행복해서 오빠도 행복해."

남경 형이 영순 씨의 어깨를 다독거리며 호랑이 눈썹을 실룩거렸다.

"두 분 덕분에 저도 행복해요."

나는 카메라를 내려놓고 두 팔을 머리 위로 올려 하트를 그렸다.

"두 분이 담배랑 술을 줄이면 더 행복할 겁니다."

"굿."

"좋아요, 좋아."

박○○ 이모의 방문을 연 것은 저녁 먹은 양은냄비 설거지를 마친 뒤였다. 며칠 동안 생각한 일이 있었다. 당장은 이모를 위로하는 게 먼저였다. 이모는 요즘 기가 팍 죽어 지냈다. 그동안 밥 한 끼를 굶어가면서 모아둔 비상금을 날렸다. 믿는 도끼에 발등을 찍혔다. 신장 투석하는 연하의 남자를 방에 종종 들이면서 정을 붙였는데 남자가 병원비가 급하다며 비상금을 빌려서 종적을 감추었다. 주머니와 통장이 비면서 이모는 전전긍긍하는 중이었다. 개점휴업 중이라 생계급여 일까지는 꼼짝없이 밥과 담배를 굶을 판이었다. 엊그제 여인숙 여사장 임 여사님께 담뱃값 만 원을 빌리려다가 봉변까지 당했으니 이모의 심사가 오죽할까 싶었다.

"×년. 지가 아쉬울 땐 손 벌리는 년이 내가 아쉬운 소리 하면 콧방귀를 뀌고 지랄여. 그러니까 천벌을 받는 거여, ×년아."

이모는 가슴 통증과 목결절로 순천향병원 진료를 앞두고 있었다. 진료 결과에 따라 생계급여 연장이 결정된다. 그런데 며칠째 병원 경비가 부족하다며 길도 형님과 내 앞에서 한숨을 쉬었다.

"형님. 이모가 병원비가 없다고 하는데 좀 도와줘야 하지 않을까요."

"그거, 거짓말이야. 박○○ 저년, 앞니 빠진 것, 내가 틀니도 해주려고 했는데 행실이 너무 약삭빠르고 잔머리를 굴려서 그만뒀어. 말끝마다 거짓말을 달고 사는 년이야."

"그래도 형님. 돈 날리고 당장 사정이 좀 딱해서 말입니다."

"박○○이 딱하다고? 이 선생, 자네 아직 멀었어. 투석한다고 돈 땡겨서 날른 놈이나 박○○이나 똑같아. 저것도 어디선가 그 짓 하다가 여기 온 게 뻔해. 여자가 영등포에서 노숙했다면 볼장 다 본 년이야."

길도 형님의 말은 녹슨 쇠톱처럼 차고 날카로웠다. 나는 그 말뜻을 짐작할 수 있었다. 형님은 이 바닥에선 백전노장이다. 눈 앞에 펼쳐진 현실이 아니라 먼 과거부터 미래까지 가늠하고 던진 말일 것이다.

나는 고민 끝에 길도 형님 모르게 이모를 도와줄 계획을 짰다. 다른 뜻이 없었다. 이모가 밥을 먹고살 수 있도록 도와주고 싶었다. 사람이 아무리 미운 짓을 해도 굶고 살 수는 없다. 그런데 방법이 문제였다. 무엇이든 도움을 준다면 그 일이 새나갈 게 분명하다. 반년 넘게 지내고 보니 이 바닥의 생리가 그랬다. 결코 비밀은 지켜지지 않았고, 일단 말이 새면 진위와 상관없이 눈덩이처럼 불어난 악성 루머가 골목을 들쑤셨다. 박승기 형이 박○○ 이모에게 빌려준 8만 원 사건이 대표적인 예다. 승기 형은 이모와 섹스를 원해서 빌려준 게 아니었다. 이모가 식비와 담뱃값이 궁하다며 구걸하다시피 빌린 것을 차일피일 미루며 갚지 않자 승기 형이 다그치면서 이모의 입에서 차용금의 용도가 한번 뒤틀려나간 것이다. 그 바람에 길도 형님이 식구들끼리 살을 섞는 건 짐승이나 할 짓이라며 승기 형을 때렸다. 그와 엇비슷한 일이 재발하지 말라는 법이 없을 것이다.

나는 몇 번을 더 고민한 끝에 내가 한 일이 새나가도 좋을 방안을 떠올렸다. 이모 초상 사진 찍은 것에 대한 보답 형식으로 후원을 하기로 한 것이다. 그런 식으로 이모를 위로하고 급한 생활비도 도와준다면 별문제가 없을 것 같았다. 그렇게 결정하고 적절한 때를 기다렸던 일이다.

나는 암실 작업을 마친 이모의 사진과 담배를 들고 2호실 방문을 두드렸다. 일주일 분량의 생활비는 사진이 담긴 인화지 박스에 감춘 채 이모와 마주앉았다.

"이모, 선물 주려고 왔어."

"뭐야? 선물이 사진이야?"

"이모, 이 사진, 귀한 거야."

"뭐가 귀한데?"

"암실에서 내가 직접 인화한 진짜 흑백사진이라고."

"귀하면 이게 돈이 되나?"

"돈보다 더 귀한 거지. 돈은 여기!"

예상했던 대로 이모는 사진엔 관심이 없었다. 오로지 돈이었다. 나는 재빨리 이모에게 라일락 한 보루를 건넸다.

"담배 고마워."

"이모, 담배보다 이 사진, 정말 귀한 거야. 작가 싸인도 했다고."

"사진 고마워."

고맙다는 말. 이제 조금 익숙해졌다. 이따금 꽁치찌개를 끓여줄 때와 월동 후원물품을 전할 때 가족들은 곧잘 그 말을 꺼냈다. 찌개 고마워요. 부탄가스 고마워요. 옷 고마워요. 두 어절의 단문이지만 강렬한 감정이 담긴 표현이다. 작년 여름부터 가을까지는 길도 형님과 나를 제외한 달방 가족들 사이에선 거의 통용되지 않는 표현이었다. 어쩌다 튀어나오는 그 표현을 내가 놀랍고 반갑게 받아들이는 이유가 거기 있었다. 그러다가 월동 후원이 시작되면서 그 말이 입에서 자주 오르내렸다. 그때마다 나는 속으로 무척 고무되었다.

"이모, 이 사진 말인데. 함박웃음이 너무 좋아."

"좋긴 뭐가 좋아. 합죽이 얼굴인데."

"이 없이 웃는 입술 모습과 눈빛이 정말로 행복한 표정이잖아."

"찡그린 것보단 낫겠지."

"자 보라고. 다른 사람이라고 생각하고 사진을 봐."

나는 사진을 천장 쪽으로 치켜들었다. 저만치 허공에 떠 있는 자신의 얼굴을 이모가 한참 바라보았다.

"삼촌 말 듣고 보니까 행복……한 표정 같긴 하네."

"맞지? 행복해 보이지, 이모?"

이모는 답을 하지 않고 피식, 웃었다. 웃음 끝에 라일락 포장지를 북북 뜯었다. 그 모습을 지켜보면서 나는 이모가 행복이라는 단어를 처음 입에 물었다고 여겨졌다. 낮에 남경 형과 담뱃불을 붙이던 영순 씨도 그랬다. 지금, 이 순간 이모의 행복이 영순 씨처럼 라일락 한 보루인지 아니면 사진 속의 미소인지는 정확히 알 수 없었다. 전 재산이나 다름없는 비상금 이백여 만 원을 송두리째 날린 터에 행복이 무슨 개뼈다귀 같은 소리일까 싶기도 했다. 그러나 미소와 라일락 담배로 잠시 아픈 일을 잊은 것만은 틀림없어 보였다. 그러면 되었다. 그게 행복이다.

"행복이 뭐, 별건가. 힘든 일 잊어버리고 웃는 거지, 뭐."

나는 엉뚱한 행복론을 펼치면서 슬그머니 인화지 박스에서 봉투를 꺼냈다.

"이모. 이거."

"뭔데?"

"일주일 정도 생활비야. 행복한 미소의 주인공에게 드리는 감사의 뜻."

무덤까지 품고 갈 비밀

2021. 3. 25(목). 달방 260일째. 맑고 약한 봄바람

몸살이 났다. 어제 서울 창신동 여인숙 촬영을 다녀온 뒤부터 발열이 심해서 급하게 PCR 검사를 받았다. 할 일이 많은데 코로나 확진이면 낭패였다. 다행히 음성 판정이 나왔으나 몸살 기운이 잦아들지 않아 집으로 돌아와 쉬었다. 설사까지 겹쳐서 지사제를 먹고도 힘들다.

창신동의 김상식 형님과 박진옥 이모 촬영은 두 번째였다. 그러께 가을에 창신동 골목을 드나들며 안부를 나누기 시작한 갑장 친구 박창수의 소개로 어렵고 귀한 인물을 필름에 담았다. 왕년의 청량리 주먹 상식 형님. 일흔여섯인데 눈빛은 형형하지만 몸이 노쇠하여 운신이 힘들다. 2호실 이모처럼 개점휴업 중인 진옥 이모는 못난 외모 때문에 이젠 일을 포기해야겠다며 카메라 앞에서 연신 웃었다. 두 분께 용돈을 조금 건네고 돌아왔으나 마음이 흔쾌하질 않다. 안부를 오랫동안 나누는 게 도리일 듯하다.

생각해보니 두 분을 촬영한 즐거운 마음으로 무리를 한 것

같다. 촬영을 마치고 종로5가 광장시장에서 육회비빔밥과 소주를 마셨는데 그게 탈이 났다. 속병을 생각하면 술을 삼갔어야 했다. 공연히 들떠서 몇 잔 마신 게 화근이었다. 술 마실 일이 아니었다. 동행한 서울의 장우원 시인 때문에 마음이 들떠서 술을 마셨다. 함께 글을 쓰면서 사진 공부를 하는 장우원 시인은 서울 촬영 작업할 때마다 내 기록을 위해 동행을 해준다. 촌놈이 한양에서 고생하는 게 안쓰러웠던지 여인숙과 중계본동 철거촌 백사마을 촬영 때마다 밥을 먹여주고 때때로 교통비까지 챙겨준다. 어제도 그랬다.

"형, 종로5가 광장시장 안 가봤지?"

그 질문에 따라나섰던 길이다. 빈대떡뿐 아니라 내가 좋아하는 육회비빔밥 명물 광장이라 했다. 덜컥 육회비빔밥을 시켜 먹는데 냉동 육회가 거부감이 느껴져 소주 두 잔을 들이켰다. 그게 뱃속을 밤새 뒤집었다.

몸살과 설사 핑계로 며칠 집에서 푹 쉴 참이지만 아내가 어찌 여길지 걱정이다.

2021. 4. 4(일) 달방 270일째. 오전 일찍 비 그치고 흐림. 초가을처럼 쌀쌀함

열흘 사이에 몸이 2킬로그램 빠졌다. 3월 말 서울 창신동을 다녀온 뒤부터 몸살을 심하게 앓았다. 몸 회복을 겸해서 자가격리하듯 꼬박 일주일을 집에서 보냈다.

"이 선생, 얼굴이 반쪽이 되었네."

일주일 만에 여인숙으로 돌아왔더니 길도 형님이 눈을 크게
뜨고 바라보았다. 얼굴이 홀쭉해졌다는 말을 임 여사님과 수도
여인숙 김 사장님께서 번갈아 말했다. 다른 달방 가족들은 오
랜만이라는 말 외에는 별다른 말을 건네지 않았다. 오면 오는
것이고 가면 가는 거라는 듯한 표정이었다. 공연히 서운해져서
나는 방문 안쪽에 붙여둔 손거울 속의 내 얼굴을 들여다보면서
중얼거렸다.

–아직 멀었다. 너는 아직 이곳 식구가 아니다.

몸 회복을 위해 이틀 동안 8호실 내 방에서 시체처럼 누워지
낸 뒤에야 암실 작업을 했다. 창신동 촬영 필름이 궁금했다. 잘
못 찍었으면 다시 서울을 왕복할 일이 까마득했다. 코로나 확
진 추세가 심상찮은 데다 경비 문제가 여의칠 않았다.

필름 현상 뒤에 상을 보았더니 그런대로 몇 점은 좋아 보였
다. 상식 형님과 진옥 이모의 사진은 다큐 사진집 『여인숙』에
실을 만했다.

그러고 보니 유료 암실을 사용하는 갤러리도 얼추 두어 달
만에 출입한 것 같았다. 날은 풀렸으나 특별히 촬영할 일이 없
었다. 겨울 흑백 인물 촬영은 이불을 뒤집어쓴 채 누워 있는 영
순 씨를 촬영한 게 전부였다. 사다리에 올라서서 찍은 한 평짜
리 방의 평면 사진이다. 방이 좁아 광각 렌즈를 사용해서 어렵

게 찍었다. 사진 이미지가 워낙 강렬해서 '인간의 생존 공간 탐구'라는 휴먼다큐멘터리 주제를 충분히 구현할 수 있을 만했다. 이만큼의 극적인 풍경을 겨울과 봄 사이엔 만날 수 없을 듯해서 아예 카메라를 배낭에 파묻어둔 채 4월까지 왔다. 1월에 찍은 여인숙 폭설 사진과 함께 영순 씨의 사진 역시 다큐 사진집 『여인숙』에 싣기로 했다. 겨울 사진은 딱 두 점으로 충분했다.

나는 가능하다면 겨울뿐만 아니라 봄 사진까지 찍지 않을 생각이었다. 사진이 먼저가 아니었다. 달방 가족들의 무사한 월동이 중요했다. 그런 까닭에 사진은 접어두고 월동 후원에 몰두했다. 얼음이 완전히 풀린 4월이 되어 돌이켜보면 그 판단이 옳았다. 난방이 전혀 불가능한 낡은 방에서 전기장판과 휴대용 가스레인지만으로 북극한파에 죽은 듯이 견딘 가족들이었다. 양은 많지 않았지만 월동용 생필품 후원은 중요한 시기에 요긴하게 쓰였다. 부탄가스와 가공식품, 내복과 양말, 손난로 등등. 페이스북에 월동 후원을 부탁했을 때 앞다투어 생필품을 보내주신 페이스북 친구와 지인, 문우 들이 서른 명 남짓 되었다. 그 후원과 응원은 내가 여인숙을 떠난 뒤에도, 여인숙이 이 땅에서 완전히 사라질 때까지 두고두고 기억될 것이다. 작년 7월 초에 달방에 입실할 때의 계획에선 상당히 벗어났지만 나는 염려가 되지 않았다. 사진 촬영을 잊거나 포기한 게 아니었으므로 오히려 홀가분하게 후원에 집중할 수 있었다. 그랬던 일인

진옥 이모의 웃음 소리를 들으며 나는 눈물을 훔쳤다.

데 벌써 월동 후원 생필품이 바닥을 드러내는 4월이다.

아내에게 부추전이나 떡을 좀 부탁해볼까. 아니다. 혹시라도 통장 속의 사진집 출판비를 잘라 쓰라는 말을 하면 낭패다. 그 것도 이미 바닥이 보인다. 달방 생활비와 촬영경비, 후원금으로 지출한 것을 아내는 모른다. 당분간은 비밀이다.

나는 창신동 진옥 이모의 사진 캡션을 방문에 써 붙이고 궁리했다. 4월 말까지는 여인숙에 겨울바람이 드나들 것이다. 지속적인 생필품 후원이 필요하다. 그렇다면……. 나는 고개를 털고 캡션에 한 문장을 덧붙인 뒤 소리 내어 읽었다.

올 사람도 떠날 사람도 없는 진옥 이모.
스스로 몽골 처녀 같다며 마냥 웃는 까닭을 아무도 모른다.
무덤까지 품고 갈 비밀이다.

살려줘서 고마워

2021. 4. 8(목). 달방 274일째. 맑고 따사로움

자그마한 바람이 실현되었다. 며칠 전부터 달방 가족들과 부추전을 먹고 싶었는데 뜻대로 되었다.

몸살을 앓으면서 사라졌던 입맛이 살아난 듯했다. 쉽게 허기가 느껴지면서 식욕이 생겼다. 마침 길도 형님이 부추전을 좋아한다는 말을 전했기에 부추전 상상을 하면서 아침을 대충 때웠다. 집에 가서 부추전을 해올까. 아니면 역 광장 건너 중앙시장에서 사올까. 그러나 값이 얼마든 돈을 주고 사는 것은 어려웠다. 여러 명이 먹을 양이 만만치 않은 데다 생활비도 아껴야한다. 사진집 출간비를 너무 많이 썼다. 그래도 날이 풀렸으니 초원장 주차장 사랑방에서 여인숙 가족들과 부추전을 먹을 수있다면 좋겠는데⋯⋯. 그 생각으로 작심하고 일어섰다.

오후 두 시. 다들 아침 겸 점심을 먹고 약간의 허기가 돌 때다. 부추전이 간식으로 안성맞춤이다. 나는 부랴부랴 중앙시장에 가서 부추와 청양고추, 밀가루를 사왔다. 막걸리도 다섯 병을 챙겼다. 프라이팬과 휴대용 가스레인지는 준비되었으니 부

추를 썰어 넣고 밀가루 반죽만 하면 누군가 부추전을 부칠 것이다. 먼저 길도 형님께 소식을 전한 뒤에 이모를 사랑방으로 불렀다. 잦지는 않지만 이모는 김치 겉절이와 무 생채 담는 솜씨가 좋다. 달방 가족들 가운데 살림다운 살림을 하는 유일한 사람이다. 재료를 준비하면 부추전 부치는 일을 마다하지 않을 것이다. 여사장 임 여사님과 수도여인숙 김 사장님, 남경 형, 박스 노파 두봉이 아줌마까지 사랑방으로 모셨다. 영순 씨는 보행보조기를 끌고 나왔다. 대덕여인숙 가족들 가운데 외출했거나 일 나간 사람 빼고는 다 참석한 것을 확인한 뒤에 제일여인숙 박승기 형과 관리자 이병용 형도 모셨다. 대덕여인숙 가족 식사라 해도 달방 이웃사촌을 완전히 외면할 순 없었다. 몇 사람이라도 초대하고 양이 부족하면 조금씩 나누면 될 일이다.

이모는 고추와 부추를 썰어 밀가루 반죽을 정성껏 했다. 길도 형님은 막걸리를 두어 잔 마신 뒤 나훈아의 '고장 난 벽시계'를 부르며 흥을 돋우었다. 프라이팬과 함께 사랑방 분위기가 뜨겁게 달아올랐을 때다. 부추전 반죽을 프라이팬에 막 쏟으려는 순간이었다.

"내가 부칠게."

승기 형이 부추전을 부치겠다고 나섰다. 뜻밖이었다. 사람들이 부추전을 몇 조각씩 입에 담도록 승기 형은 쉬지 않고 전을 부쳤다. 한편 놀랍고, 한편 감동적인 모습이었다. 평소 말이 적고 나서는 것을 꺼리던 형이 사람들 앞에서 부추전을 부치다니. 더 놀라운 것은 부추전 쪼가리조차 입에 담지 않은 일이다. 부추전이 바닥날 때까지 조용히 막걸리만 마셨다.

"자넨 왜 안 먹나?"

"형, 나는 전 부치는 건 좋아해도 전은 싫어해."

청송 학교 선배인 길도 형님이 물었을 때 승기 형은 준비해 둔 것처럼 곧장 말했다. 언뜻 들으면 언어 유희처럼 들리기도 하는 대답이었다. 그러나 그것은 거짓말이 틀림없었다. 나는 알고 있었다. 열아홉 살에 먹은 쥐약의 후유증으로 턱뼈의 아귀 통증 때문에 부추를 씹기 힘들어서 안 먹는 것이다.

전을 부치는 내내 승기 형을 지켜보면서 나는 내심 불안했다. 다들 부추전과 막걸리를 먹으면서 즐거웠으나 형은 표정이 밝아 보이지 않았다. 평소의 표정과 크게 다르진 않았지만 어딘지 심란한 구석이 엿보였다. 저혈당 때문에 밥은 먹었을 테지만 맥주를 굶어서 그런가?

"승기 형. 밥 굶은 거야?"

즐겁고, 시끄럽고, 배불렀던 주차장 사랑방 부추전 파티가 끝난 뒤였다. 간다는 말도 없이 제일여인숙 쪽으로 걸어가는 승기 형에게 살짝 물었다. 형은 맥주를 무척 즐겨 마셨다. 내가 맥주를 밥이라고 돌려 말한 것을 형은 아는 눈치였다.

"돈 오만 원 때문에 쪽팔려서 죽겠다."

형은 제일여인숙 여사장 곽 여사한테 오만 원을 빌리려다 수모를 당했다면서 담배를 빼 물었다. 생계급여 받으면 꼬박꼬박

돈을 갚는데도 돈을 떼먹을 것처럼 사람을 무시한다는 말도 덧붙였다. 형은 그 말꼬리를 감추며 역 광장 쪽으로 힘없이 걸어갔다. 오늘도 단골집에 가서 외상술을 마실 모양이었다. 그게 걱정이 되었다. 당이 떨어지면 위험하다. 취기로 밥을 잊으면 큰일을 치를 수도 있다.

"승기 형. 밥은 꼭 먹어."

내가 말린다고 들을 형이 아니었다. 나는 형의 뒤에서 한 마디 던지고 방으로 돌아왔다.

4월 8일

벽에 걸린 달력을 확인해보니 생계급여 십여 일 전이다. 승기 형뿐만 아니라 달방 가족들 대부분 주머니가 텅 비었을 때다. 기초 생계급여 50여만 원에 주거급여 20만 원을 합해 70여만 원으로 한 달을 살아가는 가족들. 소액의 차이는 있지만 대개 그 돈으로 15만 원 안팎의 월세를 내고 밥과 생활비를 해결한다. 그러면 한 평짜리 여인숙 단칸방에서 홀몸으로 살아갈 만도 하지만 실상은 그렇지 못하다. 몇몇을 제외하고는 술과 담배 중독이 심하다. 할 일도 없고 텔레비전 말고는 소일거리가 없기 때문이다. 매일 눈만 뜨면 보는 사람을 또 보고, 어제와 똑같은 일상이 반복된다. 혼자 지내는 시간은 차고 넘치는 데 반해 소통의 대상은 텔레비전과 술, 담배뿐이다. 똑같이 반복되는 일상에서 탈출이 불가능하다. 따지고 들자면 서울의 여인숙과 쪽방촌 사람들처럼 무엇이든 일거리를 찾아 나설 수 없는 게 근본 원인이다. 서울은 그나마 일거리가 있으나 지방은 좀처럼 일이 없는 것이다. 지난 9개월가량을 달방에서 지내며 나는 그 모습을 똑똑히 보았다. 악순환의 고리를 좀처럼 끊어 낼 수 없는 현실이 안타까웠다.

'빈곤 함정'에 갇힌 채 삶과 죽음의 경계에서 생존을 위해 사투를 벌이는 달방 가족들. 절대 빈곤 계층에 대한 정부와 지자체의 공공부조 정책이 뒷골목 여인숙과 쪽방촌에 제대로 미치지 못하는 현실이 개탄스럽기만 했다.

5만 원을 들고 승기 형 방을 찾아간 것은 밤 열 시쯤이었다. 다들 방문을 닫아건 시간이었다.

평소보다 늦게 저녁을 먹었다. 사랑방 부추전의 포만감과 파티의 즐거운 여운 때문이었다. 방까지 스며든 부추전 냄새에 코를 킁킁대다가 돌연 불안감이 들었다. 승기 형이 눈앞에 떠올랐다. 지금쯤 방으로 돌아왔을까. 밥은 먹었을까. 연초에도 저혈당으로 쓰러져서 119구급대가 살렸다. 그런 일이 언제든 재발할 것을 승기 형 자신도 잘 안다. 오늘 오후에 부추전을 부치면서 형은 막걸리를 상당히 마셨다. 그런데 또 맥주를 마시고 왔을 것이다.

5만 원을 준비한 것은 승기형의 자존심을 배려해서다. 여인숙 사장님께 더는 돈을 빌릴 수 없을 듯했다. 곽 여사님 입장도 어려울 것이다. 한두 사람도 아니고 몇몇 달방 사람들과 차용금 문제로 종종 갈등이 빚어진다는 말을 들었다. 서로 불편하지 않고, 자존심에 상처받는 일도 피할 방법이 필요했다. 당장은 승기 형의 일이 급하다. 형은 생계급여 일까지 견딜 수 있는 최소한의 경비가 필요할 것이다.

5만 원. 나는 5만 원짜리 지폐를 주머니에 넣으며 문득 슬퍼졌다. 이 지폐 한 장이 인간으로서 10일 정도 살 수 있는 최소의 경비라는 게 믿어지지 않았다. 한 끼에 5천 원짜리 밥을 먹어도 5만 원이 필요하다. 물론 음료수나 빵 같은 것을 일체 입에 대지 않고서 하루 한 끼만 먹는 것을 전제로 한다. 하루하루 5천 원씩 줄어드는 잔액을 헤아리면서 승기 형은 어떤 생각을 할 것인지. 가슴이 아렸다.

승기 형은 운동을 핑계 삼아 여인숙 골목을 걸을 때 외에는 종일 방에 누워 지낸다. 어쩌다 맥주를 마시는 일도 있으나 대개는 매월 생계급여 받는 날, 하루뿐이다. 맥주를 두 번 마시는 순간, 그 금액만큼의 밥을 굶어야 한다. 형이 자신을 유폐시킨 것처럼 방에 누워 지내는 까닭을 나는 여실히 안다. 허기를 피하기 위해서다. 형을 비롯해 많은 달방 가족들이 외출이나 실내 운동 따위의 움직임을 최소로 줄이는 것도 같은 이유에서다.

"살려줘서 고마워."

저혈당 쇼크로 쓰러졌던 승기 형이 의식을 회복하면서 처음 내게 던진 말이다. 고맙다는 말을 한 번 더 하고 형은 초코파이를 먹었다.

119구급대가 온 것은 신고하고 오 분쯤 뒤였다. 열 시 십 분이 막 지나는 중이었다.

"조금만 늦었으면 큰일 치를 뻔했습니다."

119구급대원이 돌아간 뒤에 다시 생각해도 끔찍한 일이 벌어질 뻔했다.

5만 원을 들고 승기 형이 머무는 9호실 문을 두드렸으나 인기척이 없었다. 방문을 거세게 두드려도 아무 대답이 없었다. 술에 취해서 쓰러졌나? 아직 깊은 잠이 든 것은 아닐 텐데……. 나는 혹시, 하면서 방문을 열어보았다. 형은 방문 안쪽 바닥에 이마를 둔 채 엎어져 있었다. 저혈당 쇼크였다.

신고를 받고 달려온 119구급대원의 응급처치는 아주 간단했다. 당수액을 놓는 게 전부였다. 승기 형은 수액 주사를 꽂은 뒤, 잠깐 사이에 거짓말처럼 회복했다.

"고맙습니다. 수고 많으셨어요."

내가 구급대원에게 허리를 굽혀 인사했고, 인슐린 주사와 당뇨약은 처방받은 게 있어서 당직 병원으로 후송하지 않고 구급대원은 돌아갔다.

저혈당 처방은 특별한 게 없었다. 쌀밥을 반드시 챙겨 먹고 틈틈이 육류 섭취를 하는 것. 그리고 당이 떨어져 쓰러졌을 때

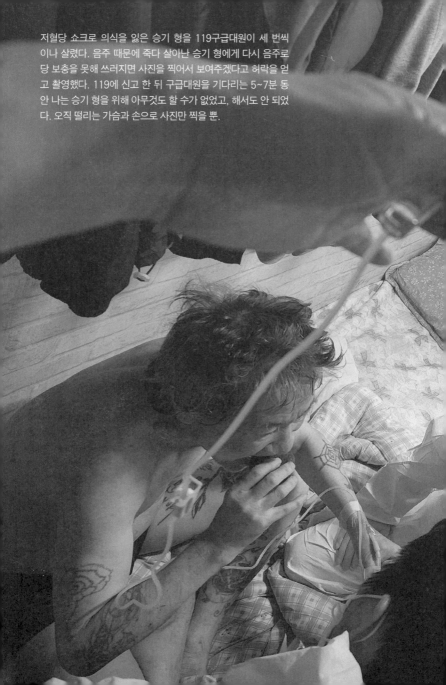

저혈당 쇼크로 의식을 잃은 승기 형을 119구급대원이 세 번씩
이나 살렸다. 음주 때문에 죽다 살아난 승기 형에게 다시 음주로
당 보충을 못해 쓰러지면 사진을 찍어서 보여주겠다고 허락을 얻
고 촬영했다. 119에 신고 한 뒤 구급대원을 기다리는 5~7분 동
안 나는 승기 형을 위해 아무것도 할 수가 없었고, 해서도 안 되었
다. 오직 떨리는 가슴과 손으로 사진만 찍을 뿐.

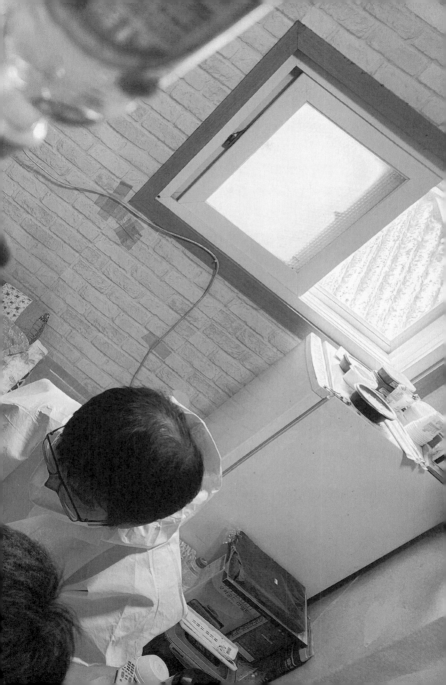

손에 닿을 만한 거리에 초코파이나 사탕, 오렌지 주스를 상비하는 것. 그게 전부였다. 오늘 저혈당 쇼크 원인은 명백했다. 낮에 부추전 파티를 하면서 공복에 마신 막걸리가 문제였다. 몸도 약한 상태인데 혼자 단골 식당에 들러 맥주 세 병을 또 마셨기에 취기가 심했다. 그래서 밥 먹는 것을 잊었고, 당이 떨어지는 것을 알고 급하게 방에 돌아왔으나 손 쓸 겨를없이 쓰러졌다. 형은 오늘 쇼크 원인을 내게 들려주면서 멋쩍게 웃었다.

연초에 쓰러졌을 땐 경련과 발작 증세 덕분에 살았다고 했다. 승기 형이 뒤틀리는 팔로 옆방 벽을 두드렸고, 그 소리를 들은 10호실 아주머니가 급히 119에 신고했다. 구급대원의 응급처치 모습을 지켜본 아주머니는 이번엔 아무 소리도 들리지 않았다고 했다. 만약 내가 방을 찾아가지 않았으면 구급대원의 말대로 큰일을 치를 뻔했다.

"고마워. 내가 아직은 죽을 때가 아닌 모양이다."

방 정리를 한 뒤에 문밖으로 나서는 나를 향해 승기 형이 또 고맙다는 말을 했다. 한두 번도 아니고, 이렇게 살려면 차라리 죽는 게 나아. 나는 차마 그 말을 꺼낼 수 없어서 목구멍에 삼켰다. 다른 할 말이 있었다.

"다음에 또 119 오면, 그땐 사진 찍을 거야. 형이 어떤 모습인가 보면 정신을 차리겠지."

"사진 찍기 위해서라도 나를 살려줘라. 하하."

"일단 이 돈으로 며칠 더 살아봐."

나는 5만 원짜리 지폐를 형 손바닥에 올려놓고 방을 나왔다. 방문 안에서 형이 뭐라고 하는 것 같았지만 잘 들리지 않았다. 나는 그 말을 상상하면서 제일여인숙 출입구 밖에서 한참을 서 있었다.

비둘기 마술쇼

2021. 4. 20(화). 달방 286일째. 맑은 하늘, 약한 봄바람

오늘은 20일, 생계급여가 나오는 날이다. 여인숙과 쪽방촌 사람들에겐 '공무원 월급날'로 불리는 그날이다.

"아, 국가에서 꼬박꼬박 월급 주잖아요. 그러니까 우리는 공무원이란 말씀이지요. 하하."

남경 형은 공무원 월급날이면 소주를 한 컵 삼키고 너털웃음을 뱉었다. 오늘도 그럴 것이다. 남경 형뿐만 아니라 여러 사람이 간짜장을 시켜 먹거나 담배를 서너 갑씩 사들이며 입가에 미소를 흘릴 것이다. 물론 다 그런 것은 아니다. 생계급여 70여만 원의 뭉칫돈을 거머쥐는 순간, 흔적도 없이 사라지는 사람이 적지 않다. 담배와 술값으로 당겨쓴 돈을 곧장 갚아야 한다. 그래야 다시 한 달 생활비를 빌려 쓸 수 있다. 말하자면 신용거래인 셈이다. 여인숙 사장이나 관리자와 신용이 틀어지면 견디기 힘들다. 결국 월세와 차용금을 빼면 남는 돈이 없다. 생계급여 받는 순간 빈손이다. 그러나 술과 담배를 하지 않는 일부 달방 가족들은 다르다. 절제력이 대단하고 생활 방식도 치밀

하다. 특히 제일여인숙 12호실 이병용 형이 그렇다. 월세를 빼고 남은 50여만 원을 한 달 의식비 지출로 정확히 계산하여 무리 없이 생활한다. 그렇다고 해서 호의호식은 애초부터 꿈 같은 일이다. 아슬아슬하게 견디는 정도다. 하루 한 끼는 반드시 100원짜리 무료급식으로 해결해야만 나머지 한 끼 식사가 가능하다. 이미 말했듯이 하루에 세끼 식사는 여인숙 사장 외에 불가능하다. 나는 병용 형처럼 몇몇이 주도면밀하게 다음 달 생존 계획을 짜는 모습을 보면서 빈틈이 많은 내 생활 방식을 부끄럽게 여긴 적이 여러 번이다.

"역시 공무원 월급날은 살맛 난다니까."
"아무렴. 우리도 인간인데, 하루만이라도 인간답게 먹고살아야지."
예상했던 대로 남경 형과 병권 아우가 간짜장과 치킨을 배달시켰다. 이웃 쪽방촌 두식 형까지 합석해서 영순 씨 방 앞에 앉아 소주 두 병을 비웠다. 오후 네 시가 조금 지났을 무렵이다.
"삼촌, 내가 왜 흰옷을 좋아하는지 알아?"
병권 아우와 두식 형이 떠난 자리를 정리하는데 느닷없이 영순 씨가 흰옷을 꺼냈다. 나는 뭐라고 말을 해야 할지 몰랐다. 단순한 농담인지 아니면 다른 뜻이 있는지 가늠이 되질 않았다.
"이 작가님. 이것, 이 작가님과 연관이 깊은 건데, 모르시나

봐?"

"글쎄요…….."

"아까, 충격을 심하게 먹었나 본데. 간짜장도 남기고 말이
요."

남경 형 말이 틀리지 않았다. 충격이 어마어마했다. 공용화
장실 입구 콘크리트 문틀에 또 머리를 부딪쳤다. 늦은 아침 설
거지를 마친 뒤였다. 실신하지 않은 게 이상할 정도였다. 한 시
간 이상 늦게 간짜장을 배달시킨 것도 그 충격 때문이었다. 그
동안 서너 번 다친 곳은 이마였는데 이번엔 정수리 부분이었
다. 소변을 보고 화장실 밖으로 나서다가 미처 문틀을 빠져나
오기도 전에 몸을 세운 탓이었다. 뇌진탕 증세가 느껴져서 간
짜장 배달을 미룬 채 한 시간 남짓 방에 드러누워 있었다. 영순
씨가 배고파 죽겠다며 남경 형이 서너 번을 소리쳤다. 간짜장
생각이 싹 달아났으나 엉거주춤 일어나서 만져보니 머리끝이
불룩하게 솟아 있었다.

"삼촌, 힌트 줄까?"

머리끝 통증 생각으로 내가 대답을 미적거리자 영순 씨가 힌
트를 준다며 히죽히죽 웃었다.

"동춘서커스."

내가 힌트 달라는 말을 하기도 전에 영순 씨가 동춘서커스를
꺼냈다. 아하, 비둘기 마술쇼! 나는 단박에 답을 찾았다.

흰옷, 흰 비둘기. 동춘서커스. 비둘기 마술쇼.

따스한 인간의 체온을 나누는 남경 형과 영순 씨. 마주보며 눈으로 말한다. "생애 처음으로 '행복'을 선물해준 당신. 사랑합니다." 사진집 『여인숙』 수록 작품

　마치 이미지 연상 퀴즈쇼를 하는 것처럼, 마지막 답을 맞힌 것처럼 나는 두 사람을 보면서 껄껄댔다. 남경 형은 소주를 입에 털어 넣은 뒤 엄지척을 했다. 그와 동시에 영순 씨의 어깨를 감싸 끌어당겼다.

　그러고 보니 대부도 동춘서커스장에 갈 일이 남아 있었다. 작년 가을부터 은밀하게 준비한 남경 형과 영순 씨 결혼식이 무기한 연기되었다. 신혼여행도 못 갔다. 코로나 때문이었다. 2월과 3월에 두 번씩이나 날을 잡았지만 두 사람이 돌아가면서 몸살을 앓았다. 열이 심해서 코로나 확진을 염려했고, 차일피일 미루다 가족들의 관심이 떨어지면서 두 가지 모두 놓치고 말았다. 날이 풀리고 코로나가 잠잠해지면 다시 날을 잡자며 영순 씨를 설득했던 일이다.

"삼촌, 비둘기 마술쇼 꼭 보여줘."

영순 씨는 아주 오래전에 가족들과 소식이 끊겼다. 그중 어머니에 대한 유일한 기억의 창구가 비둘기 마술쇼였다. 어려서 어머니 손을 잡고 본 비둘기 마술쇼를 죽기 전에 다시 보고 싶다는 말을 남경 형과 나에게 여러 번 강조했다.

"이 작가님, 영순이 동춘서커스 꼭 데려다줘요. 가게 되면 말이요, 영순이한테 내가 하얀 블라우스를 사줄 거요."

나는 두 사람에게 동춘서커스 관람을 다시 약속했다. 여인숙 다큐 사진전과 사진집 출간이 10월이었다. 두 작업 준비로 7월쯤 대덕여인숙을 떠나야 한다. 전시와 출간을 마친 뒤, 여인숙에 돌아와서 대부도에 가겠다고 영순 씨와 새끼손가락을 걸었다. 약속을 하고 일어서는데 통통 부어오른 머리끝에서 통증이 일었다.

―어떻게든 영순 씨에게 비둘기 마술쇼를 보여줘야 한다. 비둘기 마술쇼는 영순 씨의 어머니이고 가족이다. 어쩌면 영순 씨의 마지막 희망일지도 모른다.

영순 씨의 희망을 떠올리며 통증도 식힐 겸 공용세면실에서 찬물을 찍어 바르고 나왔다. 지끈지끈 통증이 느껴지는 머릿속 어딘가에서 흰 비둘기가 날아오르는 소리가 들렸다.

나는 고개를 털고 방으로 돌아와 저녁에 할 일을 떠올렸다. 4호실 추 씨 노인과 7호실 성태 형에게 김치찌개를 끓여주는 날이다. 잊으면 안 된다⋯⋯는 생각을 하는데 사진 한 점이 불쑥 떠올랐다. 남경 형과 영순 씨 부부 사진이다. 아무래도 두 사람의 결혼이 강박관념처럼 내 머릿속에 각인된 것 같았다. 어쩌면 나도 모르는 사이에 내 생의 버킷리스트가 된 것인지도 몰랐다. 영순 씨와 남경 형이 부부처럼 '행복'을 입에 물고 사진을 찍은 게 3월 말이었다. 언젠가는 실제 부부 사진을 찍을 것이다.

영순 씨와 남경 형이 결혼하고 행복해지는 것. 달방에서 아무도 꿈꾸지 못한 새로운 인생을 살아가는 것. 그것은 여인숙 달방 가족들에게 어떤 희망의 상징이 될 것으로 믿었다. 철거 재개발로 여인숙이 사라져도 가족들 기억 속에 영원히 살아 있을 아름다운 부부. 비록 두 사람 모두 몸은 아프고 불편하지만, 육체적 고통을 극복하고 정신적 승리자가 될 줄 알았다. 소식이 끊긴 가족에 대한 그리움도 원망도 없이 외딴섬처럼 살아가지만 스스로 가족을 이루고 어느 땐가는 누군가의 그리움이나 원망의 대상이 되기도 하면서 인간답게 살 것으로 기대했다. 그래서 나는 반년 이상 두 사람의 결혼식을 위해 공을 들였다.

대덕여인숙 달방을 떠날 시간이 눈앞에 다가왔다. 그래서 나는 두렵다. 사진 촬영과 글이 완결되지 않아서가 아니다. 내가 계획했던 영순 씨와 남경 형의 결혼이 당사자의 의지와 상관없는 해프닝으로 끝날 우려 때문이다.

이제 봄의 길 끝이 보인다. 새 길에 들어서기가 무섭게 폭염이다. 죽음에 대한 위험은 북극한파보다 낮겠지만 달방 가족들은 가마솥 같은 더위로 거의 죽어서 지내야 한다. 그러면 쥐꼬리만큼의 낭만도 희망도 기대할 수 없을 것이다.

그렇다고 희망의 끈을 완전히 놓을 수는 없는 일이다. 때를 놓친 탓으로 달방 가족들의 관심 밖으로 밀려난 결혼. 꼭 그것을 고집하지 않아도 두 사람의 행복을 위한 가능한 방법이 있을 것이다.

5:10
이제 김치찌개를 끓일 시간이다.
나는 잠시 눈을 감고 비둘기 마술쇼를 떠올렸다.

가족사진

2021. 5. 14(금). 달방 310일째. 흐리고 약간 더운 바람

자그마치 1년을 기다렸던 사진 촬영을 마쳤다. 달방 가족사진이다. 이번이 세 번째 가족사진이다. 비록 인원수는 첫 번째보다 적었으나 의미가 큰 사진이다.

작년 연말에 처음 촬영한 사진은 흑백필름으로만 촬영했다. 이번엔 만일의 경우를 대비해서 흑백사진과 디지털 컬러사진을 동시에 촬영했다. 지난달 촬영한 남경 형과 영순 씨의 부부 콘셉트 사진 역시 흑백과 컬러 두 가지로 촬영했다. 중요한 사진이기에 촬영 방법부터 시기와 장소까지 숙고를 거듭한 끝에 마무리했다.

7월 초, 입실 1주년쯤 달방을 떠날 계획을 잡아두었다. 그래서 더 미룰 일이 아니었다. 가족사진은 여인숙 달방을 생존의 거처로 살아가는 인물 다큐멘터리 작업의 처음과 끝이다. 내 나름대로 가족사진의 가치를 그렇게 설정해두고 준비해왔다.

가족사진의 의미는 단 한 장이라도 그것을 간직한 사람이라면 잘 알 것이다. 가족사진은 가족이라는 존재를 과거와 현재,

251

미래의 어느 시공간에서든 영원한 현재성으로 실존하게 만드는 매개물이다. 우리는 빛바랜 한 장의 가족사진을 통해 사진의 본성인 기록성과 진실성을 극명하게 보여주는 사례를 무수히 경험해 왔다.

나는 오래전부터 집을 생존의 뿌리로 여겨왔다. 그래서 이 글의 서두에서 밝혔듯이 '인간의 생존 공간 탐구'를 주제로 하여 두 개의 휴먼다큐멘터리 프로젝트를 시작했다. 「집」과 「여인숙」이 그것이다. 프로젝트를 진행하면서 '가족은 생존의 뿌리를 교목으로 완성하는 주체'라는 생각을 일관되게 해왔다.

여인숙 달방 가족사진은 위와 같은 가치관을 바탕으로 준비한 기획물이다. 나는 달방을 떠나기 전에 반드시 촬영할 인물사진 가운데 가족사진을 1순위에 배치해두었다. 분명한 이유가 있었다. 혈육을 상실한 채 살아가는 대다수 달방 사람들이 서로의 가족이 되어주면 좋겠다는 뜻에서다.

한 평짜리 '집'에서 폭염과 한파와 빈곤 함정에 파묻힌 채 없는 듯, 죽은 듯 살아가는 달방 사람들. 시한폭탄 같은 소요와 폭력적 갈등을 제거하고 마지막 불씨처럼 꺼져가는 인간의 말과 체온 회복이 절실했다. 사진을 인화해서 나눠주면 부지불식간에 의식의 변화가 가능할 것이다.

이러한 희망으로 나는 차분하게 때를 기다렸고, 오늘 세 번째 촬영했다. 이제 가족사진은 마무리된 셈이다. 나름대로 감격스러운 일이 아닐 수 없다.

오늘 가족사진을 완성한 작품은 자매 사진이다. 제일여인
숙 여사장 민순자 여사님과 대덕여인숙 장영혜 여사님. 두 분
은 50년 친구다. 두 살 터울이지만 친자매처럼, 친구처럼 지낸
다. 대전 역전 통 여인숙 골목에서만 반세기를 함께했다. 오로
지 숙박업만으로 외길을 걸어온 백전노장이다. 이 골목에서 그
또래의 동업자들은 모두 세상을 떠났다. 어느 땐 큰 누님 같고,
어느 땐 어머니 같은 두 분은 틈날 때마다 골목의 역사와 함께
자신이 걸어온 길을 내 앞에 풀어놓으셨다.

그런데 의구심이 생기는 일이 있었다. 함께 사진 찍는 것을
한 분이 꺼린 것이다. 늙은이를 뭣에 쓴다고 사진을 찍어. 그
말로 임 여사님이 두어 차례 촬영을 거절했다. 나는 50년 지기
의 기념촬영을 사양하는 까닭이 무엇인지 궁금했다. 이미 영정
사진을 촬영했기에 카메라에 대한 거부감은 아닐 듯했다. 초상
권 동의서에 날인까지 해둔 상태였으므로 신분 노출을 꺼릴 일
도 아니었다.

생각해보면 한 가지 유추할 만한 일이 있긴 했다. 초겨울이
었다. 두 분이 크게 말다툼을 한 적이 있었다. 달방 손님 때문
이었다. 자신의 여인숙을 다녀갔던 손님이 옆집 친구의 여인숙
으로 달방을 정한 일을 두고 며칠 동안 신경을 곤두세우고 난
타전을 벌였다. 흔한 말로 밥그릇 싸움으로 번진 것이다. 그 갈

등 역시 칼로 물 베기 같이 끝나고 말았다. 여인숙 세계에서 흔히 빚어지는 소란한 일상의 단면으로 그쳤다. 며칠 지나지 않아서 언제 그랬냐는 것처럼 두 분은 함께 밥을 먹고 여인숙 골목 소식을 나누었다. 애증으로 점철된 50년. 나는 그렇게 정리하고 해를 넘기며 두 분의 촬영을 기다렸다. 자칫 서두르는 기색을 보였다가는 봉합된 상처가 다시 터질까 싶었다. 그 이상으로 화가 내게 미쳐서 다른 촬영마저 곤란해질까 염려되었다. 달방 가족들 촬영은 내가 촬영 의사를 비쳤을 때 거부반응이 보이면 한발 물러서서 무작정 기다려야 한다. 대상자에게 절대 카메라를 노출하지 말아야 한다. 다시 촬영 뜻을 전하는데 대개 보름에서 한두 달 정도의 시간이 소요된다. 계절이 바뀌어서야 한 컷 촬영을 한 일이 허다하다. 그만큼 인물 촬영은 시간과의 싸움이다. 그리고 진정성이 필요하다. 접근이 어렵고 촬영은 더더욱 곤란한 뒷골목 전통 여인숙의 경우는 특히 그랬다.

두 자매의 촬영은 이러저러한 일로 해를 넘겼던 일이다. 달방 퇴실 초읽기가 들어간 오늘, 극적으로 촬영을 마치게 되었다.

"친자매처럼 찍어줘요."

"우리 둘만 찍어서 좀 그렇네. 그래도 환하게 나오게 찍어요."

입춘이 지난 얼마 뒤였다.
걸을 수 있는 사람은 모두 나와서 가족 사진을 찍었다.
큰형님, 어머니, 삼촌, 이모, 형, 아우…

사진은 두 분이 번갈아가면서 요청한 모습으로 촬영을 마쳤다. 오래전부터 준비된 사람처럼, 연출할 것도 없이 어렵지 않게 끝났다. 마침 초원장 주차장 사랑방 바닥이 진초록이어서 배경색도 안성맞춤이었다. 추위 탓으로 걸을 수 있는 사람만 모여서 찍은 작년 연말의 가족사진은 흑백필름으로 촬영한 탓에 전체 색조가 다소 어두웠다. 인물의 이미지도 선명하지 않았다. 거무튀튀한 방한복 색감의 영향으로 가족들 낯빛이 우울하게 잡혔다. 게다가 주차장 차선이 가족들 중간을 뚫고 지나가는 바람에 시선이 분산되어 사진의 전체 구도가 산만하게도 보였다. 어렵게 두 어르신을 한자리에 모시고 찍는 이번 가족사진은 미리 구상해둔 대로 차선을 피해 두 분에게 시선이 집중되도록 찍었다.

무릎 수술 후유증과 당뇨 합병증으로 다리가 아픈 임 여사님은 의자에 앉았다. 낮 손님을 받기 위해 종일 앉아 있는 낡은 회전의자였다. 곽 여사님은 선 채로 임 여사님의 어깨에 손을 올리고 고개를 갸우뚱하면서 살짝 웃었다. 정이 깊지 않으면 나올 수 없는 표정이었다. 입술을 살짝 깨물고 양손을 무릎 사이에 모은 임 여사님의 다소곳한 자세도 평화로운 한 시절을 담담하게 회상하는 듯한 눈빛과 함께 속정이 깊은 표정이었다.

두 분의 모습은 아날로그 사진이 성행하던 과거 어느 날, 스튜디오에서 찍은 전형적인 가족사진, 그것이었다. 나는 실제 가족사진의 분위기와 맛이 우러나도록 두 분의 감정 몰입이 되는 순간, 셔터를 눌렀다. 검지의 지문으로 스며드는 듯한 셔터의 떨림이 좋았다.

"며칠 뒤에 사진 뽑아서 드릴게요."

"그려요. 저번에 영정 사진처럼 잘 뽑아줘요."

"멋지고 이쁘게. 하하."

"이년 지랄하네. 우리가 뭐가 이쁠 게 있다고 웃고 지랄여."

"아닙니다. 제가 사진 마술사 아닙니까. 이쁘게 뽑아 드릴게요."

"그려, 마술 솜씨 좀 부려보라고요. 하하."

두 분이 마주보고 웃었다. 나는 얼른 핸드폰을 꺼내 셀카 인증샷을 찍었다. 두 자매의 사이에 엄지와 검지를 포개어 하트를 그려 넣으며 나도 웃었다. 입술 틈으로 덧니가 흉하게 드러났지만 나는 하트! 하면서 한 번 더 찍었다.

아흔둘에 떠난 아버지의 회갑날이었다. 간신히 월세방을 탈출해 전셋집에서 잔칫상을 차렸다. 나는 진분홍 치마를 감아올린 두 누님의 틈에서 덧니를 드러내며 웃는 사진을 찍었다. 그 삼남매 가족사진을 떠올리면서 백전노장 자매 모르게 나는 은근슬쩍 웃었다.

목포의 눈물

2021. 5. 24(월). 달방 320일째. 다소 무더운 바람

어제 목포 해남여인숙을 다녀온 뒤 오전 내내 목포의 눈물에 젖어 있었다. 반나절 정도 앉아 있다 왔을 뿐인데 한 달을 머문 것처럼 마음의 파문이 가라앉질 않았다.

당일 왕복하기엔 빠듯한 목포처럼 먼 길을 떠나 누군가와 첫 인연을 맺는 것은 언제나 설렌다. 내가 낯선 사람과의 인연에 늘 흥미진진 해왔기 때문이다. 단 한 번의 인연으로 끝날 때도 있으나 나는 대개 오래도록 인연을 유지하기 위해 두 번, 세 번 그 사람을 만난다. 어느 경우든 나를 새롭게 바꾸고, 나를 반성하게 만드는 인연은 극진히 정성을 들인다.

집 밖 멀리서 누군가와 첫 안부를 나누며 인연 쌓는 일만을 두고 볼 때, 나는 참으로 복을 타고난 사람이다. 아버지의 피를 받았기 때문이다. 일제 징용에서 구사일생으로 돌아와 평생 객지를 떠돈 아버지의 역마. 그것은 아버지의 아들이 이순의 중턱에 이른 지금까지도 가치를 가늠하지 못하는 위대한 유산이

258

다. 그 유산에 힘입어 나는 집 밖의 먼 길을 오가는 능력이 출중하다. 숙명처럼 타고난 능력과 아직도 바닥이 드러나지 않은 잠재능력을 더하면 나는 앞으로 얼마나 더 먼 길의 유랑을 즐길지 모른다.

그러나 나의 유랑은 단순히 낭만적, 충동적 감상으로 이루어진 경우는 거의 없었다. 대개 분명한 목적이 수반되는 유랑이었다. 이것이 옳은 것인지 그른 것인지, 가치판단은 유보하는 게 좋을 듯하다. 워낙 집 밖의 길에 대한 집착이 강하고, 홀로 낯선 시공간을 즐겼기에 이왕이면 의미를 지닌 유랑이 삶에 도움이 되겠다는 판단으로 오늘도 익숙하지 않은 길을 두리번거리고 있다.

이미 언급한 것처럼 철거 재개발과 여인숙 다큐 사진은 유랑의 장점을 극대화하기 위해 기획한 장기 프로젝트다. 오로지 겨울 산과 오지와 섬을 돌아본 열여덟 번의 겨울 명상기행 다큐 역시 같은 이유로 18년 전에 첫걸음을 떼었다. 모두 전국의 길과 사람을 대상으로 하고 있다. 별 사진가이자 지리산 시인으로 이름난 이원규 시인이 오토바이를 타고 세상을 돌아본 길이가 자그마치 지구 일곱 바퀴의 거리라 했다. 나를 중심으로 자연과 인간 사이에 연결된 인연의 끈을 풀어내면 지구를 한두 바퀴쯤 돌 수 있을까. 바이크 같은 디지털 계기판이 없고 측정 가능한 유형의 거리가 아니기에 정확히 알 수는 없으나 결코 짧은 거리는 아닐 듯하다.

평생 집 한 채를 건축하지 못한 채 떠난 아버지가 장남인 내게 남긴 유일한 유산, 역마. 나는 그것을 믿고 이십 대부터 오늘까지 글과 사진을 통해 생존 현장과 그 실존의 진실을 탐구하는 작업으로 일관했다. 현재 거주하고 있는 아파트가 소유 부동산의 전부인 나에게 역마는 말하자면 비빌 언덕이었던 셈이다. '집'은 아버지와 아들, 2대에 걸친 불변의 화두였다. 지상의 방 한 칸에 포박된 채 전국 35곳의 철거 재개발 현장을 찾아 발품을 팔았던 일, 그리고 어제 다녀온 목포 해남여인숙을 포함해서 여인숙 80여 곳을 취재하고 촬영한 일은 나로서도 감격스럽기만 하다. 따지고 들자면 그 감격은 오롯이 아버지의 몫인 셈이다.

강원도 정선 여인숙의 이모, 안동과 제주도 여인숙의 어머니. 서천과 부안, 문산, 나주, 익산의 어머니와 이모, 형님, 아우. 부산 충무동의 배 양과 서울 숭인동, 창신동의 가족들. 그리고 대덕여인숙 달방 가족들.

그 인연의 끈 하나를 당겨 잡고 어제 목포를 다녀왔다. 지난달 2년 만에 해남여인숙을 다녀온 뒤 달방 형님과 두어 차례 통화하고 다시 찾았다. 그럴 만한 일이 있었다.

4월 말, 숲 여기저기 연둣빛이 깊어질 때였다. 아침 일찍 8호실 방을 나와 서대전역에서 목포행 열차를 탔다. 2년 만에 해남여인숙을 찾은 것은 다시 생각해보아도 도리에 어긋나는 일이었다. 귀한 사진을 품었음에도 2년이란 시간을 건너뛰고서야 얼굴을 들이밀다니. 사진을 전해드리기로 한 약속도 절반은 깨진 셈이었다. 2년 전에 촬영한 해남여인숙 여사장님 부부 사진을 가져갔으나 한 분이 사진을 못 보고 말았다. 아저씨가 세상을 떠난 것이다. 여든셋 고령이긴 했으나 그래도 요즘 같은 세상에선 섭섭한 죽음이었다. 사진 속 남편의 모습을 한참 동안 내려다보는 여사장님의 붉은 눈 때문에 더더욱 면목이 없었다. 어머니라고 부르던 여사장님도 그새 수척해진 모습이었다. 아홉 개의 달방 일을 혼자 도모하기엔 벅찬 듯했다.

"어머니, 늦게 찾아봬서 죄송해요."

"뭔 소리. 이렇게 보면 되지."

어머니는 2년 전에 서너 차례 뵐 때처럼 낮은 목소리로 포근하게 맞아주었다. 며칠 묵는 뜨내기손님인데도 꼬박꼬박 밥상을 차려주신 어머니다. 다른 지역 여인숙 달방과는 다르게 해남여인숙은 장기투숙자의 밥을 차려준다. 물론 월세에 식비가 추가되긴 하지만 어머니 혼자 여간 힘든 일이 아닐 것이다.

나는 어머니가 밥상 차리는 일을 덜게 하려고 목포역 근처의 소문난 식당에서 뼈다귀해장국을 사갔다. 여유 있게 해장국을 포장해간 것은 잘한 일이었다. 어머니 성품에 다른 달방 가족을 외면할 리 없었다. 예상한 대로 앉은뱅이 밥상에 둘러앉아 점심을 함께 먹는 동안, 나는 좌불안석이었다. 어머니께 부부 사진을 늦게 전해드려 죄송한 탓도 있었지만 합석한 달방 사람 때문이었다. 말수가 적은 한 사람은 초로의 남자였고, 한 사람은 한쪽 다리에 의족을 낀 사십 대 남자였다. 모두 초면이어서 슬금슬금 눈치를 보며 나눠 마신 소주로 금방 취기가 올라왔다. 한참 밀린 안부와 여인숙 생활 얘기를 나눈 뒤, 나는 초로의 남자 방으로 건너갔다.

"여그, 사진 찍는 작가여. 사진 찍으러 왔승게 찍어보쇼."

"처음 뵙습니다. 대전에서 온 이강산입니다."

"반갑소. 김영걸이요."

어머니께서 밥상을 치우며 나를 남자에게 인사시켰기에 쉽게 얘기를 나눌 수 있었다. 내 소개를 간단히 하고 오늘까지 해남여인숙에 출입한 이유를 설명했다. 해남여인숙에서 1년 반째 지내고 있다고 자신을 소개한 김영걸 씨는 예순아홉, 나보다 여섯 살 위였다. 고깃배를 타다가 늙어서 그만두었다고 했다. 어려서 떠나온 고향은 완도였다.

"거그, 사장님. 왜 나는 모른 척하쇼."

첫 대면부터 카메라를 들이댈 수 없어서 살아온 얘기를 주고받을 때였다. 옆방에서 남자가 소리를 쳤다. 조금 전 뼈다귀해장국은 입도 안 대고 소주만 마신 사십 대 남자다. 취기가 오른 목소리였다. 완도 남자의 방을 나와 사십 대의 방으로 들어섰다.

"저는 다큐 사진갑니다. 여인숙 기록사진을 찍고 있습니다."

사십 대는 시큰둥한 눈으로 나를 뻔히 쳐다보다가 한마디 던졌다.

"찍어서 뭣에 쓰는디."

"사라지는 전통 여인숙을 기록에 남겨서……."

"나 같은 다리 빙신은 안 찍소?"

사십 대는 내 말끝을 자르고 대뜸 물었다. 나는 당황했다. 선뜻 그러자고 할 상황이 아니었다. 이제 첫 인연일 뿐, 서로에 대해 아는 것이 없었다. 게다가 다리의 허벅지 중간까지를 잃은 장애인이었다. 초상권이 문제가 아니라 자칫하면 사진의 용도에 따라서 인권 문제가 뒤따를 일이었다. 나는 말조심을 하면서 잔뜩 긴장했다.

"나 같은 빙신도 쓸모 있으면 한 방 찍어보쇼."

"아닙니다. 사진은 다음에 천천히……."

"소주나 두 빙 사주면 된당께요."

"한 달쯤 후에 다시 올 겁니다. 사진은 그때 상의할게요."

한 시간 남짓 사십 대와 대화를 나누었다. 대화랄 것도 없었다. 주로 내가 얘기했고 사십 대는 듣기만 했다. 나 혼자 세상을 떠돌아다니는 얘기만 중언부언했을 뿐, 사십 대에게 이것저것 캐묻지 않았다. 사십 대는 중간중간 나를 쏘아보며 술을 들이켰다.

나는 처음부터 두 남자를 촬영할 생각이 없었다. 카메라를 꺼내려면 아직 멀었다. 나와 두 남자 사이의 거리가 아득하다. 최소한 두 번 이상은 사는 얘기를 나누어야 거리를 좁힐 수 있다. 정성껏 거리를 좁혀 않고 인간적 관계를 쌓은 뒤, 진심이 묻어날 때 인물사진 한 점을 얻을 수 있다. 나는 28밀리나 35밀리 단렌즈만을 사용하기에 카메라와 대상 인물은 한 팔 거리에 불과하지만 심리적 거리는 목포에서 대전보다 더 멀 것이다. 거리를 가까이 당겨 않으려면 무조건 시간이 필요하다. 물론 정성이 깃든 시간이어야 한다.

　-진실한 인간관계는 시간과 정성을 먹고 자라는 나무다.

　나는 종종 입에 담는 그 말을 독백처럼 삼킨 채 못 마시는 술을 홀짝거렸다.

　-마주앉아 바라보기만 해도 투명하게 드러나는 삶.

　완도 남자와 사십 대가 그랬다. 그 투명한 삶 때문에 나는 속병도 잊은 채 술을 네 잔이나 마셨다.

　"한 달 뒤에 올게요."

　나는 다시 오겠다는 약속을 하고 일어섰다. 완도 남자에게 용돈을 조금 드리고, 사십 대 남자에겐 여사장님이 알려준 인근 구멍가게에서 소주를 사다주었다.

　"남들은 질기게 물어뜯는디, 사장님은 내가 어찌 빙신 됐는가 궁금하지 않소?"

　해남여인숙 출입문을 빠져나가는 내 뒤통수에 대고 사십 대가 탱자나무 가시 같은 소리를 던졌다.

"나가 고깃배 그물 와이어에 짤려버렸지라. 먹고살려고 지랄하다가 평생 빙신이 된 거요."

오늘 늦은 오후에 갤러리 암실에 들렀다. 몸이 무거워 그냥 쉴까 하다가 필름 상이 궁금해서 다녀왔다. 어제 해남여인숙 영걸 형님을 한 롤가량 촬영했다. 필름 현상을 마치고 건조기에 걸어둘 무렵에 문자가 찍혔다. 해남여인숙 김선일 아우였다. 필름 건조기를 작동시킨 다음에 선일 아우와 통화를 했다.

"성님, 당분간 목포 오지 마쇼."

"왜?"

"내일 병원 입원하지라."

"간이 또 아파?"

"짤린 다리요. 오줌 한 번 쌀라믄 의족 끼는 게 지옥이라요."

어제 해남여인숙에 들러서 영걸 형님과 선일 아우랑 서너 시간 얘기를 나누었다. 지난 4월 말에 들렀을 때, 한 달 후 다시 목포에 오겠다는 약속을 지켰다. 밤 막차에 쫓겨 목포역으로 뛸 때까지 뼈다귀해장국에 소주를 마셨다. 여사장님 내실은 좁아서 그나마 공간이 빈 영걸 형님 방에 셋이 쭈그리고 앉아 술병을 기울였다. 선일 아우는 의족을 낀 다리를 쭉 뻗치고 앉았지만 연신 고통스러워했다.

"이제 형님, 아우 합시다."

셋이 적당히 취기가 오르면서 나는 완도 남자와 사십 대 남자에게 호형호제를 제안했다.

"그라지. 시방부터 성님 하쇼."

"나도 좋네."

"영걸 형님. 고마워요."

"강산 성님, 나 김선일이요. 하하."

불과 두 번째 만난 영걸 형님 촬영은 예상하지 못한 일이다. 형은 자신이 살아온 얘기를 토막토막 잘라낸 뒤 카메라 앞에 앉았다. 형은 열여덟 살부터 고깃배를 타고 50여 년 바다를 떠돌았다고 했다. 일 마치고 돌아오면 늘 해남여인숙에서 묵었다. 그 세월 동안 바다에서든 뭍에서든 혼자 지냈다. 목숨을 걸고 파도와 고독을 헤쳐나온 신산한 삶을 생각하면 형은 몸과 마음이 거칠고 우악스러울 만했다. 그러나 그 반대였다. 몸은 왜소했고, 마음은 여렸다. 지난달 후원을 하지 못한 생필품을 전했지만 극구 사양할 정도로 착했다. 선일 아우와 두고 쓰라며 강권하다시피 방에 밀어넣고 소주를 마시는 동안에도 형은 미안한 기색이 역력했다.

"자넨 간이 망가졌는디, 술 좀 줄이시게."

영걸 형님이 선일 아우의 술병을 뺏으면서 한마디했다. 무슨 일인가 물었다. 선일 아우는 얼마 전에 쓰러져서 119구급대에 실려 갔다. 술독에 무너진 간이 문제였다. 내가 몸 걱정을 하면서 아우의 술병을 뺏으려 했으나 막무가내였다.

"성님, 냅두쇼. 나가 죽고 싶어 술 마시는 거쇼."

"또 쓰러지면 어쩌려구."

50여 년 고깃배를 타며 살과 뼈가 말라버린 영걸 형님. 더이상 그물을 당길 힘은 없으나 다시 고깃배를 타는 게 마지막 꿈이다. 사진집 『여인숙』 수록 작품

"아따, 쓰러져 죽으면 좋겄소. 근디, 성님은 영걸 성님만 찍고 나는 안 찍소?"

"지금 찍으면 다음에 안 오잖어."

"하, 그거 말 되네."

"하하하."

"그라도 뭣 할라고 먼 디를 자꾸 와요. 후딱 찍고 말지."

선일 아우 사진 얘기로 잠깐 웃으며 셋이 술잔을 부딪쳤다. 목포를 왕복하는 시간과 경비를 생각하면 당장이라도 카메라를 꺼내고 싶지만 아직은 아니다. 선일 아우는 오래 안부를 나눌 사람이다. 한두 번으로 끝낼 인연이 아니다. 여인숙 다큐 사진은 이번으로 끝나지 않는다. 가을에 여인숙 사진전과 사진집 출간을 마치면 곧바로 후속 작업을 이어갈 계획이다. 대덕여인숙과 제일여인숙 가족들과도 다시 돌아오겠다는 약속을 했다. 그즈음에 해남여인숙을 들르면 된다. 냉정성을 잃어서는 안 된다. 시간이 필요한 일이다.

허벅지 중간까지를 상실한 다리는 한 인간의 절박한 삶의 실체다. 그 속에 숨겨진 상처와 고통과 비애의 깊이는 자신 외에는 누구도 가늠할 수 없다. 극적인 사진의 피사체가 될 수는 있겠지만 그 사진의 의미와 생명을 살리기 위해서는 진실의 이해가 필요하다. 다리를 잃고 술과 죽음에 맞서는 김선일이라는 인간의 실존에 대한 진실. 그 진실에 다가서려는 나의 진실.

오래전 사진사를 공부할 때이다. 사진사에 이름을 남긴 로버트 카파가 진실의 의미를 깨우쳐주었다.

'진실이야말로 최고의 사진이며 최대의 프로파간다(propaganda)이다.'

그리고 그 진실에 이르는 길은 조각가 오귀스트 로댕이 가르쳤다.

'시간을 쌓아 이룬 업적은 시간이 존중하는 법이다.'

30여 년 넘도록 카메라와 문자의 셔터를 누르면서 나는 그 시간이 다큐 사진의 진실성과 영속성을 위한 시간일 뿐만 아니라 인간의 관계를 위한 시간이라고 믿어왔다.

"근디 사람 목숨이 참말로 징한 것이요. 시 빙, 니 빙 퍼마셔도 죽질 않으요. 죽음도 인간 차별하는 갑디다."

해남여인숙을 나설 때, 아우는 어둠 속 허공을 향해 소리쳤다. 나 들으라는 소리가 분명했다. 산목숨과 죽음과 인간 차별을 제대로 알고 사진 찍으라는 뜻 같았다. 해남여인숙 간판 네온사인에 비친 아우의 눈이 붉었다. 아우는 내가 카메라 배낭을 묶을 때부터 흰자위가 붉게 충혈되어 있었다.

호남선 무궁화호 막차를 타고 오는 동안, 나는 객실 밖 출입구 계단에 쭈그려 앉아 목포의 눈물에 젖었다. 해남여인숙 어머니와 선일 아우의 눈물이 광주와 정읍을 거쳐 차창 밖으로 점점이 날아갔다. 익산을 지난 어느 순간이었다. 아우가 고통스럽게 살아온 '인간의 시간'이 끝이 보이지 않는 어둠의 터널에 어렴풋하게 떠올랐다. 나는 목포의 눈물을 훔치고 지껄였다.

　-아우의 시간 속으로 나를 들이밀자. 선일 아우가 해남여인숙을 떠날 때까지, 한 걸음 두 걸음 더 가까이 다가서자.

5

아름다운 동행

다시, 여름

무너지면 안 되는 사람들

2021. 6. 13(일). 달방 340일째. 더운 낮, 상쾌한 밤바람

*

어제 새로운 달방 가족이 생겼다. 병권 아우가 사용하던 3호실에 ○기훈 씨가 입실했다. 대전교도소를 출소하고 곧바로 여인숙에 짐을 풀었다.

점심을 먹고 3호실로 찾아가 인사를 나누는데 문자가 왔다. 아내였다.

"부추전 준비되었어요."

부추전은 엊저녁에 아내에게 부탁했던 일이다. 중요한 사진 촬영도 했기에 감사 인사를 겸해서 가족들께 간식을 드릴 생각이었다. 설거지를 마치고 부랴부랴 집을 다녀와 초원장 주차장 사랑방에 부추전을 펼친 게 오후 세 시 어름이었다. 다들 시장한 시간이었다.

길도 형님의 뒤를 따라 이모와 두봉이 아줌마, 수도여인숙 김 사장님이 주차장 사랑방으로 나왔다. 마침 쓰레기 분리수거를 하던 산호여인숙 달방 가족과 역전 공판장을 다녀오던 초원

장 201호실 신 씨도 합석했다. 공판장으로 심부름을 갔던 칠성 아우는 바퀴벌레 살충제를 들고 허겁지겁 달려왔다. 임 여사님은 늘 주차장에 계시기에 의자를 끌고 옮겨 앉았다.

"주차장에 와서 부추전 드세요."

대덕여인숙 방에 있는 가족은 모두 불렀으나 다리가 불편한 기화 씨와 영순 씨는 나오지 못했다. 14호실 정수 형과 3호실 기훈 씨는 먹고 싶지 않다고 했다.

부추전은 십여 명이 충분히 먹을 분량이었다. 길도 형님이 막걸리를 꺼내와 가족들과 돌려먹는 동안 나는 네 접시를 따로 담아서 한쪽으로 밀어놓았다. 틈을 봐서 기화 씨와 영순 씨, 그리고 제일여인숙 8호실 어머니와 9호실 박승기 형께 전할 생각이었다.

"야, 이 고추 되게 맵네. 약이 바짝 올랐어."

"고추는 매워야 제맛이라지만 이건 진짜 쎄다."

길도 형님과 임 여사가 얼굴을 찌푸리면서 혀를 찼다. 단단히 매운 모양이었다. 임 여사님은 어제 사진을 찍을 때보다 더 흰자위가 붉었다. 어제 이른 오후였다. 낮 손님과 방세 시비로 한판 실랑이를 한 끝에 감정이 북받친 모습을 찍었다. 얼추 1년을 기다린 초상(肖像) 사진이었다. 임 여사님은 당뇨 합병증으로 걸음이 거의 불가능할 정도로 정강이의 상처가 깊었다. 의자를 끌고 자리를 옮겨다니는 고통과 뒷골목 50년의 신산한 삶이 필름에 담겼으리란 기대감 때문에 감사의 뜻으로 오늘 부추전을 마련한 터였다.

매운맛으로 한 접시, 막걸리 맛으로 두 접시, 부추전이 불티나게 팔릴 즈음이었다. 남경 형이 미적미적 주차장에 나타났다.

"조 씨, 어제 큰일 치렀어? 다리가 풀렸구만."

"영순이랑 사랑싸움한 모양이지."

"사랑은 무슨? 밥 먹을 힘도 없는데요. 호호."

길도 형님의 말을 받아 수도여인숙 김 사장님과 이모가 한바탕 껄껄댔다. 가족들이 우스갯소리를 할 만큼 요즘 두 사람의 정분이 전과 달랐다. 영순 씨 방에서 아침밥을 먹고 나면 방이 좁아 답답하다며 복도에 나앉거나 주차장 사랑방에서 소주를 마시던 남경 형이었다. 그런데 최근 보름 가까이 영순 씨 방에서 종일 움직일 줄을 모른다. 유튜브 주현미TV를 켜놓고 남경 형이 나직나직 뽕짝을 따라부르면 십중팔구 영순 씨가 남경 형의 무릎을 베고 누웠다는 뜻이었다.

비 내리는 고모령, 돌아가는 삼각지, 나그네 설움, 꿈꾸는 백마강, 목포의 눈물, 고향 무정…….

가수 주현미가 뽕짝 삼십여 곡을 다 부르도록 두 사람은 꿈쩍도 하지 않는다. 흡사 최면에 걸린 듯 나도 공용화장실과 세면실을 드나들며 뽕짝을 따라 부를 때가 있었다. 여인숙 1층 복도로 잔잔하게 뽕짝이 흐르는 시간은 최소한 두 사람만큼이라도 평화로운 시간, 행복한 시간이었다. 내가 흥겹게 뽕짝을 따라부르듯 그 평화와 행복을 다른 가족들도 즐겁게 누렸으면 좋겠다는 생각을 여러 차례 했다.

"방에 있는 사람들 부추전 좀 드리고 올게요."

칠성 아우가 주차장 사랑방 정리를 시작할 무렵, 나는 부추전 접시를 들고 일어섰다. 먼저 영순 씨와 기화 씨에게 부추전을 전하고 제일여인숙에 들렀다.

제일여인숙 8호실에서 혼자 견디는 어머니는 여든넷이다. 1년 내내 햇볕 한 줌 들지 않는 방에 파묻혀 살기에 피부가 눈처럼 뽀얗다. 뵐 때마다 표준어 경어체를 쓰는 말투나 맑은 눈빛이 지식인의 풍모를 물씬 풍긴다. 그러나 팔다리뿐만 아니라 몸 전체가 쇠약한 탓에 거의 누워 지낸다. 이미 두 차례를 다녀갔던 119구급대원이 언제 들이닥쳐 요양병원으로 옮길지 모른다. 나는 부추전을 먹기 편하게 가위로 잘게 썰어 드리면서 어머니의 손을 잡았다. 아니, 어머니께서 내 손을 당겨 잡았다. 체온이 요양원에 5년째 누워서 천장만 보고 계시는 아흔한 살 어머니처럼 따뜻했다.

"고마워요. 고마워요."

어머니께서 움켜쥐었던 내 손을 풀어준 뒤에야 맞은 편 박승기 형의 방문을 열었다.

"살아 있어서 고마워."

형은 어려서 고아원을 탈출한 뒤, 쥐약을 먹은 후유증으로 턱뼈 통증이 심하다. 나는 8호실 어머니처럼 잘게 썰어 담은 부추전을 들이밀면서 고맙다고 말했다. 팬티 차림으로 텔레비전을 보던 승기 형이 피식 웃었다.

"담배 피워도 되냐?"

"잠깐만. 마스크 쓸게."

담배 피우는 것을 내게 물어봐주는 형이 또 고마워서 그만 끊으라 소리는 못 했다. 지난 4월엔 승기 형이 내게 고맙다는 말을 몇 번씩 반복했었다. 오늘처럼 부추전을 먹던 날이었다.

별 열여덟 개, 학교 이십사 년. 경력이 화려한 승기 형과 한잔 마시고 의기투합해서 셀카를 찍었는데 내 앞니 하나가 비었다. 여인숙 달방에 머무는 동안 앞니, 어금니 세 개가 빠져나갔다.

"살려줘서 고마워."

저혈당 쇼크로 쓰러졌던 그 밤, 내가 발견하지 못했으면 형은 큰일을 치를 뻔했다. 형은 나에게 두 번 다시 119구급대가 달려오는 일이 없도록 약속했다. 그 약속 때문인지 실제로 형은 술을 줄였다. 특히 공복엔 술을 마시지 않았다. 술을 참지 못하면 쌀밥을 두어 숟가락 떠먹은 뒤에 술잔을 입에 댔다. 외상 술을 마시는 중앙시장 순댓집에 갈 때도 주머니에 초코파이를 넣어갔다. 벌써 세 차례나 형을 죽음 직전까지 몰고 간 저혈당 쇼크. 내가 여인숙을 떠나거나 형이 떠나거나, 둘 중 한 사람이 떠나면 어떤 일이 벌어질지 우리 둘 다 모른다. 그게 걱정이다. 어쨌든 지금 당장은 형이 약속을 지켜주는 게 고마울 뿐이다.

*

"니기미 씨발!"

부추전을 돌린 뒤 제일여인숙 출입문을 나오다 깜짝 놀랐다. 14호실 유격대장 정수 형이 길가에서 욕설을 뱉고 있었다.

"니기미, 니기미 씨발."

정수 형이 전기밥솥의 내솥을 길바닥에 내던지면서 니기미를 연발했다. 밥을 하려고 씻은 듯한 쌀이 아스팔트 바닥으로 싸락눈처럼 흩어졌다. 무슨 일인가. 매우 드문 일이지만 정수 형이 니기미 씨발을 입에 담는다면 화가 머리끝까지 치솟았다는 뜻이다. 이런 모습은 달방에서 1년을 지내는 동안 고작 서너 번 보았을 뿐이다. 정수 형은 말이 어눌하고 어휘력이 짧아 의사 표현이 서투르다. 그랬기에 상징어처럼 한두 마디만으로 대화를 시작하고 끝을 낸다. 그래도 달방 가족들은 다 알아들었다.

"네, 네, 네."

이 말이면 모든 게 다 통했다. 좋은 일이든 나쁜 일이든 네, 한 음절로 해결되었다. 그동안 곁에서 지켜본 결과, 실제로 형에게는 여인숙 달방의 생존을 위해 더 이상의 말이 필요 없었다. 그런데 니기미, 씨발이라니.

"정수 형. 무슨 일이세요?"

"니기미……."

내 질문에 정수 형은 대답 대신 여인숙 안쪽을 흘겨보았다. 언뜻 짐작되는 게 있었다. 성태 형과 싸운 듯했다. 나는 초원장 주차장에 있는 길도 형님을 부를까 하다 그만두고 7호실 쪽으로 다가섰다. 내 힘으로 해결할 일이겠다 싶은 판단을 했다. 이젠 대덕여인숙 열한 명의 가족들과 웬만한 일은 소통을 할 수 있었다.

"××놈이, 시체 썩는 냄새를 풍기고 다니잖아. 여기가 시궁창이야? 무덤이야?"

예상했던 대로였다. 정수 형의 악취가 화근이었다. 성태 형은 내가 방문 앞으로 다가서자 격앙된 목소리로 상황을 설명했

다. 취기가 약간 오른 상태라서 조금 횡설수설했지만 요약하면
이랬다.

성태 형이 공용화장실을 나서다 정수 형과 마주쳤다. 공용화
장실은 공용세면실과 붙어 있는데 그 통로는 말하자면 외나무
다리다. 모처럼 쌀을 씻으러 오던 정수 형 몸에서 시체 썩는 냄
새 같은 악취가 풍겼다. 성태 형이 눈을 부릅뜨자 뒤로 물러섰
던 정수 형이 쌀을 씻기 위해 공용세면실에 들어갔다. 악취를
참을 수 없었던 성태 형이 세면실에 따라 들어가서 바가지에
물을 퍼담아 정수 형에게 뿌렸다.

작년 12월에도 엇비슷한 일이 있었다. 남경 형과 영순 씨가
소란을 피운다며 성태 형이 바가지에 물을 퍼담아 두 사람에서
뿌렸다. 추위에 덜덜 떨면서 한바탕 언성을 높이는 바람에 낡
은 여인숙 지붕이 무너질 것처럼 들썩였다.

치매와 알코올 중독 증세가 심해지는 성태 형을 돌볼 사람이
아무도 없었다. 병원 치료도 요원했다. 치매 탓인지 술 탓인지
원인이 확실하지 않으나 성태 형은 바가지에 물을 뿌리고도 하
루가 지나면 까맣게 잊었다. 작년 9월에 망치로 내 방문을 두
들긴 일도 그랬다. 문제는 폭력적인 언행을 스스로 통제 못 하
는 데 있었다.

"이 ××, 정신 멀쩡한 놈이 장애인 수급비 받으려고 쌩쑈하
는 거야."

성태 형의 격분이 터질 때마다 길도 형님은 간단명료하게 판

정을 내렸다. 작든 크든 달방 가족 간의 갈등을 해결할 사람은 여인숙의 포청천이자 상왕인 길도 형님밖에 없었다. 그런 까닭에 달방 가족들 가운데 누구도 형님의 판정에 이의를 대지 않았다. 귀에 들리는 대로, 그냥 그렇게 믿고 지나갔다.

짝퉁 유격대장 정수 형의 니기미, 씨발에 대한 판정도 마찬가지다.

"하, 유격대, 저 인간. 불쌍해. 불쌍해서 데리고 있다니까."

측은지심. 길도 형님이 정수 형을 대하는 감정은 연민이었다.

유격대, 저 인간, 쓰레기통 같은 방에서 사타구니가 썩는 줄을 모르고 살아. 이 찜통더위에 샤워는커녕 얼굴에 물 한 방울 안 찍어 발라. 손등이나 얼굴이 연탄처럼 시꺼멓잖아. 다 썩어가는 방에 자물쇠를 열두 개씩 채우고 열쇠를 못 찾아 밤이고 낮이고 삼십 분씩 떨그럭거려. 저 불쌍한 인간, 여기서 쫓겨나면 역전 광장에서 노숙하다 그대로 죽어. 그래서 데리고 있는 거야.

그 불쌍한 인간 정수 형은 대부분 무료급식이나 교회 밥을 먹었다. 그런데 오늘, 참으로 특별하게, 자신이 직접 밥 한 끼를 해 먹으려고 세면실에 들렀다가 봉변을 당한 것이다. 니기미, 씨발과 함께 쌀을 아스팔트 바닥에 내동댕이쳤으니 심사가 오죽 뒤틀렸을까 싶다.

"성태 형. 유격대장은 몸 닦으라고 제가 설득할게요. 형은 들어가 쉬세요."

"그 ××. 다음엔 쓰레기통에 처박아버릴 거야."

"형. 제가 옷도 빨아 입으라고 할 테니까 형이 넓은 아량을 베풀어주셔요. 다음엔 물도 뿌리지 마시고요."

나는 성태 형을 간신히 진정시켜 방으로 들여보낸 뒤 여인 숙 밖으로 나왔다. 주차장 사랑방은 쪽방촌 사람 두엇이 늘어 나 북적거렸다. 검은 아스팔트에 싸락눈처럼 흩뿌려진 하얀 쌀 알들을 보면서 나는 이 기묘한 흑백의 대비에 가슴이 먹먹해졌 다. 흡사 언젠가 내가 촬영한 아날로그 흑백필름 사진 같다는 생뚱맞은 상상을 하는 내내 속이 쓰렸다.

"정수 형, 오늘은 무료급식 먹고 광장에서 쉬다 오세요."

내 말을 들은 정수 형이 역 광장 쪽으로 터벅터벅 걸어갔다. 형의 뒷모습을 우두커니 바라보면서 나는 조금 전에 부추전을 전해드린 제일여인숙 8호실 어머니와 9호실 박승기 형을 떠올 렸다. 두 사람의 뒤를 따라 달방 가족들 여럿이 앞서거니 뒤서 거니 하면서 눈앞에 어른거렸다.

이 더위에 방문을 걸어 잠근 채 검은 비닐봉지 침대 위에 죽 은 듯이 잠들어 있을 박스 노파 두봉이 아줌마. 몸이 망가지면 서 귀가 닫히고 의사소통이 희박해지는 영순 씨. 사람의 말을 한마디도 하지 않은 채 침묵과 텔레비전 시청이 일상의 전부인 기화 씨. 전립선 수술 후유증으로 기저귀를 차기 시작한 병권 아우. 성매매 여성에 대한 자활 대책이 요원한 정부에 쌍욕을 날리며 내일 살아남기 위해 하루 한두 끼를 굶는 이모. 그리고 '빈곤 함정'에서 탈출하려고 몸부림치다 방바닥에 쓰러져 있을 제일여인숙 6호실 육○○ 아우와 쪽방촌 김홍기 형……. 다시 가슴이 먹먹해졌다.

*

오늘 새삼스럽게 달방 가족 여럿의 일상을 요약하는 이유가 있다. 관리자 천길도 형님에 대해 언급하기 위해서다. 일기를 쓰는 나는 지금, 사뭇 진지하다. 지난 1년간 벽을 사이에 두고 먹고 잤던 형님을 달방의 기록에서 빠뜨릴 수 없다. 나를 망치 테러와 같은 몇몇 위험에서 구해준 사적인 은혜 때문이 아니다. 형님은 어디까지나 여인숙 달방 가족의 중심인물이다. 그 역할을 내 나름대로 평가한 기록을 남기고자 하는 것이다.

위에 열거한 일부 가족들은 지금, 이 순간 스스로 무너지면 안 되기에 필사적으로 자신을 살리고 있는 가족들이다. 그러나 머잖아 형님이 여인숙을 떠나면 그 순간 와르르 무너질 사람들이기도 하다.

"나 없으면 일주일도 못 가서 다 죽어."

길도 형님의 말은 과장이 아니었다. 1년을 한 지붕 아래서 살아본 결과, 나는 내 판단을 신뢰한다. 나는 그동안 목격했던 길도 형님의 폭력적인 언행들을 부정적으로 여기지 않는다. 그 것을 영순 씨와 기화 씨, 혹은 그와 사정이 엇비슷한 가족들의

바퀴벌레와 모기떼로부터 탈출할 수 있는 유일한 비상구,
모기장. 여인숙에서 모기장 치는 일은 한 끼 밥 먹는 것보
다 더 중요한 일과다.

보호자 역할을 하는 형님의 미덕을 빌미로 정당화하자는 게 아니다. 형님의 폭력은 어디까지나 '선택적 폭력'이었다. 그것이 옳다는 뜻이다. 한때 청량리에서 조직을 운영했던 형님은 내가 믿는 한 프로 주먹이다. 프로 주먹으로서 형님의 폭력적인 언행은 뒷골목 여인숙 세계를 유지하기 위한, 붕괴를 방지하기 위한 필요악이라는 생각이다.

나는 요즘 속이 많이 쓰리다. 7월 초 여인숙 떠나는 날짜를 초읽기 하듯 헤아릴 때마다 속이 불편해진다. 가족들의 '내일' 때문이다. 어제도 없고 내일도 없이 오늘만 있는 가족들. 가까스로 죽여 놓은 속병이 부활할 것만 같다.

"외벽에 철근을 박아 놓았지만 그래도 언제 무너질지 몰라. 사고당하기 전에 철거 보상이 끝나야 하는데 그게 쉬운 일이 아니라서 말이야."

위기와 희망이 반반 섞여 있는 길도 형님 말을 들을 때마다 나는 생각한다. 형님이 떠나면 하루아침에 대덕여인숙 달방 가족들이 무너지고, 결국 여인숙도 무너질 것 같은 위기. 그것을 떨치기 힘들다. LH 사태가 하루빨리 수습되기만을 기대할 뿐, 형님이나 나를 비롯해 이곳 사람들이 할 수 있는 게 아무것도 없다. 철거 보상 작업이 진척되고, 임시 거주지가 확정될 때까지 어떻게든 견뎌야 한다는 당위성이라니. 참 어처구니없는 일이다.

어찌 됐든 철거 재개발로 이곳 여인숙과 쪽방촌이 역사 속으로 사라질 때까지 길도 형님은 무너져서도 안 되고 떠나서도 안 된다. 그래야만 여인숙 가족들이 무사할 것이다. 그런 뜻을 새새틈틈 길도 형님께 직, 간접적으로 전할 것이다.

나는 앞으로 남은 한 달 남짓한 시간 동안 길도 형님을 비롯하여 '무너지면 안 되는 사람들'에 대해 몰두해야 할 것 같다.

한 뼘 짧은 생각

2021. 7. 1(목). 달방 358일째. 하늘 흐리고 무더움

"삼촌."

이른 점심때 쪽방촌 김홍기 형 생필품 후원을 하고 오는데 뒤에서 누가 불렀다. 금자 이모였다. 지나칠 때마다 손만 흔들었던 이모가 나를 불러세운 까닭을 알 만했다. 내가 카트를 끌고 다녀오는 것을 지켜본 게 분명했다.

"나는 왜 후원 안 해?"

금자 이모는 예상했던 말을 던졌다. 나는 미안하고 당황스러워 대답을 잠깐 머뭇거렸다.

"다음엔 꼭 해드릴게요."

금자 이모의 약속을 3호실 기훈 아우에게도 똑같이 했다.

"형님. 나도 좀 먹고살게 부탁드립니다."

병권 아우가 쓰던 방에 입실한 기훈 아우는 은근슬쩍 영순 씨를 유혹하는 눈치가 보였다. 오늘도 그랬다. 3호실로 영순 씨를 불러 탕수육 배달을 시켰다. 그릇을 비우기가 무섭게 나를 불렀다.

"형님, 나는 두 배로 주셔야 합니다."

"왜 두 배를?"

"형님, 내가 영순 씨 남자친구잖아요."

"알았어. 그런데 영순 씨 남자친구는 남경 형이야."

기훈 아우는 학교를 나와서 곧바로 입실한 뒤 돈 씀씀이가 예사롭지 않았다. 품에 지닌 돈이 바닥날 위험도 없이 영순 씨에게 마구 선물을 쏟아부었다. 옷과 지갑, 신발, 배달 음식이 연일 끊기질 않았다. 영순 씨는 좋아, 좋아를 입에 달고 살았다. 그 모습을 훔쳐보던 남경 형이 혼잣소리로 씨발, 씨발 했으나 두 사람 모두 들은 척도 안 했다. 그러더니 돈이 떨어졌는지 나를 불러세운 것이다.

"형님. 저는 2인분 꼭 부탁드립니다요."

다음주 일요일, 7월 10일에 대덕여인숙을 떠난다. 달방 1년을 채운 다음 날 일단 달방 생활을 마친다. 물론 완전히 떠나는 것은 아니다. 10월에 사진전을 마치고 사진집 출간까지 완료한 뒤에 다시 돌아오기로 가족들과 약속했다. 후원봉사를 이어가는 것 말고 중요한 일이 또 있다. 글을 모르는 가족이 꽤 된다. 여인숙에 다시 입실해서 철거 보상이 진행될 때 불이익이 없도록 도와야 한다.

달방 퇴실 초읽기에 들어가면서 이러저러한 상념으로 며칠째 숙면을 놓치고 있다. 그 상념 가운데 하나가 생필품 후원이다. 오늘 금자 이모, 기훈 아우와 나눈 대화가 그것이었다. 생필품 수량은 적고, 후원봉사를 할 가족들은 많아서 어려움이 많다. 지난 1년 내내 그랬다. 몇 번씩 고민하고, 조심조심 전달하지만 보는 눈이 많아서 후원물품을 전할 때마다 곤혹스럽기만 했다.

대전 역전 통 입구부터 쪽방촌 끝까지 뒷골목은 직선 길이다. 학교 교실의 복도처럼 늘어선 길 양옆으로 쪽방촌과 여인숙이 마주앉아 있는 형태다. 후원 대상 가족을 찾아가는 길은 선택의 여지가 없다. 무조건 골목에 나와 있는 사람들을 지나가야 한다. 골목엔 이른 아침부터 밤까지 여러 사람이 앉아 있다. 대부분 달방 세입자 어르신들이다. 따로 할 일이 없기에 집 앞에 의자를 내놓고 앉거나 서성대면서 하루를 소일한다. 그런 탓으로 후원물품을 담은 카트를 끌고 가거나 검은 비닐봉지를 손에 들고 가는 동안 내 앞뒤를 뚫어지게 바라보는 분들께 죄송하고 민망했다. 내가 1년을 머문 여인숙도 사정이 똑같다. 방 하나를 건너뛰어 후원하려면 각오해야 한다.

"그게 뭐요?"

"나는 안 줘요?"

"왜 나는 햇반만 주고 닭은 안 줘요. 나는 고기 먹지 말고 밥이나 처먹어라, 그런 거요?"

물품을 전할 순서 밖에 계신 가족들이 한두 마디씩 나를 향해 던진다. 또는 침묵과 눈빛을 뒤섞어 쏜다. 어떻게 피할 방법이 없다. 날아오는 화살이라면 피할 생각이라도 하겠지만 참으로 난처한 일이다. 이웃 여인숙 달방 가족들도 마찬가지다. 바닥이 좁아서 누가, 무엇을 하든 금세 소문이 퍼진다. 여인숙 관리자나 사장 사이의 정보교환은 무서울 정도로 빠르다. 달방 사람들 개인정보 보호는 남의 나라 얘기다.

사장님이나 관리자의 대화에 낄 만큼 거리를 좁힌 나는 대화를 들으면서 생뚱맞은 상상을 한 적이 있다.

–철거를 앞둔 여인숙 골목은 투명한 유리 구조물로 건축된 한국판 루브르 박물관이다.

오늘은 투명한 유리집에 앉아서 나를 숨김없이 드러내는 날이다. 여인숙과 쪽방촌의 가족들이든 바깥세상의 사람들이든 나를 자유롭게 관람하거나 비평하도록 작품 전시용 좌대 위에 나를 앉혀두려고 한다. 좌대는 '대덕여인숙 달방 367일'에 대한 반성과 평가 형식의 일기다. 이제 그 일기의 끝이 저만치 보인다. 여인숙 골목길의 끝도 그쯤에 있을 것이다.

길 끝에 나서기 전, 이대로 길 밖으로, 원래 있던 곳으로 나를 이끌어도 되는지를 살펴보려고 한다. 금자 이모가 나를 부르듯 내가 나를 불러본다.

–나는 이곳에 왜 머물렀는가.
–이곳에서 내가 한 일은 무엇이고 그것은 어떤 가치가 있는가.

-나는 대체 이곳에서 누구였는가.

이런 반문을 며칠 전부터 반복해 왔다. 여인숙 1년을 돌이키면서 그 답변을 찾는데 몰두했다.

0.8평짜리 여인숙 달방 1년. 이것은 대단히 가치 있는 경험이었다. 여인숙을 떠날 생각을 하면서 다시 짚어보니 배운 게 많았다는 뜻이다. 그런데 긍정적인 것, 넘치는 것보다는 부정적인 것, 아쉬운 게 더 많았다. 그것은 대개 내 생각이 조금씩 부족한 탓으로 파생된 일들이었다.

나는 그 모자라거나 빈틈이 보이는 생각과 방법, 거리, 분량을 뭉뚱그려 '한 뼘'으로 대신해보았다.

한 뼘만 더 여유를 가졌으면, 더 마음을 열었으면,

한 뼘만 더 냉정했으면, 더 따뜻했으면, 더 고통을 견뎠으면,

한 뼘만 더 일찍 시작했으면,

한 뼘만 더 나를 죽였으면,

나는 왜 안 줘, 씨발. 그 욕을 먹지 않았을 것이다.

성태 형의 망치에 쫓겨 한밤중에 집으로 달아나지 않았을 것이다.

언 똥을 밟고 미끄러지는 영순 씨를 보고 울지 않았을 것이다.

나의 한계 앞에 굴복하듯 엎드려 후회하지 않았을 것이다.

나의 사진과 글에 죄짓지 않았을 것이다.

한 뼘만 더 생각이 깊었으면…….

아름다운 동행

2021. 7. 10(일). 달방 367일째. 맑고 무더움

*

오늘 오후 늦게 대덕여인숙 8호실 달방을 떠나 집으로 돌아왔다. 1년 만의 귀가다. 그동안 매주 하루 이틀 정도 암실 작업과 집안일로 집에 들르긴 했으나 달방의 짐을 빼서 집으로 돌아온 것은 딱 1년 만이다.

만감이 교차한다. 짐을 풀어놓고도 무엇인가 사무친 게 있는 것처럼 자꾸 여인숙이 떠오른다. 마음을 다독이면서 무사히 돌아온 나 자신에게 우선 몇 마디 전했다.

-잘 견뎠다. 수고 많았다.

배낭과 손가방, 박스 세 개. 한 평짜리 거처의 살림을 풀고 보니 참으로 놀랍다. 이것으로 1년 남짓한 시간을 살았다니. 마음이 짠해진다. 인간이 생존하는 데 이만큼만으로 가능하다는 사실이 선뜻 믿어지지 않는다. 무소유의 삶을 예찬하자는 뜻은 아니지만, 물질적 소유욕을 다 잘라내고 살아남은 달방의 1년

이 경이롭기까지 하다. 그러나 제일여인숙 9호실의 박승기 형에 견주면 이런 생각이 낯부끄럽긴 하다. 형은 걸친 옷과 양말이면 충분하다고 했다. 목숨만 붙어 있으면 어디서든 견딜 수있다는 말을 여러 차례 강조했다. 나는 잠시 승기 형 모습에 나를 오버랩하다가 고개를 털었다.

몸을 닦고 책상 앞에 앉으니 밤 열 시가 조금 지났다. 이제 달방 367일째 마지막 일기를 써야 한다.

그동안 일주일에 두세 차례 중요한 일상을 기록해왔다. A4 용지 3장-200자 원고지 20매 분량의 일기를 쓰는 데 세 시간 정도 소요되었다. 앉은뱅이 밥상에서 부지런히 노트북 키보드를 두드려야 달방의 주요 일상 한 꼭지를 남길 수 있었다. 세 시간은 무릎과 허리 통증을 견딜 수 있는 한계의 시간이었다. 그것은 시도 때도 없는 여인숙 안팎의 소요와 바퀴벌레와 폭염과 한파를 잊은 채 글에 집중하는 시간이기도 했다. 사진은 어쩌다 상황이 벌어질 때만 셔터를 눌렀다. 그러나 일기 형태의 기록은 달방 가족들과 어울리는 것 이상으로 중요한 일상이었다. 오늘 이후, 여인숙의 모든 것은 추억으로 남을 것이다. 달방 367일째 일기는 그 추억의 첫 단추인 셈이다.

그런데…… 아무래도 오늘밤은 일기를 쓰고도 쉽게 잠을 이루지 못할 것 같다. 앞으로 달방 1년을 천천히 돌아보며 반성과 평가를 할 예정이지만 지금 당장 눈앞에 어른거리는 사람들을 외면할 수가 없다. 여인숙과 쪽방촌 달방 가족들 면면이 떠올라 나는 그들의 이름을 소리 내어 불러본다. 흡사 아주 오래전에 소식이 끊겼던 가족과의 해후인 것처럼 내 감정은 상당히 격정적이다.

영순 씨, 남경 형, 박○○ 이모, 두봉이 아줌마, 길도 형님, 철학가 박 관장님, 성태 형, 기화 씨, 유격대장 정수 형, 병권 아우, 칠성 아우, 8호실 어머니, 순자 누님, 금자 이모, 기훈 아우, 임여사님, 추 씨 노인, 12호실 김 씨, 김홍기 형, 그리고…… 멀리 떠난 인철 아우, 더 멀리 떠난 재훈 아우.

오늘 점심 때쯤 사랑방으로 쓰이는 초원장 주차장에서 조촐하게 송별회를 치렀다. 특별히 송별회라고 할 것도 없었다. 달방을 떠나면서 인사치레 정도는 필요할 듯싶어 가족들을 사랑방으로 모신 것이다. 여기저기 흩어져 있던 의자와 박스 조각을 끌어모으고 바닥엔 비닐을 깔아서 대충 자리를 마련했다.

대덕여인숙 가족들 가운데 걸을 수 있는 사람은 모두 참석했다. 외출한 1호실 철학가 박 관장님과 5호실 추 씨 노인, 일하러 간 12호실 김 씨는 빠졌다. 제일여인숙 박승기 형은 살그머니 불렀다. 이웃 여인숙 달방 가족들까지 한자리에 모시기엔 벅찬 일이었고, 나 한 사람 떠나는 일로 군이 소란 피울 일도 아니었기에 승기 형만 불렀다.

송별 음식은 아내가 준비해주었다. 염치없는 일이지만 아내에게 간단한 간식거리를 부탁했다. 아내는 삶은 감자와 계란, 떡, 과자, 방울토마토, 음료수 20인분을 각각 담아왔다. 혹시라도 돌발 상황이 벌어질까 싶어서 술은 가져오지 않았다. 어제도 기훈 아우가 술에 취해 길도 형님께 식칼을 휘두르다 얻어터진 일이 있었다. 아내는 여인숙 골목 입구까지 택시로 다과를 실어다 주고 곧장 떠났다.

"별것 아니지만 아내가 간식을 준비했어요."

"뭘 이런 걸 가져와."

"세상에! 여러 가지도 담아왔네."

다과는 영순 씨와 기화 씨에게 먼저 전해준 다음에 주차장 가족들에게 나누어 드렸다. 가족들과 둘러앉아 먹는 동안 간단히 감사 인사를 드렸다. 도와주셔서 감사합니다. 여러 가지 신세를 지고 떠납니다. 그 말 중간의 어느 순간 울컥, 뜨거운 게 가슴속에서 느껴졌다. 공연히 송별식을 준비한 것 같았다. 1년 전 여인숙에 들어설 때처럼 조용히 떠나면 되는 것을.

"이 선생, 그동안 수고 많았어."

"후원봉사 고마웠어요."

"정들자 이별이구만."

길도 형님과 남경 형, 수도여인숙 김 사장님이 차례로 덕담을 들려주었다. 무슨 말로 감사 인사를 드려야 할까, 답변을 고민하던 중이었다. 무사히 집으로 돌아갑니다. 나는 하마터면 실수할 뻔했다. 무사히 돌아가다니. 여인숙이 사람 사는 곳이

아니라 무슨 재난 현장이라도 된다는 말인가. 나는 입 밖으로
나올 뻔한 말을 얼른 목구멍으로 구겨 넣었다.

"그동안 감사했습니다. 돌봐주신 덕분에…… 건강하게 집으
로 돌아갑니다."

표현을 바꾼 인사말 중간이었다. 슬픔인지 안도감인지 모를
무엇인가 가슴속에서 치밀어오르는 것을 간신히 억눌렀다.

"나는 여기가 집인데, 이 작가님 떠나면 누가 송별회를 해주
지?"

"영순이가 하면 되지. 하하하."

내 표정을 읽었는지 남경 형이 사랑방 복판에 농담을 던졌
다. 가족들이 영순 씨 이름을 날리며 한바탕 웃었다.

"자, 이 선생이 먹을 것도 준비했으니 내가 한 곡조 뽑아볼게
요."

길도 형님이 부채를 흔들며 의자에서 일어났다. 형님의 애창
곡인 나훈아의 '고장 난 벽시계'를 부를 참이었다.

"잠깐만. 내가 동영상 찍을게."

속리여인숙으로 쫓겨났다 돌아온 성태 형이 핸드폰을 들고
길도 형님 곁에 바싹 붙어섰다. 형은 전작(前酌)으로 살짝 취
기가 있었다.

세월아, 너는 어찌 돌아도 보지 않느냐. 나를 속인 사람보다
네가 더 야속하더라. ……. 어느새 흘러간 청춘, 고장 난 벽시계
는 멈추었는데…….

송별회. 초원장 주차장에 가족들이 모여서 아쉽고, 흥겹고,
무더운 시간을 보냈다. 머잖아 철거가 되면 사람도 사랑방
도 노래도 추억으로나 남을 것이다.

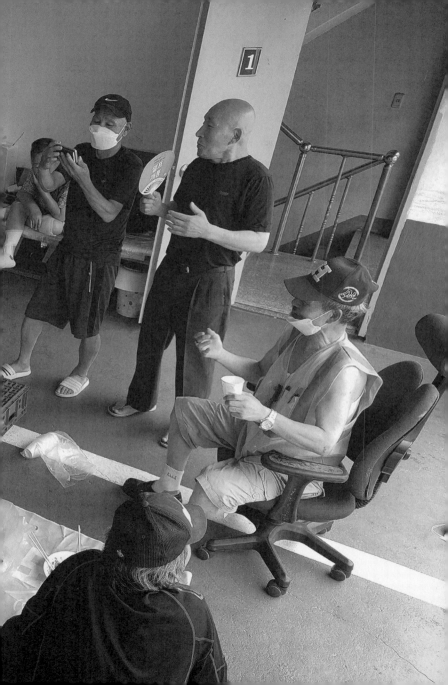

길도 형님의 열창과 남경 형의 어깨춤과 칠성이의 타는 눈빛과 승기 형의 침묵과 여사장 임 여사의 의자 끄는 소리와 이모의 깔깔 웃음과 성태 형의 아, 좋다, 씨발과 기훈 아우가 술병에 꽂아 흔드는 숟가락 소리가 뒤범벅되어 주차장 사랑방이 한참을 들썩거린 끝에 송별 모임은 끝났다.

가족들은 일찌감치 다과가 바닥났으나 방으로 돌아가지 않았다. 달방은 이미 찜통일 것이었다. 방에 들어가면 무더운 방 안을 더 뜨겁게 달구는 선풍기 바람을 피할 도리가 없었다. 해가 떨어질 때까지는 주차장이든 골목이든 그늘로 몸을 숨겨야 했다. 오늘도 따지고 보면 송별회 때문에 모인 게 아니었다. 펄펄 끓는 방을 탈출해야 했는데 마침 먹을 것도 있어서 주차장에 앉아 한낮의 지루함과 더위를 조금 잘라낸 것뿐이었다. 엊그제부터 장마가 시작된다는 기상청 예보가 있었다. 작년 이맘때 여인숙 1층이 침수될 만큼 물폭탄을 쏟아붓던 장마와는 달리 마른장마로 시작된 올여름은 날이 유난히 후텁지근했다. 방문을 열고 죽은 듯이 누워 있을 영순 씨와 기화 씨, 제일여인숙 8호실 어머니와 병용 형, 그리고 쪽방촌 김홍기 형과 그 엇비슷한 사정의 달방 가족들은 어쩌면 주차장 사랑방에 모인 가족들이 잘라낸 더위와 지루함보다 더 무덥고 지루한 한낮을 보냈을지도 몰랐다.

생각하면 할수록 코끝이 매워지는 풍경이었다. 나는 그 풍경을 등진 채, 처음부터 풍경 속의 어떤 존재도 아니라는 것처럼 담담하게, 싸놓은 짐을 챙겨 이른 저녁에 대덕여인숙을 떠났다.

"다시 온다는 약속 지켜요."

"예."

"집 가까우니까 자주 놀러 오게."

"예."

"이 작가님, 영순이 비둘기 마술쇼 잊지 마쇼."

"예."

나는 예, 말고는 답변을 할 수 없어서 예, 를 반복했다. 집으로 돌아와서 이 글을 쓰는 지금, 오랜 지병인 이명이 쇠를 긁는 듯한 소리로 날카로워지고 있다. 사랑방에서 내가 쏟아놓은 대답이 우르르 몰려와 귓속에서 소용돌이를 만드는 것만 같다. 이명을 죽이려는 듯 왼쪽 귓바퀴를 찍어누르는데 느닷없이 두 사람이 보고 싶어진다. 예순넷, 나의 '첫사랑' 같은 사람들이다.

*

어제 방 정리를 마친 뒤였다. 여인숙을 떠나기 전에 꼭 해야 할 두 가지 일을 마쳤다. 먼저 신창여인숙 정순자 누님께 꽃 화분을 선물했다. 누님은 꽃을 무척 좋아한다. 한 평도 안 되는 달방에서 화분 두 개를 놓고 지낸다. 그동안은 거리가 멀어 이따금 생필품 후원만 하다가 작별 선물로 꽃 화분을 준비했다.

꽃처럼 환하게 웃음을 보여준 누님은 여전히 몸무게가 30킬로 그램을 간신히 유지하고 있었다.

"누님, 사랑해요."

나는 누님과 셀카 기념촬영을 하면서 하트를 만들어 보였다. 5월에 요가 강사인 아내가 근육 운동법과 스트레칭 방법을 누님께 알려주고 갈 때도 하트를 만들면서 사랑한다고 말했다. 이번이 두 번째였다. 누님은 전처럼 딱 한 단어로 답했다.

"나도."

아주 오래전이었다. 누님은 남편이 떠나고 혼자 힘으로 살 수 없어서 태어난 지 백 일도 안 지난 딸을 업고 한강으로 뛰어 들었다. 모래를 실은 배에 떨어져 극적으로 살아남았고 외동딸 을 키우기 위해 죽기를 각오하고 견뎠다. 이십여 년 전에 여수 로 떠난 딸과 소식이 끊긴 채 혼자 살아간다. 겨울 나뭇가지처 럼 앙상하게 야윈 몸으로 일흔한 살의 삶을 지탱하는 누님. 내 사랑은 누님에게 첫사랑이 될지도 모른다는 상상을 하면서 나 는 아내와 코끝이 짠해져서 돌아왔다. 어제도 눈시울이 뜨거워 지는 것을 억지로 참았다.

다른 한 가지 꼭 할 일이 있었다. 대령의 아들 조남경 형 발 을 닦는 것이다. 생각할수록 상상이 되지 않는다. 겨우내 신고 있던 양말을 한여름에 벗었다는 게 대체 가능한 일인가. 월동 후원물품으로 양말을 전한 게 작년 세밑이었다. 양말의 발가락 부분과 뒤꿈치가 삭아서 떨어져나가는 중인데도 양말을 갈아

신지 않았다. 말로 표현할 수 없는 악취가 발에서 진동했다. 나
는 어제 작정하고 형의 양말을 벗겼다.

"형, 양말이 다 떨어졌잖아요. 양말도 갈아신을 겸, 발도 닦
읍시다."

형이 다리가 불편한 탓에 주차장 바닥에 앉혀두고 내가 바가
지에 물을 떠서 흘려주는 식으로 한 시간 남짓 닦았다. 발톱은
싯누런 무좀 기운이 화석처럼 굳어 있었다. 손톱 깎기로 해결
이 되지 않아서 다음주에 철사를 자르는 니퍼를 준비해주겠다
고 했다. 발등부터 발바닥까지 덕지덕지 쌓인 때를 벗기는 일
은 하루로 부족했다. 당장은 냄새를 지우는 정도로 끝냈으나
며칠 더 닦기로 약속했다.

"형, 이젠 몸이 가벼워서 하늘로 날아오를 수도 있겠는데. 하
하."

"이 작가님, 내가 하늘을 날면 나 대신 비둘기가 땅에서 뒤뚱
거려야겠지. 하하하."

핸드폰 인증샷을 찍으면서 형과 나는 마주보며 껄껄댔다.

"남경 형, 사랑해."

내가 머리 위로 거대한 하트를 한 번 더 만들자 형도 엄지와
검지를 붙여 앙증스럽게 화답했다.

"미투!"

오늘 집에 돌아와서 곰곰이 생각하니 달방 가족들은 '모두

첫사랑'이다. 설렘과 두려움과 기쁨과 슬픔의 용광로 같은 첫
사랑. 석별로 끝나는 첫사랑이 아니라 첫사랑 그 자체로 완성
되는 사랑, 영원한 사랑이다. 나는 그렇게 확신한다.

조금 전, 격앙된 목소리로 이름을 불렀던 가족들은 내게 소
중한 가치를 환기해주었다. 인간적인 삶과 정. 그것이다. 돌이
켜 보면 내가 가족들에게 그것을 베푼 게 아니라 가족들이 내
게 선물했다. 부끄럽게도 중년에 닿아서야 그 진실성을 깨우쳤
으나 한편 다행스러운 일이기도 하다. 달방 가족들 '실존의 진
실'을 통해 남은 생의 방향성이 명료해졌으니 말이다. 다큐멘
터리 사진가로서 내가 걸어갈 길이 비로소 또렷해졌다. 이것은
오로지 나와 가족들의 '동행'으로 가능한 일이었다.

*

지금 시간은 열두 시 사십오 분. 잠시 물을 마시고 돌아와 기
지개를 켠다.

지금쯤 대덕여인숙 가족들은 어둠보다 깊은 더위 속에서 눈
을 뜬 채 천장이나 텔레비전을 보고 있을 것이다. 길도 형님은
청량리 복귀를 위해 주차장에서 몸을 만들고 있을 게 분명하
다. 낮에 누운 채로 쪽잠을 잤을 몇몇 아픈 가족들은 십중팔구
불면과 몸싸움을 벌일 것이다.

나는 조금 전에 입에 담은 동행을 다시 떠올려보았다. 그 동
행을 위해 내가 지난 1년간 버리고 품은 낱말들을 하나씩 짚어

본다.

소외, 편견, 혐오, 기만, 계급적 차별…….

인권, 평화, 공존, 나눔, 행복, 사랑…….

다른 한 가지, 이 기록에서 빼놓을 수 없는 낱말도 적어둔다

기적.

이제 기적에 대한 두 가지 일화를 옮기면서 이 기록의 마침표를 찍을 생각이다.

나는 지난 1년 남짓 대덕여인숙 달방 생활을 페이스북에 연재했다. 그 연재물을 지켜본 페이스북 친구 여러분께서 달방 가족들 생필품을 후원했다. 생필품 후원은 달방 가족들이 내가 함께 생활하는 동안이나마 생기를 찾고 일상의 평화를 되찾는 '기적의 선물'이 되었다. 앞으로 지속적인 후원봉사활동을 위해 기적의 연장 방법을 고민해야겠지만 두고두고 감사한 일이 아닐 수 없다.

또 하나의 기적 역시 페이스북 친구께서 선물했다.

이 글의 앞에서 밝혔듯이 나는 사진집 출간 비용 2,000여만 원을 달방 생활비와 후원 경비로 지출했다. 그 결과 사진집 출간이 불가능한 형편이 되고 말았다. 이 소식을 조심스럽게 페북에 올렸다. 그런데 글을 읽은 페이스북 친구께서 사진집 발

간을 위한 펀딩에 동참해주셨다.

"이강산 작가에게 작은 기적을 선물합시다."

펀딩은 제주도에서 '시인의 집'을 운영하는 손세실리아 시인이 처음 제안했다. 펀딩에 대해 전혀 무지했던 나는 일주일가량 펀딩 준비를 했고, 온라인 소셜 크라우드 펀딩인 '텀블벅(tumblbug) 펀딩'에 여인숙 사진집 출간 프로젝트를 제출, 탑재가 허락되었다. 그리고 이틀 뒤인 7월 12일에 펀딩 공개를 앞두고 있다.

선 주문, 후 발간 및 증정 방식의 텀블벅 펀딩은 1개월간 공개하게 된다. 지난 일주일 동안 펀딩 공개 일정과 동참 안내문을 많은 분께 전했다. 달방 가족들 후원 마무리와 함께 바쁘고 흥분된 시간을 보냈다. 목표 금액을 무난히 달성할지 예측할 수 없지만 나는 페이스북 친구와 지인들이 동참해주는 '아름다운 동행'으로 한 달 동안 잠을 못 이룰 것 같다.

펀딩 결과와 상관없이 나는 오랜 시간을 행복하게 보낼 것이다. 1년간 나와 동행해준 달방 가족들처럼 '작은 기적'에 동행해줄 모든 분 역시 '첫사랑'일 것이기 때문이다.

'사진가의 눈은 소외된 곳의 진실을 찾는 눈이어야 한다.'

오랜 세월 나를 묶어두고 있는 사진계의 격문이다. 이 문장을 쓰고 나는 한동안 눈을 감은 채 생각에 잠겼다.

방문 후원 모습. 많은 페친과 지인, 예술가께서 달방 가족들 십시일반 후원에 동행해주셨다.

　20여 년을 그래왔던 것처럼 앞으로도 휴먼다큐멘터리 사진가로 살아가는 일은 순탄하지 않을 줄 안다. 적어도 내가 살아 있는 동안은 철거 재개발과 전통 여인숙은 엄존하는 현실일 것이다. 나는 그 '실존의 진실을 탐사'하기 위해 아름다운 동행의 주체로 살아갈 것이다.

　새벽 두 시 반. 이제 누울 시간이다. 여인숙 달방 가족들과 나의 희망을 소리 내어 읽으며 367일 달방 기록을 마친다.

　"우리 함께 비둘기 마술쇼 보러 가요."

설날 떡국을 끓여 나누는 모습. 이가 빠지고, 허리를 다치고, 위장병이 도진 내게 아
내는 가족들에게 삶은 계란과 어묵탕, 떡국 후원으로 달방 빼라는 말을 대신했다.

다큐 일기를 마치며

＊

2023. 8. 1(화). 폭염 특보

오늘 아침 10시쯤, 제일여인숙 11호실 내 방에 들었다. 사흘 만이다. 지난주에 쪽방촌 가족들께 후원봉사를 하고 이틀 집에서 쉬었다. 하루는 '2023 온빛사진상' 수상작 순회전 준비로, 하루는 처가 일로 여인숙을 비웠다.

7월 중순에 전국적으로 폭우 피해가 상당했다. 폭우가 그친 뒤, 두 주일째 폭염이 계속되고 있다. 오전에 입실해서 땀 묻은 손으로 이렇게 일기를 썼다.

－방문과 창문을 열자 실내 온도가 급상승한다. 순식간에 30도에서 32도까지 치솟았다. 선풍기를 틀었다. 예상대로 열기를 내뿜는다.

－달방에서 더위를 피하는 방법은 방문을 닫은 채 죽은 듯이 누워 있는 것. 이곳에선 에어컨으로 추위를 타는 여인숙 사장

을 빼고는 모두가 죽어야 산다. 창문도 없는 쪽방촌 가족들은 이 순간, 살아 있는 걸까.

*

2021년 7월이었다. 1년간 머물렀던 대덕여인숙을 떠나면서 달방 가족들께 세 가지를 약속했다.

-반드시 돌아오겠습니다.
-생필품 후원을 계속하겠습니다.
-철거 보상을 도와드리겠습니다.

그 약속을 지키기 위해 지난해 3월에 제일여인숙 달방으로 다시 입실했다. 제일여인숙은 367일 달방 생활을 했던 대덕여인숙 바로 곁의 여인숙이다. 이곳에서 '십시일반 후원인'의 도움을 받아 오늘까지 후원봉사를 이어가는 중이다.

다른 한 가지 약속도 지켰다. 달방 가족들 '실존의 진실'을 담은 휴먼다큐멘터리 「여인숙」 사진전과 사진집 출간을 2021년 가을에 마쳤다. 사진집 『여인숙』은 '펀딩의 기적'으로 출간되었다. 『여인숙』에 실린 작품으로 다큐 사진가를 대상으로 하는 '2021 온빛사진상'을 수상했고, 2022년 헝가리 부다페스트 국제사진상(2022 BIFA) 공모전에서 'Book-Documentary 부문' 동상을 수상했다.

이 모든 일은 사진집 출간 펀딩에 동참해주신 문우와 지인,

페친의 '아름다운 동행'으로 가능한 일이었다. 두고두고 감사한 일이다.

*

대덕여인숙과 제일여인숙에서 세 번째 여름을 보내고 있는 오늘, 여인숙 달방 836일째다.

그새 달방 가족 다섯 분이 세상을 떠났다. 천○○ 형님, 김○○ 어르신, 대덕여인숙 여사장 임○○ 여사님, 류○○ 아우, 나를 첫사랑으로 불렀던 정○○ 누님을 다시는 못 보게 되었다. 그리고 칠성 아우와 박승기 형, 이○○ 여사님은 방의 물품을 그대로 둔 채 여인숙을 떠난 뒤 깜깜무소식이다. 요양병원에 입실한 영순 씨는 여인숙으로 돌아올 수 없다. 교통사고로 입원한 수도여인숙 김 사장님은 대학병원 중환자실에서 3개월째 사투 중이다. 박○○ 이모와 강진 아우는 달방 가족들 비상금을 쓸어모아 골목 밖으로 사라졌다. 소설보다 더 비현실적인 사연을 품은 채 일곱 분이 방을 뺐고 아홉 분이 새로 들었다.

여인숙 밖의 세상으로 두고 볼 때, 눈 깜짝할 사이에 사라지는 2년 남짓한 시간에 철거 직전의 여인숙 두 곳에서 열대여섯 사람의 삶과 죽음이 교차했으니, 2년이란 실로 장대한 '인간의 시간'이 아닐 수 없다.

삶과 죽음이 공존하는 이 역설적 인간의 시간은 다름 아니라 인간의 공간이기도 하다. 기껏해야 한 평 남짓한 시공간에서

800여 일을 살아낸 이 기록을 나는 오늘 조심스럽게 여인숙 밖 세상으로 전한다. 당연하게도 이 모든 것은 진실이다.

기록이 방대한 까닭에 불가피하게 '여인숙 달방 367일'의 기록만 세상에 내는 일이 매우 아쉽다. 그럴 만한 필연이 없지 않다. 지면의 한계 탓이 아니다. 이 년 전, 첫발을 디딘 과거의 여인숙이 엄연히 현존하며, 그곳을 생의 거처로 살아가는 달방 가족들이 지금, 이 순간에도 생존을 위해 한 끼 밥상을 차리고 있기 때문이다. 나와 피붙이 같은 인연을 쌓은 가족들, 그들과 함께한 희로애락이 여전히 살아서 숨 쉬고 있는 탓이다.

굳이 강조하자면, 절반의 기록으로 끝낸 것은 미완결이 아니다. 끝이 보이지 않는 인간의 시간을 존중해야 하기에 내 의지대로 이 기록을 끝낼 수 없는 노릇이다. 한편 생각하면 이것은 차라리 다행한 일 같기도 하다. 여인숙과 여인숙 가족들의 생존이 현재이듯 다큐멘터리 사진가로서 나의 역할도 현재라는 뜻이니 말이다. 앞으로 1년 안팎에 철거 보상을 마치고 여인숙과 가족들이 골목을 떠난 뒤 재개발이 진행될 때까지 철저하게 현재성을 견지해야 할 내 책무는 명료하다.

'인간의 존엄성과 생명의 가치 존중'

그뿐이다. 사진과 글로써 공존과 상생, 인권과 평화의 초석 하나라도 뒷골목 여인숙 세계에 뿌리내리는 일. 그것이 나의 소임이라고 믿는다.

　그리하여 다시 시작이다. 836일 전의 내가 과거가 아니듯 오늘 이후의 나 역시 미래가 아니다. 오로지 현재일 뿐이다.

　여인숙 달방 사람들이 밥을 먹거나 잠들어 있을 지금, 이 순간의 기록인 『인간의 시간-여인숙 달방 367일』이 동시대에 공존하는 수많은 타자의 '인간의 시간'과 의미 있는 소통의 창이 되기를 희망한다.

2023. 여름

대전시 동구 정동, 제일여인숙 11호실에서

이강산

참고문헌

1. 차병직,『존엄성 수업』, 바다출판사, 2020.
2. 원석조,『사회복지정책론』, 공동체, 2016.
3. 최병두 외,『도시재생과 젠트리피케이션』, 한울, 2018.
4. 박주현,『사회복지정책론』, 어가, 2021.
5. 에밀 졸라,『목로주점』, 박명숙 역, 문학동네, 2011.
6. 전국도시재생지원센터협의회,『현장에서 도시재생을 바라보다』, 국토
   연구원, 2020.
7. 학술논문-한국지방정부학회, '사회적 약자를 위한 도시재생-공유 경
   제와 소통 디자인을 중심으로', 2017.

■ 보도자료
1. 노동현, '대전 쪽방촌의 대변신-내쫓지 않고 재정착 돕는다', TJB
   (2021. 1. 4)
   http://www.tjb.co.kr/sub0301/bodo/view/id/47106/version/1
   https://youtu.be/F7Dtw67lbYc
2. 이춘희, '대전역 쪽방촌 공공주택 사업, 내년 첫 삽 뜬다', 아시아경제
   (2021. 1. 10)
   https://www.asiae.co.kr/article/2021011011005749275
3. 홍국기, '대전역 쪽방촌 도시재생사업 본격 추진… 내년 착공 · 2025년

입주', 연합뉴스(2021. 1. 10)

https://www.yna.co.kr/view/AKR20210110025200003?input=1179m

4. 송애진, '대전 중앙동 성매매 집결지 폐쇄, 도시재생 뉴딜과 연계 추진', NEWS1(2021. 1. 7)

  https://www.news1.kr/articles/?4173602

5. 윤희일, '대전역 일대 성 착취 고리 끊는다… 성매매 집결지 폐쇄 등 추진', 경향신문(2021. 1. 7)

  http://news.khan.co.kr/kh_news/khan_art_view.html?artid=2021010
71408001&code=620106

6. 홍국기, '서울 마지막 달동네 백사마을 재개발 시공사에 GS건설', YTN(2021. 12. 26)

  https://news.v.daum.net/v/20211226160802826

7. 나광현, 나주예, '성매매 질긴 고리 끊으려면… 자활 지원이 답이다', 한국일보(2022. 9. 20)

  https://www.hankookilbo.com/News/Read/
A2022092908560002441?did=DA

■ 사진집『여인숙』관련 보도자료

1. 김소현, 지역 사진작가 세계무대서 쾌거-이강산 작가, '부다페스트 국제사진상' 수상, 대전일보 (2022. 11. 30)

  http://www.daejonilbo.com/news/articleView.html?idxno=2036248

2. 한세화, 이강산 작가, 2022 BIFA서 사진집 '여인숙' 동상 수상 영예, 중도일보(2022. 12. 4)

  http://www.joongdo.co.kr/web/view.php?key=20221204010000733

3. 이은파, 여인숙 풍경 담은 이강산 씨 작품, '부다페스트 국제사진상' 수상, 연합뉴스(2022. 12. 7)

  https://m.yna.co.kr/view/AKR20221206142800063

4. 최예린, 달방 사람들의 실존 기록-이강산, '부다페스트 국제사진상'

수상, 한겨레(2022. 12. 7)

https://www.hani.co.kr/arti/culture/culture_general/1070685.html

5. 곽성일, 이강산 다큐멘터리 사진가, '2022 BIFA 사진상' 수상, 경북일보(2022. 12. 7)

http://www.kyongbuk.co.kr/news/articleView.html?idxno=2118798

6. 김태욱, 대전 MBC 뉴스데스크(2022. 12. 9)

https://tjmbc.co.kr/article/3_IkB0Ow8iijR

7. TV조선-뉴스 퍼레이드, '아침에 한 장'(2022. 12. 22)

https://tv.naver.com/v/31803177

8. KBS대전 방송 〈시사N대세남〉, 2부-이강산 다큐사진가 편(2023. 1. 17)

https://www.youtube.com/watch?v=BHGvAtITrwI&ab_channel=KBS

작가 약력
이강산

1958 충남 금산 출생
2021 온빛사진상 수상
2022 부다페스트 국제사진상(2022 BIFA) 수상(Book-Documentary 부
　　　문 동상-다큐사진집『여인숙』)
1989『실천문학』으로 등단
한국작가회의, 온빛다큐멘터리 회원
중앙대학교 대학원 조형예술학과 중퇴
현재 대전작가회의 회장. 한국작가회의 이사. 대전문학관 운영위원

■개인전
2007 제1회 휴먼다큐흑백사진전, 「가슴으로 바라보다」(GALLERY
　　　Photo-Class)
2012 제2회 휴먼다큐흑백사진전, 「사람들의 안부를 묻는다」(GALLERY
　　　LUX)
2015 제3회 휴먼다큐흑백사진전, 「어머니뎐(傳)」(GALLERY NOW)
2016 제4회 휴먼다큐사진개인전, 「나팔꽃」(대전교육미술관)
2019 제5회 휴먼다큐흑백사진전, 「명장(名匠)」(GALLERY Photo-Class)
2021 제6회 휴먼다큐흑백사진전, 「여인숙」(사진위주 류가헌)

■ 그룹전

2010 6인 기획초대전, Happy & Unhappy(GALLERY NOW)

2015 6인 초대전, 시인들의 사진(GALLERY INDEX) 2021, 2023년
　　docuin 5인 기획초대전(GALLERY 탄, 아트갤러리 전주) 외 다수

2021 온빛사진상 수상 작품전. 2021. 12~2022. 2 서울 사진위주 류가
　　헌, 광주 갤러리 혜윰, 대구 갤러리 루모스

■ 작품집

휴먼다큐흑백사진집『여인숙』(눈빛. 2021),『집-지상의 방 한 칸』(사진
　　예술사. 2017)

흑백명상사진시집『섬, 육지의』(도서출판 애지. 2017)

시집『하모니카를 찾아서』,『모항(母港)』,『물속의 발자국』,『세상의 아
　　름다운 풍경』

장편소설『나비의 방』, 소설집『황금비늘』,『아버지의 초상』

■ 주요 활동

2017. 11~2018. 2 대전문학관 기획전시 중견작가전, 선정 대전문화재
　　단, 한국문화예술위원회 심의위원

2005 한국문화예술위원회 창작지원금 수혜

2014, 2018 한국문화예술위원회 아르코창작기금 수상

2014, 2018, 2021 대전문화재단 예술창작지원금 수혜

■ 연락처

휴대폰 : 010-8807-0765

E-mail : lks5929@hanmail.net

Facebook : https://www.facebook.com/gangsan.L

Blog : https://blog.naver.com/lyb5929